KB273128

# 영혼의 심판

2

# IL TRIBUNALE DELLE ANIME

# 영혼의 심판

## 2

도나토 카리시 장편소설

이승재 옮김

차 례


1년 전 키예프 / 35

이틀 전 / 49

1년 전 프리피야트 / 229

어제 / 239

1년 전 프리피야트 / 277

지금 / 291

1년 전 프리피야트 / 301

지금 / 313

1년 전 프라하 / 327

작가의 말 / 336
감사의 말 / 343
옮긴이의 말 / 346

그는 발걸음을 재촉했다. 택시를 타고 오다가 누오보 살라리오 지역의 어느 주택과 멀찍이 떨어진 곳에서 내려 걸어가는 중이었다.

그는 여형사가 했던 말을 다시 떠올렸다. 수수께끼의 답을 찾게 해준 그녀의 직감을. 비록 이번에도 예감이 틀리기만을 바랐지만 상상했던 대로 사건이 벌어졌었다는 생각을 뿌리칠 수 없었다.

바람에 날린 종이와 비닐봉투가 목적지에 이를 때까지 그의 뒤를 따라왔다.

페데리코 노니의 집 앞에는 아무도 없었다. 실내등도 모두 꺼진 상태였다. 그는 몇 분 더 기다렸다가 집 안으로 들어갔다.

실내는 고요했다. 아니, 지나치게 고요했다.

그는 손전등을 꺼내려다 그만두었다.

어떤 소리도 들리지 않았다.

마르쿠스는 거실에 들어섰다. 블라인드는 모두 내려놓은 상태였다. 그는 소파 근처에 있던 스탠드를 켰다. 가장 먼저 눈에 들어온 건 거실 중앙에 덩그렇게 놓인 휠체어였다.

그제야 지금까지 어떤 일이 벌어졌었는지 확실히 알 수 있었다. 마르쿠스는 눈은 없지만 모든 걸 고스란히 지켜본 물건들 속으로 들어가 말 없는 그 영혼들과 한 몸이 되어 소통하고 교감하면서 지난 일들을 되돌아볼 수 있는 능력을 지니고 있었다. 그리고 그 과정을 통해 비로소 피에트로 치니에게 날아든 익명의 이메일이 말하려 했던 참뜻을 깨닫게 되었다.

'그는 당신과 다르다.'

'그'는 바로 페데리코를 의미했다. 두 사람 모두 장애를 갖게 된 게 아니란 뜻이었다. 젊은 친구는 두 다리를 못 쓰는 척 연기를 하고 있었던 것이다.

피가로는 어디로 간 걸까?

페데리코는 말 그대로 은둔생활을 하고 있었다. 그래서 정문을 통해 외부로 나가는 건 불가능했다. 그렇다면 어떻게 이웃의 눈을 피해 밖으로 나가 피해자들을 폭행했단 말인가?

마르쿠스는 위층으로 올라가는 계단으로 향했다. 그러고는 다락방으로 연결되는 문 앞에 멈춰 섰다. 문을 밀어보았다. 어둠에 싸인 공간이 나왔다. 그는 안으로 들어가다가 낮은 천장에 달린 무언가에 머리를 부딪쳤다. 전구였다. 마르쿠스는 손을 뻗어 줄을 잡아당겨보았다.

나프탈렌 냄새가 풀풀 나는 다락방이었다. 낡은 옷가지들이 한쪽 구석에 정리되어 있었다. 왼쪽에는 남자 옷, 반대편에는 여자 옷. 빈 조개껍질이 음산한 대열로 줄지어 있었다. 페데리코 노니의 부모님 물건인 것 같았다. 신발장도 있었고 책장에는 상자가 여러 개 정리되어 있었다.

바닥에는 파란 원피스와 빨간 꽃무늬 원피스가 떨어져 있었다. 옷걸이에서 흘러내린 것들이었다. 마르쿠스는 한 팔을 옷걸이들이 걸린 곳으로 쑥 밀어 넣어보았다. 그 뒤로 또 다른 문이 하나 더 있었다. 그는 문을 열어보았다.

다락방은 외부로 나가기 위한 관문에 불과했던 것이다.

그는 손전등을 켜고 석회가 끼고 습기로 얼룩진 비좁은 통로를 비추어보았다. 통로를 지나자 상자가 겹겹이 쌓여 있고 낡은 가구들이 들어찬 방이 또 나왔다. 여기저기를 비추던 손전등 불빛은 테이블 위에 놓인 물건에서 멈췄다. 공책이었다.

그는 공책을 펼쳐보았다. 첫 몇 페이지 그림은 어린아이 그림이었다. 매번 똑같은 그림이 이어졌다.

여자 주인공. 부상당한 주인공. 피로 물든 주인공. 그리고 가위.

한 페이지가 뜯겨져 있었다. 마르쿠스는 음산한 분위기의 아이 그림 한 장이 어디로 사라졌는지 잘 알고 있었다. 예레미아 스미트의 다락방 벽에 걸린 바로 그 그림이었다.

이어지는 페이지는 똑같은 장면에 대한 환상이 유년기와 함께 사라지지 않았다는 사실을 보여주고 있었다. 시간의 흐름에 따라 그림에서 자신감과 정교함이 느껴졌고 상세한 묘사가 추가되는 등 그림 솜씨도 나아지고 있었다. 소녀의 모습은 어느새 성징단계를 마친 성인 여성으로 변모해 있었고, 가위가 스치고 간 상처는 잔인함이 느껴질 정도로 매우 사실적으로 표현돼 있었다. 망상증도 괴물이 성장하면서 함께 자란 것이다.

페데리코 노니는 언제나 살인에 관한 꿈을 키워왔던 것이다. 하지만 지금까지는 그 꿈을 실현할 수 없었다. 아마 두려움 때문이었을 것이다. 교도소에서 생을 마감하게 될지도 모른다는 두려움. 괴물처럼 여겨질지도 모른다는 두려움. 그래서 육상선수, 착실한 청년, 좋은 오빠의 이미지라는 가면을 만들어왔던 것이다.

그러다가 오토바이 사고를 겪게 되었다.

그 사고는 잠재되어 있던 모든 것들을 해방시켰다. 의사들의 진단에 따르면 페데리코 노니는 운동신경을 회복할 수 있는 가능성이 높았다고 했다. 하지만 그는 어느 순간부터 물리치료를 거부했다. 대마비환자라는 장애는 그에게 완벽한 위장술을 부리게 해주었다. 그리고 드디어 억눌러왔던 그의 진정한 본성을 마음껏 펼칠 수 있게 되었던 것이다.

공책의 마지막 장에서 마르쿠스는 오려서 접어둔 낡은 신문기사를 발견하고 펼쳐보았다. 1년여 전 기사였고 내용은 세 번째 피가로 사건에 관한 것이었다. 그리고 기사 위에 누군가 검정 매직펜으로 이렇게 써놓았다. "난, 다 알고 있어."

조르자였어. 그래서 여동생을 살해했던 거야. 마르쿠스는 의문을 풀 수 있었다. 그래서 페데리코는 이 새로운 놀이에 맛을 들이게 된 거였어.

폭력적인 성향을 외부로 노출하기 시작한 건 사고 직후부터였다. 최초 세 건의 범행은 준비단계였다. 일종의 훈련과도 같은 것. 하지만 페데리코 자신도 모르는 사이 또 다른 유형의 쾌락이 그를 기다리고 있었던 것이다. 바로 살인행위.

여동생을 살해한 건 계획에 없는 범행이었지만 필요한 단계이기는 했다. 조르자는 모든 걸 다 알고 있었다. 위험 그 이상의 걸림돌이었던 것이다. 페데리코는 동생이 자신의 건실한 이미지를 구기고 값비싼 대가를 치르면서까지 얻어낸 위장기술을 무용지물로 만들게 놔둘 수는 없었다. 그래서 살해했던 것이다. 그리고 그 과정에서 본인도 무언가를 깨닫게 되었다.

단순히 피해를 입히는 것보다 생명을 앗아가는 행위가 비교할 수 없을 정도로 짜릿하다는 것을.

페데리코 노니는 참을 수 없었다. 빌라 글로리아 공원의 시체가 그 증거였다. 하지만 대처법은 신중했다. 땅을 파고 암매장을 해버렸으니.

페데리코 노니는 온 세상 사람들을 조롱거리로 만들어버렸다. 시력을 상실한 전직 형사가 그 시작이었다. 자기과시 성향이 강한 허위제보자의 거짓 증언 하나만으로 너무나 유유히 수사망을 빠져나갈 수 있었다. 범인은 분명 외양이나 내면이 모두 괴물 같은 인간일 거라고 추정한 엉성한 수사 덕분에 나머지는 페데리코 노니의 예상대로 척척 진행되었다.

마르쿠스는 공책을 덮고 내려놓았다. 벽장 뒤로 무언가가 보였기 때문이다. 작은 철문. 그는 문을 열어보았다.

다락방 안으로 바람이 밀려들어왔다. 그는 몸을 구부리고 안으로 들어가 그 통로가 한산한 골목길로 이어지고 있다는 사실을 알아냈다. 페데리코 노니는 그 길을 통해 드나들면서 마치 투명인간처럼 남들의 시선에서 자유로울 수 있었던 것이다.

그럼, 지금은 어디로 간 걸까? 또다시 그 생각이 메아리처럼 머릿속에 울려 퍼졌다.

그는 문을 닫고 황급히 되돌아 나왔다. 그리고 다시 거실을 뒤져보았다. 지문이 남거나 말거나, 그런 건 신경도 쓰이지 않았다. 오히려 시간이 모자라지 않을까 그게 더 걱정이었다.

휠체어에 달린 옆 주머니를 뒤져보자 휴대전화 하나가 나왔다.

교활한 녀석. 그런 생각이 먼저 들었다. 전화기를 꺼 논 상태로도 위치추적이 가능하다는 걸 알고 일부러 두고 간 거였어.

페데리코 노니는 범행을 하기 위해 집을 나섰던 것이다.

마르쿠스는 마지막 통화기록을 살펴보았다. 걸려온 전화는 딱 한 통이었다. 한 시간 반 전에. 잘 아는 번호였다. 점심시간에 자기 손으로 직접 눌러보았던 바로 그 번호.

피에트로 치니.

그는 즉시 전화를 걸었다. 하지만 공허한 신호음만 들릴 뿐 아무도 받지 않았다. 마르쿠스는 전화를 끊은 뒤 불길한 예감에 이끌려 그 즉시 집 밖으로 나갔다.


**21시 34분**


인터폴 사택, 욕실 거울 앞에 선 산드라는 사면관을 만난 일을 비롯해 오후에 겪은 일들을 다시 떠올렸다.

산드라는 바람에 이끌리고 생각에 잠겨 그렇게 한 시간 가까이 방황하듯 로마 시내를 돌아다녔다. 그날 아침, 성당 한구석에 숨어 있다 그녀를 살해하려 한 괴한의 존재 따위는 신경조차 쓰이지 않았다. 사람들 속에 파묻혀 돌아다니다보니 안전하다는 생각도 들었다. 그렇게 걷는 것도 지겨워지고 나서야 샬버를 만나러 돌아왔다. 산드라는 문을 두드리기 전에 계단 앞에서 잠시 망설였다. 구구절절 해명을 하고 잔소리를 듣는 순간을 조금이라도 늦추고 싶어서였다. 아니, 이대로 증발하듯 사라지고 싶었다. 하지만 정작 문을 열어준 샬버의 표정에서 그녀는 안도감을 읽었다. 놀라운 일이었다. 그 정도로 그녀 걱정을 하고 있는 줄은 꿈에도 몰랐기 때문이다.

"무사히 돌아왔으니 일단 하늘에 감사해야겠군요!" 그는 탄성에 가까운 투로 산드라를 반겼다.

더더욱 놀라운 것은 피에트로 치니를 만나고 온 일에 대해 간단한 보고형식의 이야기만으로도 만족해했다는 것이다. 끝없는 질문공세에 시달릴 거라고 예상했던 터라 놀라움은 배가 되었다. 산드라는 그에게 피가로 사건에 대한 보고서를 건넸다. 그는 자료를 받아 사면관과 연관된 단서가 있는지 훑어보았다.

늦은 이유에 대해서는 더 이상 캐묻지 않았다.

샬버는 산드라에게 저녁식사가 다 되어가니 손을 씻고 오라고 말했다. 그러고는 부엌으로 가서 와인 한 병을 땄다.

산드라는 물을 틀고 몇 초간 거울에 비친 자신을 쳐다보았다. 눈언저리는 푹 꺼지고 입술은 하도 물어뜯은 탓에 군데군데 터져 있었다. 그녀는 손을 들어 헝클어진 머리카락을 쓸어 올리고 빗을 찾아보았다. 브러시 하나가 눈에 들어왔다. 긴 밤갈색 머리카락이 얼기설기 엉켜 있었다. 순간, 그날 아침 의자에 걸려 있던 브래지어가 떠올랐다. 샬버는 단지 인터폴 사택이라고 둘러대긴 했지만 분명 난처해하는 기색이었다. 산드라는 그도 속옷의 출처를 잘 알고 있을 거라 확신했다. 비록 불과 몇 시간 전에 다른 여자가 누워 뒹굴었던 침대라고 해도 샬버를 비난할 수는 없었다. 정작 화가 난 건, 정당화하려고 핑계를 대던 샬버의 행동 때문이었다. 마치 그녀가 관심을 보이기라도 할 것처럼.

바보가 된 기분이었다.

질투심이 일었던 것이다. 그것 외엔 달리 설명할 방법이 없었다. 세상 사람들이 언제나 사랑을 나누는 생각을 한다는 사실이 갑자기 불쾌해졌다. '섹스'라는 단어를 입으로 뱉어내는 것, 아니 은밀히 머릿속으로 떠올리는 것만으로도 해방이 되는 느낌이었다. 섹스. 산드라는 그 단어를 되뇌었다. 어쩌면 섹스 없이 지내온 지난 몇 개월의 시간 때문이었을지도 모른다. 난데없이 또다시 엄마의 목소리가 들렸다. "얘는, 누가 과부하고 잠자리를 하려 들겠니?" 그런 생각, 그런 말을 하고 보니 마치 자신이 변태가 된 것 같았다.

산드라는 얼른 쓸데없는 잡념을 날려버리고 현실로 다시 돌아왔다. 욕실에 들어온 건 한참 전이었다. 샬버의 의심을 사지 않기 위해서라도 서둘러야 했다.

그녀는 사제와 약속을 했고 그 약속을 지키고 싶었다. 그가 다비드의 살인범을 찾아내는 데 도움을 준다면, 그녀도 교황청 내사원 사면관에 대한 단서나 증거들을 기꺼이 파기하겠다고 했다. 그렇기 때문에 그 단서들을 안전한 곳에 숨기는 게 급선무였다.

가방에서 휴대전화를 꺼내 메모리카드 용량이 넉넉한지 확인해보았다. 산 라이몬도 디 페냐포르트 제실에서 찍은 사진들이 들어 있었다. 산드라는 그 사진들을 지우려다 생각을 바꿨다. 그곳은 누군가가 그녀를 살해하려 했던 장소다. 그렇기 때문에 그 사진은 오히려 범인의 정체를 밝혀줄 단서가 될 수도 있었다.

산드라는 가방에서 라이카 사진을 꺼냈다. 샬버에게 보여주지 않은 관자놀이에 흉터를 가진 사제의 사진까지. 그녀는 선반 위에 사진들을 일렬로 늘어놓은 다음 휴대전화로 하나씩 사진을 찍었다. 유사시를 대비해 사본을 만들어두는 게 낫겠다는 생각에서였다.

산드라는 원본사진 다섯 장을 지퍼백에 넣은 다음 변기 수조 뚜껑을 열고 그 안에 집어넣었다.


산드라는 벌써 10분 째 부엌 식탁에 앉아, 소매를 걷고 앞치마를 두른 채 오븐 앞에서 분주히 무언가를 만들고 있는 샬버의 모습을 바라보고 있었다. 그는 휘파람 소리를 내며 말했다.

"발사믹 식초로 맛을 낸 리조토와 버터에 구운 숭어, 치커리와 청사과 샐러드입니다." 그는 자신이 준비한 요리를 알려주었다. "입맛에 맞았으면 좋겠군요."

"물론이에요. 당연하죠." 산드라는 당황한 나머지 황급히 대답했다.

아침에도 그가 준비한 음식을 대접 받긴 했지만 계란을 되는 대로 익힌 걸 요리라고 할 수는 없었다. 그런데 눈앞에 차려진 음식들은 분명 사랑하는 사람을 위해 정성스럽게 준비한 만찬이었다. 산드라는 감탄이 절로 나왔다.

"오늘 밤은 여기서 주무셔야 합니다." 그는 상대의 반박을 허용치 않겠다는 투로 말했다. "호텔로 돌아가는 건 아무래도 위험합니다."

"나한테 무슨 일이 일어나진 않을 거예요. 그리고 짐이 거기다 있어요."

"내일 아침 가지러 갑시다. 소파도 제법 푹신하니 당연히 제가 희생해야지요." 그는 웃으며 덧붙였다.

샬버는 그녀에게 리조토를 덜어주었고 두 사람은 아무 말 없이 식사를 했다. 생선 요리도 훌륭했지만 와인 때문인지 긴장이 팍 풀렸다. 다비드가 죽고 난 뒤, 퇴근하고 집으로 돌아와 잠이 들 때까지 와인을 들이키던 때와는 전혀 다른 기분이었다. 다른 누군가와 근사한 요리를 앞에 두고 저녁식사를 함께 할 수 없을 거란 생각에서 벗어나지 못하던 그녀였다.

"요리는 누구한테 배웠어요?"

"혼자 살다보면 많은 걸 배우게 됩니다."

"결혼할 생각은 한 번도 안 해봤어요? 처음 전화통화 할 때 두세 번 결혼 직전까지 가봤다고……."

"결혼이란 건 아무래도 저하고는 상관없는 세상인 것 같더군요." 그는 고개를 절레절레 흔들며 대답했다. "그건 관점의 문제입니다."

"무슨 말이에요?"

"사람들은 누구나 자신의 인생관을 가지고 있습니다. 미래를 바라보는 인생관 말입니다. 그런 인생관이 어떤 건지는 당신도 알지 않습니까? 그림하고 마찬가지입니다. 전경(前景)에 나와 있는 소재들이 있는가 하면 바탕으로 놓이는 소재들도 있습니다. 바탕이나 전경이나 그림에는 모두 필요한 요소들입니다. 그런 배치가 없다면 원근이 없어지고 전혀 사실적이지 않은 일차원적인 그림이 그려질 테니까요. 인생의 반려자가 필요하긴 하지만 개인적으로 전경에 두고 지내기엔 불편한 게 너무 많다고 할까요?"

"그럼 전경에 누가 있기는 해요? 물론 당신 말고, 다른 사람 말이에요." 산드라는 이기적인 그를 놀리듯 말했다.

"딸아이입니다."

그런 대답이 나올 거라고는 미처 예상하지 못했다. 샬버는 깜짝 놀란 산드라 앞에서 환한 얼굴로 말을 이었다.

"얼마나 예쁜지 보여드릴까요?"

그는 지갑을 꺼내 뒤적였다.

"설마, 당신이 딸아이 사진을 지갑에 넣고 다니며 틈날 때마다 들춰보는 그런 아빠란 말이에요? 정말이지 당신이란 사람, 오늘 계속해서 절 놀라게 하네요."

사실 산드라는 대화를 이어가면서 약간은 감동스런 느낌을 받았다. 그의 딸은 아빠와 똑같이 짙은 금발머리를 가지고 있었다. 눈동자 역시 초록색이었다.

"몇 살이에요?"

"여덟 살입니다. 정말 예쁘지 않습니까? 이름은 마리아예요. 발레도 좋아하고 고전무용도 좋아합니다. 크리스마스나 생일 때마다 강아지를 사달라고 조르는데 아무래도 올해에는 그 소원을 들어줘야 할 것 같습니다."

"자주 보세요?"

"딸아이는 비엔나에 살고 있습니다. 애 엄마하고 저는 사실 우호적인 관계가 아닙니다. 결혼을 해주지 않는다고 얼마나 원망이 많은지 피곤해 죽겠어요." 그는 농담처럼 말했다.

"하지만 시간이 날 때마다 마리아를 만나러 가곤 합니다. 말도 태워주고요. 말 타는 법을 제가 직접 가르쳐줬거든요. 제가 그 나이에 아버지에게 배운 것처럼 말입니다."

"보기 좋네요."

"그런데 딸아이를 볼 때마다 항상 두려운 느낌이 듭니다. 혹시 못 보고 지내는 동안 부녀지간이 멀어지지는 않았는지 그런 걱정 말입니다. 마리아는 아직 어린아이입니다. 하지만 조금 커서 친구들하고만 몰려다니려고 들면 제가 어떻게 해야겠습니까? 솔직히 아이에게 짐이 되고 싶은 생각은 없습니다."

"그런 일은 없을 것 같네요." 산드라는 나름 위로의 말을 던졌다.

"일반적으로 여자아이들의 경우 그런 식의 줄다리기는 주로 엄마하고 하는 편이죠. 우리 자매는 아빠를 정말 좋아했어요. 물론 일 때문에 아빠를 자주 못 봐서 그랬을 수도 있겠지만. 그랬기 때문에 더더욱 아빠를 보면 아빠만 따라다녔던 것 같아요. 아빠가 오신다는 연락이 오면 온 집 안이 정신없을 정도로 호들갑을 떨었거든요."

샬버는 그렇게 말해준 게 고맙다는 듯 고개를 끄덕였다. 산드라가 개수대에 그릇과 접시를 가져다놓으려 하자 그가 멈춰 세웠다.

"그냥 가서 쉬지 그래요. 제가 다 하겠습니다."

"둘이 하면 금방 끝나잖아요."

"아닙니다. 제가 하겠습니다."

상대의 배려에 갑자기 온몸이 굳는 것 같았다. 누군가가 그녀를 위해 무언가를 해주는 건 너무 오랜만이라 적응이 되지 않았다.

"솔직히 처음 당신 전화 받았던 날, 정말 죽여버리고 싶을 정도로 당신이 싫었어요. 그런데 불과 이틀 만에 이렇게 마주 앉아 저녁식사를 하게 될 줄은 생각도 못 했어요. 그리고 요리솜씨가 이렇게 훌륭할 거라고는 진짜 상상도 못 했구요."

"그 말은 제가 좋아지기라도 했다는 말입니까?"

산드라는 얼굴이 벌게졌다. 그는 웃음을 터뜨렸다.

"농담하지 말아요."

"일부러 그런 건 아닙니다. 미안합니다."

샬버는 갑자기 진지하게 나왔다. 불쾌했던 첫인상과 전혀 다른 모습이었다.

"왜 사면관들 뒤를 쫓는 거예요?"

"당신도 그런 실수를 하지 않았으면 합니다."

"당신도라니요? 그게 무슨 말이에요?"

그는 순간적으로 단어를 잘못 골랐다는 듯 얼른 바로잡았다.

"이미 설명한 걸로 압니다. 그 사람들은 법을 어기고 있다고요."

"미안하지만 단지 불법행위를 했다는 걸로 이렇게 쫓아다닌다는 말, 전 믿을 수 없어요. 뭔가가 더 있는 거죠?"

샬버의 말은 시간을 벌기 위해 꺼낸 말이었다.

"좋습니다⋯⋯. 뭐 그리 대단한 고백도 아니지만 아마 이 얘기를 듣고 나면 남편의 죽음을 이해하시는 데 도움이 될지도 모르겠군요."

"어디 해보세요." 산드라는 명령하듯 대답했다.

"사실 사면관들은 더 이상 존재해선 안 될 사람들입니다. 2차 바티칸 공의회 때 교회는 그들 조직의 해체를 결정했습니다. 그리고 1960년대 들어 교황청 내사원은 새로운 규칙과 새로운 책임감으로 재편성되었습니다. 범죄의 진상을 기록해놓은 고문서들은 비밀로 봉인되었고, 사제들 역시 범죄연구와 관련된 그 어떤 활동도 해서는 안 된다고 금지했습니다. 대부분 사제

본연의 업무로 돌아갔지만 이런 결정에 반기를 들고 끝까지 저항한 사제들도 있었습니다. 그들은 사제 자격을 박탈당하거나, 가장 완강히 반대했던 사제들은 파문까지 당했죠."

"그런데 어떻게 지금 그 사람들이……."

"제 얘기 아직 안 끝났습니다. 모두가 잊었을 때쯤, 그 사면관들이 다시 수면 위로 떠올랐던 겁니다. 바티칸 측은, 그들이 교황령을 따르는 척하면서 음지에서 암암리에 활동을 재개했다고 의심했습니다. 그게 사실이기도 합니다. 크로아티아의 사제가 바로 그 조직을 이끌고 있었던 겁니다. 바로 루카 데복이라는 사제가 새로운 사면관을 임명하고 교육을 담당했습니다. 하지만 그 사람 역시 보다 위에서 조직의 재건을 결정한 고위성직자의 명령을 따르고 있었을지도 모르지요. 아무튼 그는 조직에서 대다수의 비밀을 알고 있는 유일한 사제였습니다. 예를 들면 사면관의 신원을 파악하고 있는 사람은 그 사람 하나였습니다. 사면관들은 오직 그에게만 보고를 했고, 서로가 서로를 모르고 지냈던 겁니다."

"그런데 왜 다 과거형으로 말하는 거예요?"

"왜냐하면 루카 데복은 이미 죽었기 때문입니다. 1년 전, 프라하의 어느 호텔방에서 총에 맞아 살해되었습니다. 그 사건 때문에 비밀이 드러났던 겁니다. 바티칸은 자칫 위험하고 골치 아프게 커질지 모를 사건을 서둘러 수습하기 위해 분주하게 움직였습니다."

"뭐, 놀랄 일도 아니네요. 스캔들 중간에 끼어들어 꼬리 잘라 내는 건 전형적인 수법이니까요."

"그게 다가 아니었습니다. 추기경 한 명이 수년간 데복의 뒤를 봐주고 있었다는 사실에 모두가 충격을 금할 수 없었던 겁니다. 교황령을 어긴다는 건 이교행위와 다를 바 없기 때문입니다. 상황이 이해가 가십니까?"

"그럼, 어떻게 다시 수습한 거예요?"

"이제부터가 진짜입니다." 살버는 신이 난 듯 설명을 이어나갔다.

"이제 감을 좀 잡으신 것 같군요. 우선 그들은 데복의 빈자리에 믿을만한 사람을 다시 앉혔습니다. 포르투갈 출신의 젊은 사제, 아우구스토 클레멘테는 젊은 나이에도 불구하고 다양한 경험을 쌓은 친구입니다. 사면관은 모두 도미니코 수도회 소속 사제들인데 반해 클레멘테는 예수회 소속입니다. 보다 실용적이고 덜 감상주의적인 교단이지요."

"그래서 그 젊은 사제가 사면관들의 수장이 된 거군요."

"하지만 그 친구의 임무는 데복 사제의 명령에 따라 움직이던 모든 사제들의 소재를 파악해 교회의 품으로 데려가는 역할입니다. 그리고 현재까지 그가 찾아낸 사면관이 바로 당신이 산 루이지 데이 프란체시 성당에서 마주친 바로 그 사람입니다."

"결국, 바티칸 측은 자신들이 원칙에 어긋난 일을 한 적이 없었다고 주장하려는 건가요? 그게 맞아요?"

"맞습니다. 어딘가에서 벌어진 그 틈새를 막으려 애쓰는 중입니다. 몇 년간 교황청과 마라톤협상을 하고 있는 성비오10세회(로마 가톨릭의 제2차 바티칸 공의회의 전례 개혁에 반발하여 프랑스 가톨릭교회의 르페브르 대주교에 의해 창설된 가톨릭 계열의 수도회이다. 그러나 성비오10세회는 별도의 독립 교회를 주장하지는 않고, 또한 로마 가톨릭과의 분리를 주장하지 않는다. 로마 가톨릭과 친교를 회복하기 위한 대화는 계속되고 있다―옮긴이)의 일이 그 예라고 할 수 있습니다. 사면관의 경우도 마찬가지입니다."

"올바른 목자의 역할은 길 잃은 어린 양들을 안전한 곳으로 인도하는 거 아닌가 싶은데요." 산드라는 그들의 행동을 비꼬며 말했다.

"그런데 이런 건 어떻게 다 알아낸 거예요?"

"다비드도 저만큼 알고 있었습니다. 다만 우리 두 사람은 바라보는 관점이 달랐던 거죠. 그래서 언쟁을 벌이기도 했습니다만. 아까 당신도 그런 실수를 하지 않았으면 한다고 했던 건 그런 맥락에서였습니다. 다비드와 당신은 사면관들을 너무 인간적으로만 대하고 있습니다."

"그럼 실수라고 한 건, 당신은 옳고 다비드 생각은 틀렸기 때문에 그렇다는 건가요?"

"다비드는 그가 발견한 내용 때문에 누군가에게 살해됐기 때문입니다. 전 이렇게 살아 있는데 말입니다." 살버는 버럭 화를 냈다.

산드라는 사건을 바라보는 그의 시각이 옳다는 것은 인정할 수밖에 없었다. 게다가 오히려 죄책감이 밀려들었다. 심적 부담과 긴장을 조금이나마 풀 수 있었던 건 근사한 저녁식사를 준비해준 샬버 덕분이었다. 개인사까지 털어놓고 마음의 문을 열었을 뿐만 아니라 어떤 대가도 요구하지 않고 그녀가 묻는 질문에 고분고분 답까지 해준 그였다. 그런데도 그녀는 사면관과의 두 번째 만남을 숨기고 있었다.

"전직 형사를 만나고 돌아오는데 왜 이렇게 늦은 건지, 왜 묻지 않는 거예요?"

"이미 말했다시피 전 거짓말을 하는 것도, 듣는 것도 싫어합니다."

"제가 사실을 말하지 않을까 그게 신경 쓰이는 거예요?"

"질문은 거짓말하는 사람에게 구실을 만들어줍니다. 당신이 정말 할 말이 있었다면 했겠지요. 말하라고 강요하는 것도 싫습니다. 그냥 당신이 절 믿어주면 좋겠습니다."

산드라는 차마 그의 눈을 마주볼 수 없었다. 그녀는 침묵이 자리 잡기 전에 싱크대의 수도꼭지를 틀었다. 순간 모든 걸 다 털어놓고 싶은 충동이 일었다. 정보습득 차원에서 보면 샬버가 훨씬 뒤지고 있었기 때문이다. 산드라가 설거지 준비를 하려 할 때 그가 다가오는 기척이 느껴졌다. 샬버의 그림자가 그녀의 위로 드리워졌다. 그러고는 이내 손이 허리에 감기면서 그의 상체가 등에 맞닿았다. 산드라는 그의 손길을 뿌리치지 않았다. 심장이 벌렁거려 눈을 질끈 감아버리고 싶었다. 여기서 눈 감아버리면 끝이야. 무섭고 두려웠지만 그를 밀어낼 엄두가 나지 않았다. 그는 점점 몸을 밀착하며 그녀의 목을 가리고 있던 머리를 한쪽으로 쓸어내렸다. 목덜미로 그가 내뿜는 뜨거운 숨결이 느껴졌다. 산드라는 본능적으로 고개를 뒤로 젖혔다. 마치 상대의 손길을 맞이하듯이. 물 흐르는 수도꼭지 아래 있던 그녀의 두 손은 아무것도 할 수 없었다. 산드라는 자신도 모르게 어느 순간, 발뒤꿈치를 들어올렸다. 은밀하게 치고 들어오는 부드러운 손길에 결국 그녀의 눈꺼풀은 백기를 들고 내려앉았다. 산드라는 두 눈을 감고 온몸으로 전해지는 전율을 느끼며 그의 입술을 찾아 몸을 뒤로 돌렸다.

지난 5개월 간, 그녀의 삶은 과거의 기억 속에 빠져 살았다. 그리고 처음으로 자신이 미망인이라는 사실을 망각하고 말았다.

**23시 24분**

현관문은 열린 채 삐걱거리고 있었다. 나쁜 징조였다.

그는 일단 라텍스 장갑을 손에 끼운 뒤 문을 밀고 들어갔다. 피에트로 치니의 고양이들이 새로운 손님을 마중 나왔나. 마르쿠스는 왜 앞 못 보는 전직 형사가 고양이를 반려동물로 삼았는지 알 것 같았다. 그와 마찬가지로 어둠 속에서도 같이 지낼 수 있는 유일한 동물이 고양이였기 때문이다.

마르쿠스는 안으로 들어가며 문을 닫았다. 소음이 잦아들고 적막감이 감돌 거라 예상했지만 오히려 날카롭고 불규칙적인 전자음이 귀를 자극했다.

그는 소리를 따라가다 냉장고 옆에서 바닥에 떨어진 무선전화기를 발견했다. 소리의 진원지는 전화기였다. 배터리가 얼마 남지 않았음을 알리는 경고음이었다. 페데리코 노니의 휴대전화로 걸었을 때도 공허하게 울리기만 했던 바로 그 전화기였다. 하지만 반복적으로 전화가 걸려왔다고 배터리가 나갈 일은 없었다. 누군가 전화선을 끊어놓았던 것이다.

피가로는 도대체 무슨 이유로 앞 못 보는 노인의 집으로 찾아와 이런 짓을 한 걸까?

"치니!" 마르쿠스는 전직 형사를 불러봤지만 아무런 대답도 들리지 않았다.

그는 다른 방으로 이어지는 복도로 나섰다. 앞으로 나가기 위해서 손전등을 쓸 수밖에 없었다. 그런데 마치 누군가 도망치면서 추격자를 막으려 한 듯 가구들이 길목을 가로막고 있었다.

집 안에서 추격전이 있었던 걸까?

마르쿠스는 머릿속으로 상황을 재구성해보았다. 실명은 피에트로 치니에게 새로운 눈을 뜨게 해주었다. 전직 형사는 무언가를 깨달았던 것이다. 익명으로 날아든 이메일은 그에게 방향을 제시해주었다. 오래도록 품어온 의혹에 불을 지피는 결정적 단서.

'그는 당신과 다르다.'

빌라 글로리에서 발견된 시체는 그에게 확신을 심어주었다. 그래서 페데리코 노니에게 전화를 걸었던 것이고 아마 언쟁을 벌였을지도 모른다. 전직 형사는 그의 범행사실을 폭로하겠다고 협박했을 수도 있다.

그런데 왜 그는 신고하지 않았던 걸까? 왜 굳이 자신을 죽이러 찾아오도록 시간을 벌어줬던 걸까?

분명 치니는 도망치려 했을 것이다. 하지만 전직 육상선수였던 페데리코가 뭐로 보나 유리한 상황이었다. 체력적으로도 우세하고 무엇보다 그는 앞을 볼 수 있었다. 아마 전직 형사가 빠져나갈 수 있는 기회를 주지 않았을 것이다.

마르쿠스는 확신할 수 있었다. 분명, 집 안에서 누군가가 주검으로 발견되리라는 것을.

그는 고양이들을 따라 서재로 향했다. 그런데 방 안으로 들어가는 고양이들이 무언가를 뛰어넘고 있는 걸 발견했다. 손전등 불빛을 비춰보니 바닥에서 몇 센티미터 위에 무언가 반짝이는 게 보였다.

팽팽하게 당겨진 나일론 끈이었다. 그 어둠 속에서는 오직 고양이만이 식별할 수 있는 물건이었다. 왜 그런 게 쳐져 있었는지 알 수 없었던 마르쿠스는 일단 서재 안으로 들어가기 위해 끈을 넘어갔다.

손전등으로 서재 이곳저곳을 비출 때마다 가구들을 감싸고 있던 어둠이 여기에서 저기로 달아났다. 그런데 단 하나, 움직이지 않는 그림자가 있었다.

자세히 보니 그림자가 아니었다. 바닥에 널브러진 남자였다. 한 손에는 가위를 들고 있었지만 또 다른 가위 하나가 그의 목에 꽂혀 있었다. 뺨 한쪽으로 피 웅덩이가 고여 있었다. 마르쿠스는 시체를 확인해보았다. 페데리코 노니. 그는 초점 없는 눈으로 마르쿠스를 쳐다보고 있었다. 입은 고통으로 일그러져 있었다. 어떤 일이 벌어졌는지 그림이 그려졌다.

정의를 수호했던 남자, 치니는 복수를 선택한 것이다.

마르쿠스에게 여형사를 만나보라고 강조한 건 피에트로 치니였다. 그가 고통 받는 영혼들의 박물관에서 여형사를 만나는 동안 피에트로 치니는 복수의 계획을 실천에 옮겼다. 그는 페데리코 노니에게 전화를 걸어 자신이 진실을 알고 있다고 말했을 것이다. 어떻게 보면 일종의 초대장이기도 했다. 그리고 상대는 그가 쳐놓은 덫에 걸려들었던 것이다.

페데리코 노니가 도착할 때까지 치니는 가구로 엄폐물을 만들고 나일론 끈으로 부비트랩을 설치했다. 그리고 전기를 끊은 다음 자신의 장애를 무기 삼아 기다렸다. 두 사람 모두 서로를 볼 수 없는 상황이었다.

전직 형사는 마치 고양이처럼 움직였을 것이다. 페데리코는 독 안에 든 생쥐 신세였다.

치니는 어둠 속에서 훨씬 크고 민첩했다. 그는 자신의 집 실내구조를 완벽히 외우고 있었다. 모든 면에서 유리했다. 상대를 더듬거리고 비틀거리게 만든 다음 가위로 숨통을 끊어놓았던 것이다.

처형.

마르쿠스는 홀린 듯한 눈빛으로 시체를 쳐다보았다. 또 다른 실수를 저질렀던 것이다. 이번에도 역시 복수에 꼭 필요한 잃어버린 퍼즐 조각을 자청한 셈이었다.

그는 고양이 여러 마리가 정원으로 연결되는 통 유리문 앞에 모여 있는 것을 발견했다. 밖에 무언가가 있다는 뜻이었다.

그는 문을 열어보았다. 고양이들이 앞 다투어 주인이 앉아 있는 긴 의자로 달려갔다. 그가 처음 그곳을 찾았을 때처럼 피에트로 치니는 그 의자에 드러누워 있었다.

마르쿠스는 손전등으로 시체의 퀭한 두 눈을 비쳐보았다. 선글라스를 벗은 그의 얼굴에는 체념의 빛이 떠올라 있었다. 허벅지에 올린 손에는 권총이 들려 있었다. 자신의 입에 넣고 방아쇠를 당긴 것이다.

치니가 원망스럽기도 했다. 결과적으로 보면 그가 마르쿠스를 이용했기 때문이었다. 아니, 철저히 그를 속였던 것이다.

'페데리코 노니라는 그 친구는 이미 고통 받을 만큼 고통 받은 친구라는 사실을 강조하고 싶군요. 육상선수였던 그 친구는 얼마 전, 두 다리를 쓸 수 없게 되었습니다. 내 나이에 시력을 잃는 건 받아들일 수 있겠지만 젊은 사람한텐 힘들었을 거요. 그다음으로, 여동생을 잃었습니다. 눈앞에서 잔혹하게 살해당하는 모습을 본 거나 마찬가지지요. 상상이나 됩니까? 무력감에 얼마나 치를 떨었을지를……. 난 말입니다, 그 젊은 친구가 잘못한 거 하나 없으면서도 얼마나 죄책감에 시달렸을지 생각해봤습니다.'

전직 형사는 페데리코 노니를 고발하고 진실을 바로잡은 다음 레지나 코엘리에 수감된 무고한 피해자의 결백을 입증할 수도 있었다. 치니는 니콜라 코스타가 현행범으로 체포될 당시 '범행직전'의 상태라고 확신하고 있었다. 코스타는 이 사회에 위험한 사이코패스였다. 체포되어 구속 수감된 이후 그에 대한 관심이 높아지면서 살인본능은 잠시 수그러들 수 있겠지만 그건 임시방편에 불과할 터였다. 그의 속에는 수많은 인격이 혼재했고 결국 나르시스적인 성향이 아무리 강하다 해도 살인본능만큼은 영원히 잠재우지 못할 테니까.

피에트로 치니에게는 또 다른 자존심의 문제이기도 했다. 페데리코 노니는 그의 약점을 이용해 그를 가지고 놀았다. 실명을 앞두고 있던 상태라 마음이 절박해진 형사는 젊은 청년 페데리코에 대해 막연한 동정심을 품고 있었다. 그리고 그 동정심이 그를 속였던 것이다. 게다가 페데리코는 자신의 친동생을 살해한 폐륜을 저질렀다. 어떻게 자신의 가족에게 그런 무자비한 짓을 할 수 있단 말인가? 그 무엇도 페데리코 노니를 막을 수 없었다. 치니의 법칙에 따르면 그는 죽어야 마땅했다.

마르쿠스는 마치 공연의 막을 내리듯 문을 닫고 들어왔다. 전기가 끊어진 상태에도 불구하고 책상 위에 있던 모니터에 불이 들어와 있었다. 별도의 발전기를 통해 따로 전원이 공급되고 있었던 것이다.

그것은 일종의 계시 같았다.

음성인식 프로그램을 통해 이메일 내용을 스피커로 들었던 기억이 났다. 하지만 당시 마르쿠스는 전직 형사가 메시지를 끝까지 들려주지 않았다는 걸 알고 있었다.

그는 다시 프로그램을 작동했다. 감정 없는 기계음이 뜻 모를 말을 되풀이하기 시작했다. 하지만 이제는 그게 무슨 뜻인지 알 수 있었다.

"그-는-당-신-과-다-르-다……. 빌-라-글-로-리-공-원-에-서-찾-아-라."

예상대로 이어지는 내용이 더 있었다.

"녀-석-은-당-신-을-속-였-다……. 조-만-간-손-님-이-올-것-이-다."

두 번째 문장은 직접적으로 페데리코 노니를 지칭했을 것이다. 하지만 간접적으로는 마르쿠스를 일컫는 말이기도 했다.

그가 피에트로 치니를 찾아갈 거라 예견했을 테니까.

"이–미–일–어–난–일–은……. 다–시–일–어–나–기–마–련–이–다……. c.g. 925–31–073."

마지막 문장은 그 무엇보다 충격적이었다. '이미 일어난 일은 다시 일어나기 마련이다'라는 예언 때문에 한 번 놀랐고, 그들이 사용하는 사건 분류번호 때문에 두 번 놀랐다. 분류번호 앞에 붙는 바로 그 두 글자 때문에.


Culpa gravis.


이제 알게 되었다.

이 세상에는 빛의 세계가 어둠의 세계와 만나는 접점이 있습니다. 그리고 거기서 바로 모든 일들이 비롯됩니다. 혼란스럽고 불확실한 어둠의 세계에서 튀어나오는 일들 말입니다. 우린 그 경계선을 지키는 파수꾼입니다. 간혹 그 경계를 뚫고 반대편으로 넘어가는 존재들이 있습니다. 저희는 그 존재들을 다시 어둠의 세계로 돌려보내는 일을 합니다.

지금까지 피해자와 가해자를 연결해주고 그 역할을 뒤바꿔준 장본인은 마르쿠스와 똑같은 내사원 소속 사면관이었던 것이다.

# 1년 전 키예프

1년 전 키예프

"원대한 꿈은 우리의 온전한 정신을 약간의 대국민 합의와 맞바꿔먹은 순간 산산조각이 나고 말았습니다. 희망을 품고 잠자리에 들었는데 일어나보니 이름도 기억나지 않는 창녀와 같이 누워 있는 꼴이랄까요?"

노렌코 박사는 페레스트로이카(1985년 4월에 선언된 소련의 사회주의 개혁 이데올로기―옮긴이), 베를린 장벽 붕괴, 연방해체, 그리고 경제와 정치 분야에서 명실상부한 신(新)과두제 시대를 연 가스, 석유 재벌들의 등장을 압축적으로 설명했다. 소비에트연방 산하의 20년 역사였다.

"한번 보세요." 노렌코 박사는 우크라이나 유력 일간지 첫 페이지를 가리키며 말을 이었다.

"모든 게 다 개판이 됐는데도 다들 뭐라고 하는지 아십니까? 아무 말도 없어요. 그러니 자유라는 게 있어도 뭐에 써먹겠습니까?"

니콜라이 노렌코 박사는 동의한다는 듯 고개를 끄덕이는 손님의 반응을 곁눈질로 살폈다. 흥미를 보이기는 하지만 그렇다고 그가 기대한 만큼 자신의 일처럼 여기는 눈치는 아니었다. 그는 붕대를 감은 손님의 손을 쳐다보았다.

"미국인이라고 하셨습니까, 포스터 박사님?"

"굳이 따지자면 영국인입니다." 추격자는 멕시코 정신병원에서 앙헬리나라는 환자에게 깨물린 손에서 심리학자의 관심을 돌리기 위해 정확한 설명을 덧붙였다.

우크라이나 심리학자와 추격자는 키예프 서쪽에 위치한 공공아동지원센터 건물 3층 사무실에서 대화를 나누고 있었다. 창밖으로 자작나무들이 때 이른 가을 옷을 입고 즐비하게 늘어선 공원이 보였다. 사무실 안에는 담배 냄새가 진동했다. 노렌코 박사 앞에 놓인 재떨이에는 꽁초가 수북이 쌓여 있었다.

박사는 50대였지만 허술한 차림에 대화 중간 중간에 튀어나오는 지독한 기침 때문인지 훨씬 더 나이 들어 보였다. 그를 바라보고 있노라니 환멸과 원망이 섞인 회환에 사로잡힌 표정이 어떤 것인지 알 수 있을 것 같았다. 사진 없이 테이블 위에 덩그러니 놓인 액자와 소파 끝자락에 접어둔 담요로 보아 결혼생활은 좋지 못한 기억을 남기고 종지부를 찍은 듯했다. 공산주의 체제하에서는 아마 나름대로 존경 받는 인물이었을 것이다. 하지만 지금은 쥐꼬리만 한 봉급으로 연명하는 가련한 공무원의 우울한 자화상에 불과했다.

심리학자는 추격자가 건넨 위조된 자료를 집어 들며 말했다.

"여기 보니 캠브리지 대학 법심리 간행물 편집장으로 일하신 다고 나와 있군요. 젊은 나이에 대단하십니다, 포스터 박사. 정말 대단해요."

추격자는 제법 그럴싸한 이력이 상대의 관심을 끌 거란 걸 미리 예상하고 노렌코 박사의 상처 입은 자존심이 즉각적으로 반응할 만한 프로필을 만들어냈다. 예상은 그대로 적중했다. 우크라이나 심리학자는 만족스러운 표정으로 자료를 내려놓았다.

"그런데 말입니다, 참 이상한 게……. 지금까지 디마 케이스에 관심을 가진 사람은 단 한 명도 없었단 말이죠."

그가 노렌코 박사에게 연락을 할 수 있었던 건 플로린다 발데스 박사 덕분이었다. 그녀는 추격자가 멕시코를 방문했을 때 1989년, 어느 소아심리 간행물에 발표한 노렌코 박사의 소논문을 보여주었다. 노렌코 박사는 '디마'라고 불리는 어느 소년의 특이한 케이스를 다룬 소논문을 잡지에 실었다. 소년의 이름은 디미트리 카롤리친. 심리학자는 자신을 둘러싼 상황이 냉혹하리만큼 참담하게 무너져 내리는 와중에도 그 연구를 통해 새로운 경력을 인정받을 수 있는 기회가 주어질 거라고 희망했다. 하지만 상황은 그렇지 못했다. 그리고 그의 연구도 야심과 함께 깊숙한 곳에 묻혀버렸다.

그런데 갑자기 그 연구가 빛을 볼 기회가 찾아온 것이다.

"궁금한 게 있습니다, 노렌코 박사님. 그 디마라는 아이를 개인적으로 아십니까?"

"물론입니다. 다소 마른 편에 처음에는 말이 거의 없었지만 다른 아이들과 마찬가지로 평범한 아이라고만 생각했었습니다."

"그때가 몇 년이었습니까?"

"1986년 봄이었습니다. 당시 우리 센터는 우크라이나에서만큼은 아동심리와 교육에 있어 최첨단을 달리던 기관이었습니다. 아니, 아마 소비에트연방에서도 최고였을 겁니다." 노렌코 박사는 자랑스러운 표정으로 설명을 이어나갔다.

"서방세계처럼 고아가 된 아이들을 단순히 돌봐주는 것에 그치지 않고 아이들에게 구체적인 미래를 그려주었으니까요."

"그 점은 전 세계가 다 아는 사실입니다. 그 분야에서만큼은 정말 모범적인 사례였습니다."

"체르노빌 사태 이후, 우크라이나 정부는 방사능 피폭으로 부모를 잃은 아이들을 우리 기관에 위탁했습니다. 그 아이들 역시 병리학적인 증상을 보일 가능성이 대단히 높았습니다. 우리 임무는 아이들을 돌봐주면서 동시에 아이들을 대신 키워줄 친척들을 찾는 일이었습니다."

"디마도 그런 아이들 중 하나였습니까?"

"제 기억이 맞는다면 아마 원전사고 6개월 뒤였을 겁니다.

그 아이는 프리피야트에서 왔습니다. 원전 주변의 출입제한구역에 있는 마을인데 마을 전체에 이주 명령이 떨어졌다더군요. 당시 디마는 여덟 살이었습니다."

"센터에 오래 머물렀습니까?"

"21개월이군요." 노렌코 박사는 잠시 말을 끊고 색인표가 있는 서류함으로 가 베이지색 표지의 서류 하나를 꺼내 훑어본 뒤 대답했다.

"프리피야트에서 온 다른 아이들과 마찬가지로 디미트리 역시 야뇨증을 앓고 있었고 감정기복이 상당히 심했습니다. 원전사고를 비롯해 강제이주와 격리상황이 가져온 충격 때문이었죠. 그랬기 때문에 디마는 심리상담팀의 치료를 받아야 했습니다. 상담치료가 진행되는 동안 아이는 가족에 대한 이야기를 했습니다. 어머니 안냐와 아버지 콘스탄틴 두 사람 모두 원전 기술자로 일하고 있었다더군요. 그 외에 일상 전반에 걸쳐 상세한 설명도 덧붙였는데 확인 결과 모든 게 사실로 판명났습니다." 박사는 그 점을 강조했다.

"그런데 무슨 일이 벌어졌던 겁니까?"

노렌코 박사는 대답에 앞서 먼저 담배에 불을 붙였다.

"디마에겐 생존하는 친척이 딱 한 명밖에 없었습니다. 저희는 친가 쪽 삼촌, 올레그 카롤리친이라는 사람이 캐나다에 살고 있다는 걸 알아냈습니다. 조카가 살아 있다는 소식에 정말 반가워하더군요. 그 사람은 형, 콘스탄틴이 보내준 사진으로

밖에 디마를 본 적이 없다고 했습니다. 그래서 최근의 모습을 담은 사진을 보내준 뒤 벌어진 일을 전혀 상상도 못 했습니다. 사진 확인은 그저 단순한 행정 절차일 뿐이니까요."

"올레그란 사람이 사진을 보고 자신의 조카가 아니라고 했었던 거군요."

"그렇습니다……. 하지만 디마는 삼촌을 만난 적도 없었으면서 삼촌에 대해서, 특히 자신의 아버지와 관련된 일화를 아주 상세히 알고 있었습니다. 게다가 매년 생일 때마다 삼촌이 보내준 선물까지도 정확히 기억하고 있었습니다."

"당시는 어떻게 생각하셨습니까?"

"처음에는 올레그란 삼촌이 단순 변심한 거라고만 생각했습니다. 조카를 떠안고 싶지 않아진 거라고. 그런데 몇 년간 형에게 받았다는 사진을 우리 쪽에 보내왔을 때 정말 깜짝 놀라지 않을 수 없었습니다……. 두 아이가 완전히 다른 모습이었기 때문입니다."

그 말이 끝나자 어색한 침묵이 내려앉았다. 노렌코 박사는 냉정한 상대의 반응을 살피면서 저 사람이 자신을 미쳤다고 여기고 있는 건 아닌지 불안해하고 있었다.

"사진을 받기 전까지는 전혀 모르셨던 거군요……." 추격자는 뭐라고 말을 덧붙이려 했다.

"디마가 센터에 오기 전에 찍은 사진은 전혀 없었거든요." 심리학자가 힘주어 말했다.

"프리피야트 사람들은 살던 집을 버리고 간단한 생필품만 간신히 챙겨 황급히 그곳을 빠져나와야 했었습니다. 도착 당시 아이가 가진 물건은 간단한 옷가지가 전부였습니다."

"그래서요?"

"설명이 가능한 건 단 한 가지 가능성밖에 없었습니다. 어디서 왔는지도 모를 그 아이가 진짜 디마의 자리를 빼앗은 거라고밖에는요. 그런데 그게 다가 아니었습니다……. 단지 사람만 바뀐 게 아니었다는 겁니다."

순간 추격자의 눈빛이 반짝였다. 노렌코 박사도 그 날카로운 빛을 감지했다. 박사는 그게 두려움일 거라 확신했다.

"두 아이들이 단순히 '비슷한' 정도가 아니었다는 말입니다." 심리학자는 상세한 설명을 시작했다.

"진짜 디마는 근시였습니다. 가짜도 그랬습니다. 두 아이 모두 유당 알레르기를 앓고 있었습니다. 올레그 삼촌은 형님에게서 조카가 어릴 때 이염 치료가 제대로 되지 않아 오른쪽 청력이 떨어진다는 말을 들었다고 했습니다. 그래서 우리는 문제의 아이에게 청력 검사를 실시했습니다. 물론 사전에 아무런 언질도 주지 않았습니다. 그런데 그 아이 역시 동일한 증상을 보였던 겁니다."

"안 들리는 척했을지도 모르지 않습니까? 사실 청력 검사라는 게 환자들의 무의식적인 반응만으로 결과를 확인하는 검사 아닙니까. 아마 가짜 디마도 그 사실을 알고 있었을 겁니다."

"그럴 수도 있겠지요……. 아무튼 우리가 그런 사실을 밝히고 한 달여 뒤인가, 아이가 돌연 사라져버렸습니다."

"도망간 건가요?"

"그것보다는……. 증발해버렸다고 하는 게 더 맞을 겁니다. 몇 주간 계속해서 찾아봤습니다. 경찰 병력까지 동원해서요."

"진짜 디마는요?"

"진짜 디마의 행방은 그 어디서도 찾아볼 수 없었습니다. 부모의 행적도요. 아마 부모는 사망했을 거라고 추측합니다. 가짜 디마가 그렇게 말을 했으니 말입니다. 당시 원전사고로 인한 대혼란 속에서 사실관계 확인은 거의 불가능했습니다. 체르노빌과 관련된 모든 게 철저한 비밀에 부쳐지던 시절이었으니까요. 평범하고 사소한 것까지도 말입니다."

"그 이후에 소논문을 쓰시게 된 거군요."

"하지만 아무도 믿어주지 않았습니다." 노렌코 박사는 씁쓸한 표정으로 고개를 가로저으며 대답했다.

"그 아이는 단순히 누군가의 행세를 하고 다녔던 게 아닙니다. 생각해보십쇼. 여덟 살짜리의 지능으로 그토록 철두철미한 거짓말 세계를 구축한다는 게 가당키나 한 일입니까? 절대 아닙니다. 그 아이는 자신을 진짜 디마로 여기고 있었던 겁니다."

"아이가 사라질 당시 무언가를 가지고 갔습니까?"

"아닙니다. 오히려 이런 걸 남겼습니다……."

노렌코 박사는 책상 서랍에서 봉제인형 하나를 꺼내 상대방에게 건넸다.

토끼 인형이었다.

하늘색의 낡고 더러운 인형. 꼬리는 기워 넣은 상태였고 눈이 하나 없었다. 입을 벌리고 웃는 표정을 하고 있었지만 어딘가 음산해 보였다.

추격자는 인형을 살펴보았다.

"단서로 보기엔 큰 의미가 없는 물건이군요."

"그 생각엔 저도 동의합니다, 포스터 박사. 하지만 그걸 어디서 찾아냈는지는 모르실 겁니다."


어둠 속에 잠긴 운동장을 지나 노렌코 박사는 추격자를 센터의 다른 건물로 안내했다.

"과거에는 기숙사였습니다."

두 사람은 지하로 내려갔다. 노렌코 박사는 스위치 몇 개를 켰다. 제법 널찍한 공간을 밝히는 네온 불빛이 들어왔다. 습기로 인해 벽에는 곰팡이가 슬었고 천장에는 다양한 크기의 파이프관이 지나다니고 있었다. 대부분 낡았고, 기본적인 수준의 보수만 간신히 마친 상태였다.

"아이가 사라지고 얼마 있지 않아 청소를 담당하던 직원이 발견한 겁니다." 그는 놀라움을 애써 감추며 말을 이었다.

"발견 당시 그대로 현장을 보존하려고 애를 쓰긴 했습니다.

왜 그랬는지는 묻지 마십시오. 그저 막연히, 이게 언젠가 상황 파악에 도움이 될 거라고만 생각했습니다. 그 뒤로는 아무도 이곳에 발을 들이지 않았습니다."

두 사람은 높고 좁은 통로를 지나갔다. 철문 여러 개가 길게 늘어서 있었고 그 안쪽에서 난방배관 돌아가는 둔탁한 소음이 들려왔다. 그들이 도착한 곳은 낡은 가구들을 보관하는 창고 용도의 두 번째 방이었다. 그곳에는 먼지만 풀풀 날리는 침대 와 매트리스가 쌓여 있었다. 노렌코 박사는 앞장서서 길을 만 들며 손님을 안내했다.

"거의 다 왔습니다."

두 사람은 환기가 잘 되지 않는 계단 아래에 도착했다. 조명 이 제대로 들어오지 않아 노렌코 박사는 담배를 피울 때 사용 하는 지포 라이터를 켰다. 추격자는 라이터 불꽃을 따라 믿을 수 없다는 표정으로 한 발짝 앞으로 다가갔다.

그곳은 마치 벌레들이 모여 사는 거대한 소굴 같았다.

추격자는 순간적으로 한 걸음 물러났다가 다시 앞으로 발을 내디뎠다. 자잘한 나뭇조각으로 촘촘하게 쌓아놓은 골조가 눈 에 들어왔다. 골조는 각기 다른 색의 천과 끈, 빨래집게, 샤프 심 등으로 고정해놓았고 물에 적셔서 시멘트처럼 활용했을 신 문 조각들이 이제는 바싹 마른 채 덕지덕지 붙어 있었다. 전체 가 극도로 정교하고 치밀하게 조립된 상태였다.

아이가 만들어놓은 은신처였던 것이다.

추격자 역시, 어린 시절 비슷한 것들을 만들곤 했었다. 하지만 지금 그의 눈앞에 있는 것은 어딘가 달라 보였다.

"봉제인형은 그 안에 들어 있었습니다." 노렌코 박사가 말했다.

추격자는 바닥에 떨어진 무언가를 확인하기 위해 몸을 숙였다. 작고 짙은 둥근 얼룩이었다.

말라붙은 핏자국. 파리. 장 뒤에즈의 집에서 발견한 것과 똑같은 단서였다.

가짜 디마는 카멜레온이었어.

추격자는 흥분을 억누르며 상황을 얼버무리기 위해 질문을 던졌다.

"이 얼룩은 어디서 묻어난 건지 아십니까?"

"알 리가 있겠습니까……?"

"실례가 되지 않는다면 샘플로 채취를 해도 되겠습니까?"

"그러시지요."

"봉제인형도 가져갔으면 합니다. 분명 가짜 디마의 과거와 무슨 연관이 있을 것 같습니다."

노렌코 박사는 대답을 망설였다. 그는 이 자가 자신의 연구에 정말 관심이 있는지를 알고 싶었다. 자신의 존재감을 세상에 알릴 마지막 기회 같았기 때문이다.

"박사님이 발견하신 케이스는 여전히 과학적 연구가치가 충분하다고 생각합니다. 보다 심층적인 연구가 필요합니다." 추격자는 상대를 설득하기 위해 덧붙였다.

그 말에 우크라이나 심리학자의 눈에는 희망의 불씨가 되살아났다. 추격자는 상대의 협조를 이끌어내기 위해 결정타를 날렸다.

"어떻습니까? 이번 기회에 잘만 되면 공동으로 새로운 논문을 다시 쓰는 것도 좋지 않겠습니까?"

순간 노렌코 박사의 머릿속에, 그곳에 틀어박혀 여생을 보내지 않아도 된다는 희망이 부풀기 시작했다.

추격자는 미소와 함께 말을 이었다.

"일단 저는 오늘 밤 비행기로 영국으로 돌아갑니다, 노렌코 박사님. 하지만 가자마자 곧바로 연락드리겠습니다."

하지만 그의 머릿속에는 또 다른 행선지가 그려졌다. 디마의 행적이 남아 있는 곳, 프리피야트. 모든 것이 시작된 바로 그곳.

이틀 전

이틀 전

사지를 헤매던 남자가 소리쳤다.

"안 돼!"

부르짖는 그 소리는 꿈과 현실의 경계에 멈춰서 있었다. 과거에서 들려온 그것은 두 세계를 이어주는 문이 닫히기 바로 직전, 마르쿠스가 잠에서 깨기 직전에 현실세계로 넘어왔다.

그는 냉정한 총부리 앞에서 단호하게 "안 돼!"라고 소리쳤지만 그 안에는 두려움이 깊게 배어 있었다. 그렇게 고함을 질러봐야 소용없다는 사실을 너무나 잘 알고 있었기 때문이다. 총구의 위협 앞에서는 언제나 그럴 수밖에 없으니까. 그게 마지막 말이었다. 피할 수 없는 일을 가로막는 쓸데없는 장벽. 결코 안전할 수 없다는 걸 알고 있는 사람의 마지막 기도.

마르쿠스는 매직펜을 즉시 집어 들지 않았다. 심장이 두근거리고 호흡이 가빠졌지만 정신을 집중하고 머릿속에 한 가지만 떠올렸다. 이번만큼은 자신이 본 것을 절대 잊고 싶지 않았다.

자신과 데복에게 총을 쏜 얼굴 없는 남자의 형상이 눈앞에 생생하게 남아 있었다. 이전 꿈에서는 자세히 들여다보려고 들면 순식간에 연기처럼 사라져버리던 그 형상이었다. 그런데 이번만큼은 살인범에 관한 중요한 단서 하나를 찾아냈던 것이다. 그는 권총을 쥔 살인범의 손을 지켜보았다.

범인은 왼손잡이였어.

결정적 단서는 아니었지만 마르쿠스에게는 희망의 불씨를 살리는 계기가 되었다. 언젠가 그 실체를 확인할 수 있으리라. 정체성을 찾아 헤매는 기나긴 방황과 모험의 세계로 그를 밀어 넣은 장본인의 두 눈을 들여다볼 수 있으리라. 마르쿠스에게 남은 거라곤 단지 살아 있다는 의식이 전부였다. 더 이상은 아무런 느낌도 없었다.

그는 페데리코와 그의 집에서 찾아낸 공책의 그림을 떠올렸다. 괴물의 창세기를 담은 그림이었다. 하지만 폭력적 환상이 그렇게 어린 시기까지 거슬러 올라갔다는 사실은 다분히 충격적이었다. 의심이라는 빨간 끈이 그가 풀고자 했던 실타래 속으로 엉겨든 느낌이었다. 인간은 선하게 태어났다가 살면서 그렇게 변하는 걸까, 아니면 악하게 태어나 살면서 그렇게 되는 걸까? 어떻게 사악한 기운이 어린아이의 마음속에 이토록 선명한 자국을 남겨놓고 사방으로 감염시킬 수 있었던 걸까?

일련의 비극적인 사건들이 페데리코 노니라는 사람의 마음속에 깊은 골을 파놓았기 때문이라고 책임을 돌릴 수도 있을 것이다. 아이들을 버리고 도망간 어머니, 너무나 일찍 돌아가신 아버지. 하지만 그것은 빈약한 해명이자 손쉬운 핑계에 불과했다. 더더욱 끔찍한 경험을 하고도 살인자가 되지 않고 잘 살고 있는 아이들이 훨씬 많기 때문이다.

마르쿠스는 그런 물음들이 자신의 문제와도 관련이 있다는 걸 잘 알고 있었다. 기억상실증으로 인해 그는 모든 기억을 잃어버렸다. 단지 과거의 기억만이 아니었다. 과거의 그는 어떤 사람이었을까? 페데리코 노니의 공책 속에 아마 그에 대한 해답의 일부가 담겨 있었을지도 모른다. 인간은 누구나 자의식을 넘어서고, 경험이나 교육 수준을 넘어서는 선천적인 특징을 갖고 있다. 이름과 외모 뒤에 숨겨진 그만의 고유한 불꽃같은 무언가를.

사면관으로 활동을 재개하면서 배운 첫 번째 주의사항 중에는 겉보기만으로 판단하는 실수를 범하지 말라는 것이었다. 클레멘테는 그에게 테드 번디 사건을 철저히 파헤쳐보라고 주문했었다. 테드 번디는 천사의 얼굴을 가진 연쇄살인범이라고 불렸다. 여자 친구도 있었고 다른 친구들도 그를 친절하고 인정 많은 사람으로 기억하고 있었다. 하지만 그는 스물여덟 차례나 살인을 저지른 흉악한 살인마였다. 정체가 드러나기 전에는 호수에 빠져 익사하기 직전의 어린 소녀를 구해 표창장을 받은 일까지도 있었다.

우리는 언제나 치열한 전쟁을 치르고 있어. 그는 생각했다. 어느 편에 설지 고르는 건 단순한 선택의 문제가 아니야. 하지만 결국 유일한 결정권은 자기 자신에게 있는 거야. 그리고 그 고유의 불꽃을 따라갈지, 무시할지는 각자가 알아서 결정해야 해. 그게 좋은 것이든 나쁜 것이든.

이는 가해자뿐만 아니라, 피해자에게도 똑같이 적용되는 것이다.

이런 측면에서 보자면 지난 사흘간은 적잖은 것들을 배우고 경험한 시간이었다. 예레미아 스미트에게 살해당한 여성의 언니였던 모니카, 라파엘레 알티에리와 피에트로 치니, 이 세 사람은 누군가에게 사건의 진실을 들었고, 용서 혹은 복수의 기회를 제공받았다. 그리고 각자의 결정에 따라 선택을 했다. 모니카는 전자를, 나머지 두 사람은 후자를 택했다.

거기에 더해, 남편을 살해한 살인범을 쫓고 있는 여형사가 있었다. 그녀는 무엇을 찾고 있는 걸까? 부담감을 떨쳐줄 진실? 아니면 응징할 방법? 마르쿠스는 다비드 레오니라는 이름을 들어본 기억이 전혀 없다. 부인인 여형사의 말에 따르면 내사원 소속 사면관들을 조사하다 살해당했다고 했다. 그리고 마르쿠스는 수수께끼 푸는 일을 도와주겠다고 약속했다. 왜 그랬을까? 지금으로선 어떤 방식으로 일이 펼쳐질지 알 수 없었지만 마르쿠스는 그녀마저 복수의 굴레에 말려들게 되지는 않을까, 그게 걱정스러웠다. 그리고 왠지 몰라도 그녀와 나머지 모든 것을 연결해주는 무언가가 있다는 느낌이 강하게 들었다.

지금까지 사건에 관련된 이들은 인생이 송두리째 뒤집힐 만큼의 막대한 피해를 입었다. 악의 기운은 단순히 그들을 치고 지나간 게 아니라 그 자리에 씨까지 뿌려놓았다. 마음속으로 스며든 그 씨앗들 중 일부는 뿌리를 내리고, 그들의 인생을 감염시켰다. 기생충처럼 악은 인간의 마음을 숙주 삼아 증오와 원한의 기운으로 조금씩 은밀히 침투해간다. 그런 식으로 변신이 완성되는 것이다. 지금까지 살아오면서 단 한 번도 살인을 생각해본 적 없는 사람들이, 시간이 흐르면서 오히려 살인자로 변해가는 경우가 그렇다.

하지만 마르쿠스의 마음 한구석에는, 복수를 선택하는 사람들을 무조건 처벌할 수만은 없다는 생각이 자라고 있었다. 왜냐하면 자신 역시 그들과 여러 면에서 닮았기 때문이다.

그는 벽으로 몸을 돌려 프라하 호텔방에서 벌어진 장면에 대해 마지막으로 기록해둔 기억의 조각들을 다시 읽어보았다.

깨진 유리. 세 발의 총성. 그리고 하나를 더 추가했다. 왼손잡이.

데복의 살인범이자 그의 기억을 송두리째 앗아간 장본인과 대면하게 되면 무얼 어떻게 해야 할까? 마르쿠스는 자기도 죽이려 했던 그 상대를 성인(聖人)처럼 대할 순 없을 것 같았다. 죄를 짓고도 죗값을 치르지 않고 버젓이 잘 살고 있는 악인들을 과연 용서할 수 있을까? 불의를 처단하려다 오히려 범죄에 휘말리게 된 그들을 무작정 비난할 수만은 없었다.

그들은 막강한 힘을 부여받았다. 그리고 그들에게 그런 힘을 준 건 다름 아닌 사면관이었어.

그 사실을 알아낸 뒤 마르쿠스는 모순되는 감정을 느꼈다. 처음에는 일종의 배신감이 느껴졌다. 하지만 그런 어둠의 능력을 지니고 있는 게 자신만이 아니라는 사실에 한편으로는 안심이 되었다. 다른 동료 사면관의 의도는 알 수 없었지만, 라라 사건에 신의 사람이 개입돼 있다는 사실이 희망을 주었다.

분명 라라를 이대로 죽게 내버려두진 않을 거야. 마르쿠스는 그렇게 생각했다.

원래 그가 주력해서 해결해야 할 문제는 예레미아 스미트가 납치한 라라의 행방이었다. 그런데 그 일은 거의 잊다시피 지내고 있었다. 다른 사건들에 끌려 다니면서도 그 속에는 라라에 관한 결정적인 단서가 숨겨져 있을 거란 확신이 있었다. 그래서 사면관이 보낸 마지막 메시지를 다시 한 번 곰곰이 곱씹어보았다. 피에트로 치니가 받은 그 이메일.

이미 일어난 일은 다시 일어나기 마련이다.

만약 이 모든 게 그가 문제 해결을 눈앞에 둔 시점에서 실패하도록 계획된 음모였다면? 그렇게 되면 그는 평생 라라를 구하지 못했다는 자책감에 시달리며 살게 될 것이다. 안 그래도 텅 빈 그의 기억 속에 충격만이 남게 될 터다.

끝까지 가야 해. 달리 대안도 없어. 하지만 최악의 상황이 일어나기 전에 해결해야 해. 그래야만 라라를 무사히 구할 수 있어.

지금으로선 눈앞에 닥친 위험에 집중해야 했다.

c.g. 925-31-073.

이메일 내용에 있던 사건분류 번호는 단죄가 행해지지 않은 또 다른 범죄가 있음을 알리고 있었다. 어딘가의 누군가가 피해자로 남을 건지, 새로운 가해자가 될 것인지를 선택해야 할 기로에 놓이게 될 것이다.


훈련을 시작하고 2개월이 지났을 즈음 마르쿠스는 클레멘테에게 기록 보관실에 대해 물어보았다. 그 존재에 대해 귀가 닳도록 들은 데다 언제쯤 직접 자료를 손에 쥐어볼 수 있을지 궁금했기 때문이다. 그러던 어느 날 밤 늦은 시각, 클레멘테가 세르펜티 가에 찾아와 이렇게 말했다.

"이제 때가 된 것 같아요."

마르쿠스는 아무것도 묻지 않고 그를 따라 로마 거리로 나섰다. 차를 타고 한참을 달린 뒤 내린 두 사람은 중심가의 아주 낡은 건물로 걸어 들어갔다. 클레멘테는 그를 건물 지하로 안내했다. 두 사람은 프레스코화로 장식된 복도를 지나 나무문 앞에 멈춰 섰다. 클레멘테는 자신이 가지고 다니는 열쇠를 꺼내 문을 열었다. 마르쿠스는 긴장감을 감출 수 없었다. 마지막

문 앞에 서자 갑자기 준비가 덜 된 것 같다는 기분이 들었다. 게다가 기록 보관실이 그렇게 쉽게 드나들 수 있는 곳이리라고는 미처 생각도 못 했다. 무시무시한 사건들이 가득 있다는 보관실의 존재를 알게 된 뒤로 그곳을 생각할 때마다 두려움이 일었던 것은 말할 필요도 없었다. 세기를 거듭하면서 기록 보관실은 '악의 도서관', '악마의 기억' 등 의미심장한 이름들로 불렸다. 마르쿠스는 책이 빽빽이 꽂힌 책장이 즐비하게 늘어선 미로 같은 모습을 상상했었다. 책장 사이를 옮겨 다니다 길을 잃거나, 그 속에 보관된 내용을 읽다가 미처버리게 될지도 모른다고. 그래서 클레멘테가 그 나무문을 열어주었을 때 머리보다 눈길이 먼저 안으로 쏠렸다.

창문 하나 없이 썰렁한 벽, 그리고 중앙에 의자 하나와 테이블 하나만 덩그렇게 놓인 작은 방이었다. 그리고 그 테이블 위에 서류 하나가 놓여 있었다.

클레멘테는 그에게 자리에 앉아 서류를 읽어보라고 권했다. 열한 차례나 살인을 한 살인범의 고백이었다. 피해자는 모두 젊은 여성이었다. 첫 범행은 스무 살 때 시작되었다. 그는 자신이 사람을 죽이는 동안 도대체 어떤 사악한 힘이 자신의 손을 이끌었는지 알 수 없다고 고백했다. 설명할 수 없는 강한 힘이 살인을 반복하도록 자신을 충동질하는 것 같다고도 했다.

마르쿠스는 그가 연쇄살인범임을 떠올리고 클레멘테에게 체포 여부를 물었다.

"물론 체포됐어요." 그는 동료를 안심시켰다.

그런데 그 내용은 1천 년 전의 일이었다.

마르쿠스는 연쇄살인범들이 출현하기 시작한 건 현대에 들어서라고만 생각했었다. 20세기 들어 인류는 윤리와 도덕면에서 엄청난 진보를 거듭했는데, 그 과정에서 발생한 산물이 바로 연쇄살인범들이라고. 하지만 1천 년 전에 작성된 기록을 들여다보면서 자신이 잘못 알고 있었다는 사실을 인정할 수밖에 없었다.

이어지는 며칠간, 클레멘테는 마르쿠스를 도서관으로 데려와 새로운 사건에 대한 자료를 건네주고 읽게 했다. 마르쿠스는 한 가지 궁금한 게 있었다. 왜 안전가옥으로 자료를 가져다주면 안 되는 걸까? 대답은 의외로 간단했다. 학습의 중요성을 깨닫기 위해서는 그런 격리된 상황이 필요하다는 것이었다.

"내가 바로 그 기록들이야." 언젠가 클레멘테에게 그렇게 말했다.

클레멘테는 물리적 장소 외에도 사면관 자체가 기록 보관실이라는 사실에 동의했다. 약간의 차이는 있겠지만 사면관 각자가 그 경험을 보관하고 있다가 세상에 내놓는 관문 역할을 하기 때문이었다.

하지만 데복 사제의 죽음 이후, 그리고 바로 전날 피에트로 치니 사건까지 마르쿠스는 항상 자신이 정말 혼자인 건지 아닌지 의심스러워했었다.

거대한 유대교 회당 건물 뒤로 보이는 포르티코 도타비아 쪽의 유태인 마을로 향하는 동안 머릿속에는 계속해서 그 생각이 따라다녔다. 나 이외에 또 다른 사면관의 존재.

클레멘테는 난간에 기대어 섰다. 그는 이미 모든 걸 알고 있었다.

"이름이 뭐였지?"

"그건 저희도 몰라요." 젊은 사제는 마르쿠스를 돌아보며 대답했다.

이번만큼은 마르쿠스도 간략한 답변에 만족할 수 없었다.

"어떻게 사면관의 신원을 전혀 모를 수 있다는 거야?"

"오직 데복 사제님만이 사면관의 이름과 얼굴을 알고 계시다는 건 결코 거짓말이 아니에요."

"그럼, 거짓말은 뭐지?"

"사실 이 모든 건 예레미아 스미트 사건 이전부터 시작된 거예요."

"그러니까 누군가 기록 보관실에 소장된 문서들을 외부로 유출했다는 걸 처음부터 알고 있었다는 거군."

혼자서도 도달할 수 있는 결론이었다.

"이미 일어난 일은 다시 일어나기 마련이다. 그게 무슨 뜻인지 알고 싶어요? 전도서 1장 9절을 생각해보세요."

'이미 있던 것이 후에 다시 있겠고, 이미 한 일을 후에 다시 할지라. 해 아래에는 새것이 없나니.'

"언제부터 비밀이 새나가기 시작했던 거지?"

"몇 달 됐어요. 너무 많은 사람들이 죽어나가고 있어요, 마르쿠스. 이건 교회 입장에서도 결코 좋은 일이 아니에요."

클레멘테가 던진 말에 갑자기 심기가 불편해졌다. 자신은 오직 라라를 구하기 위해 애쓰고 있었다고 생각했는데 실상은 그게 아니었던 것이다.

"당신들이 관심 있었던 건 그거였군. 기록 보관실의 출혈을 멈추는 것, 누군가 나 홀로 정의를 실현하고 있다는 사실이 알려지지 않도록 막는 거 말이야. 그게 우리 때문에 벌어진 일이기 때문에. 그럼 라라는 뭐지? 단지 예기치 못한 변수였던 거야? 그래서 죽기라도 하면, 어쩔 수 없었다고 하면 되는 건가?" 마르쿠스는 불같이 화를 냈다.

"당신은 그 여대생의 목숨을 구하라는 부름을 받은 거예요."

"웃기는 소리 하지 마."

"사면관은 교회의 결정과 반대되는 일을 하는 거예요. 원래 내사원은 해체되고 사면관 자격 역시 사라졌어요. 그런데 누군가가 그 전통을 계속 이어나가고 있었던 거라고요."

"데복 사제."

"사제님은 이 일을 그만두는 건 실수라고 생각하셨어요. 사면관들은 중요한 역할을 수행하는 거라고, 기록 보관실에서 얻게 된 악에 대한 지식들은 이 세상을 위해 사용돼야 한다고 주장하셨죠. 그래서 자신이 무슨 일을 해야 하는지 너무나 잘 알고 계셨어요. 당신과 다른 사면관들은 그분을 따라 광기 어린 이 일을 계속했던 거고요."

"그럼 그분이 무슨 이유로 프라하 호텔까지 날 찾아왔던 거지? 난 거기서 뭘 하고 있었던 거고?"

"맹세하는데 그건 나도 정말 몰라요."

마르쿠스는 제국시대의 로마 유적지를 물끄러미 쳐다보았다. 자신이 무슨 역할을 하고 있었는지 깨닫기 시작했던 것이다.

"문제의 사면관은 비밀을 하나 밝힐 때마다 동료들을 위한 단서를 남겨둔 거야. 본인이 체포되기를 바랐을지도 모르지. 당신들은 그 사람을 잡아들이기 위해 날 훈련한 거고. 한마디로 날 이용한 거지. 라라 납치 사건은 나한테 의심을 사지 않고 무대로 끌어들이기 좋은 핑곗거리에 불과했던 거였어. 여대생의 목숨은 당신들에겐 그다지 중요하지 않았던 거고……. 나 역시 마찬가지겠지만……."

"아니, 그 반대예요. 어떻게 그런 생각을 할 수 있는 거예요?"

마르쿠스는 클레멘테에게 다가가 두 눈을 들여다보며 말을 이었다.

"만약 기록 보관실이 위험에 처하지 않았었다면, 자넨 기억 상실증 환자인 나를 병원 침대에서 끌어내지 않았을 거잖아."

"아니라니까요. 우린 당신의 기억을 되살려주고 계속 일을 하게 지원했을 거예요. 제가 프라하에 간 건 데복 사제가 살해당했기 때문이었어요. 그런데 그분이 총에 맞을 당시 어떤 남자와 함께 있었다는 사실을 알게 되었던 거예요. 그게 누군지는 전혀 몰랐었고, 단지 신원파악이 불가능한 그 남자가 병원에 누워 있다는 것만 전해 들었어요. 기억상실증에 걸린 채로."

두 사람이 같이 일하게 된 뒤 마르쿠스는 여러 차례 자신의 이야기를 들려달라고 부탁했었다. 자신의 신분을 받아들이기 위해서였다. 호텔방의 개인소지품들을 샅샅이 뒤진 클레멘테는 위조신분으로 바티칸에서 발급한 외교여권과 수첩 여러 개, 대부분 자신의 이야기를 적어놓은 마르쿠스의 일기장 등을 찾아냈다. 일기장은 만약 자신이 죽게 되거든 이름 없는 시체로 남게 될까 두려운 마음에 작성한 듯 보였다. 아무튼 그 일기장을 통해 클레멘테는 마르쿠스가 누구인지 알게 되었던 것이다. 그리고 병원에서 퇴원한 후 그를 범죄현장에 데려갔을 때 확신을 갖게 되었다. 마르쿠스가 살인사건의 전개과정을 너무나 상세히 묘사했기 때문이다.

"전 제가 알아낸 걸 윗분들에게 말씀드렸어요." 클레멘테가 설명을 이어나갔다.

"그분들은 포기할 생각이었어요. 하지만 전 당신이 괜찮은 사람이라는 점을 강조했고 그렇게 그분들을 설득했어요. 당신은 우리한테 이용당했다는 생각 때문에 기분 나빠 하지만, 우

린 절대 그런 짓 하지 않았어요. 당신은 우리 조직에게 행운 같
은 존재였어요."

"만약 내가 배신한 사면관을 찾아낸다면, 난 어떻게 되는 거
지?"

"그건 당신 자유예요, 알겠어요? 누군가 대신 결정하는 일이
아니기 때문이에요. 지금이라도 떠나고 싶으면 떠날 수 있어
요. 그건 전적으로 당신 마음에 달려 있어요. 당신을 족쇄처럼
묶어놓는 그 어떤 의무도 없어요. 하지만 전 알아요. 당신은 자
신이 누구인지 알고 싶어 한다는 걸요. 그리고 지금 하고 있는
일이, 비록 인정하고 싶지는 않지만 당신 자신을 알아가기 위
한 과정의 하나라는 걸 당신도 깨닫고 있다는 거, 그것도 안다
고요."

"모든 게 끝나면 사면관들도 다시 역사 속으로 사라지는 거
야. 그리고 이번만큼은 당신들도 단호하게 종결시켜야 한다고."

"사면관의 존재가 사라진 건 그만한 이유가 있어서였어요."

"그게 뭐지?"

"당신도 저도 이해할 수 없는 그런 이유라고 할 수 있어요.
결정은 윗분들이 하는 거예요. 상세하고 구체적인 지침에 따
라서요. 우리 성직자의 의무는 일일이 따지지 않고, 저 위에 계
신 분께서 우리를 위해 올바른 결정을 내리신다는 생각으로
묵묵히 봉사하는 거예요."

고대신전 기둥 사이를 날아다니는 새들은 생명력 넘치는 아

침 바람을 가르며 지저귀고 있었다. 화창한 날이 시작되었건
만 마르쿠스의 마음은 전혀 그렇지 못했다. 다른 삶을 살 수도
있다는 이야기는 그리 나쁘지 않을 것 같았지만 낙담한 마음
은 쉽게 일어서지 못했다. 자신의 재능을 깨닫게 된 뒤로 그는
무형의 강요를 받는 기분을 느꼈다. 마치 그의 손에 모든 악을
막을 수 있는 해결책이라도 담겨 있는 듯. 클레멘테는 그에게
출구를 제시해준 셈이다. 하지만 그가 하는 일이 자신에게도
도움이 된다는 지적은 사실이었다. 만약 라라를 찾아내고 배
신한 사면관의 정체를 밝혀낸다면 자신 있게 그 세계에서 발
을 뺄 수도 있을 터였다.

"내가 뭘 하면 되는 거지?"

"라라가 아직도 살아 있는지 알아낸 뒤 구해야지요."

마르쿠스는 유일한 방법을 알고 있었다. 그건 사면관이 흘리
고 간 단서를 따라가는 것이었다.

"그자는 기록 보관실에 있던 사건들 중 오래 된 미제사건들
을 자신의 힘으로 푸는 데 성공했어. 대단한 사람이라고."

"당신도 마찬가지예요. 그게 아니었다면 지금까지 어떻게
이 모든 연관관계를 밝힐 수 있었겠어요? 당신도 그자와 똑
같이 대단해요."

마르쿠스로서는 그런 식의 비교가 위로가 될지, 흥분을 가라
앉혀줄지 알 수 없었다. 하지만 계속해서 앞으로 전진해야 했
다. 사건을 해결하는 그날까지.

"이번 사건은 분류번호가 'c.g. 925-31-073'이었어."

"아마 마음에 들지 않을 거예요." 클레멘테는 우비 속에서 파일 하나를 꺼내며 미리 경고했다.

"누가 죽긴 했어요. 그런데 누가 죽었는지를 알 수 없다는 거예요. 살인범이 범행사실을 자백했는데 그 사람 이름을 알 수가 없어요."

마르쿠스는 파일을 집어 들었다. 상당히 얇게 느껴졌다. 종이 한 장에 불과했기 때문이다. 수기로 작성한 문서.

"이건 뭐지?"

"자살자의 고해성사예요."

**07시 40분**

뺨을 쓸어내리는 느낌에 잠에서 깼다. 그녀는 눈을 뜨며 샬버의 온기가 느껴질 거라 예상했다. 하지만 그녀는 혼자였다. 분명 누군가의 손길을 느낀 것만 같았는데…….

설명할 수 없는 밤을 같이 보낸 남자는 이미 일어나고 없었다. 샤워기 물 흐르는 소리가 들리고 있었다. 차라리 잘됐다는 생각이 들었다. 산드라는 그 남자와 다시 얼굴을 맞대고 싶은지 아닌지 자신의 마음을 알 수 없었다. 아직은 아니라는 생각이 앞섰다. 그녀만의 시간이 필요했다. 한낮의 무자비한 진실

66

은 이불 속에서 벌어졌던 간밤의 일과는 완전히 다른 차원의 모습과 무게로 그녀를 찾아왔다. 그녀가 느끼는 수치심은 아랑곳하지 않겠다는 듯 덧창을 뚫고 들어온 햇살은 바닥에 흐트러진 그녀의 옷가지들을 비롯해 돌돌 말린 채 떨어진 이불과 그녀의 알몸을 환히 비추고 있었다.

내가 알몸으로 있잖아. 그녀는 상황을 파악하려는 듯 머릿속으로 혼잣말을 했다.

먼저 아무 생각 없이 마신 와인이 원망스러웠다. 그러다가 핑계가 너무 약하다는 생각이 들었다. 누구 탓을 해야 할까? 산드라는 몸 둘 바를 모를 정도로 수치스러웠다. 샬버는 아마 그녀가 너무 쉽게 넘어왔다고 생각하고 있을 게 분명했다. 그가 자신에 대해서가 아니라, 다비드에 대해서 어떻게 생각하고 있을지 두려웠다. 산드라는 다비드에 대한 미안함으로 마음이 쓰렸다.

그녀는 샬버를 미워할 핑계를 찾았다. 전날 밤, 샬버는 사려 깊은 태도를 보였다. 불타는 열정이라고는 할 수 없었지만 분명 모든 게 부드럽게 흘러갔다. 그는 아무 말 없이 그녀를 품에 끌어안았다. 그리고 이따금씩 그녀의 머리카락에 얼굴을 부빌 때마다 그의 뜨거운 숨결이 느껴졌다.

첫 유혹에 그대로 끌려버린 자신에게 화가 치밀었다. 첫 만남에는 죽도록 서로를 싫어하다가 사랑에 빠지는 너무나 뻔한 스토리를 자신이 그대로 재연한 셈이었다. '새로운 남자친구'와 다비드를 비교라도 했다면 아마 가관이었을 것이다. 산드라는 그런 생각을 머릿속에서 밀어내고 침대에서 일어났다. 그러고는 샬버가 욕실에서 나올 새라 황급히 팬티를 찾아 입었다.

산드라는 침대에 앉아 욕실을 차지한 사람이 나와주기만을 기다리고 있었다. 당장이라도 뜨거운 물줄기 속으로 숨어들고 싶었다. 옷을 다 차려입은 채로 그의 앞에 서는 것도 좀 웃길 것 같다는 생각이 들었다. 하지만 후회는 들지 않았다. 울고 싶기도 했지만 산드라는 한편으론 알 수 없는 기쁨을 느꼈다.

그녀는 아직도 다비드를 사랑하고 있었다.

하지만 '아직도'라는 단어에는 또 다른 뜻이 숨어 있었다. 그건 엄밀히 말해, 다비드와 헤어졌음을 인정한다는 뜻이었다. 또한 미래를 내다보겠다는 뜻이기도 했다. 조만간 모든 게 변하고 달라질 터였다. 가끔은 뒤도 돌아보겠지만 남편의 자리는 조금씩 작아질 것이다. 그러다 어느 순간이 지나면 지평선 너머로 사라져버릴 것이다. 두 사람은 적지 않은 시간을 함께했다. 하지만 기다리고 있는 미래에 비하면 터무니없이 짧은 순간에 불과했다.

산드라는 다비드를 잊게 되지는 않을까 두려웠었다. 그래서 애써 기억의 끈을 붙잡고 놓지 않았던 것이다.

산드라는 무심코 벽장 옆에 걸린 거울을 들여다보았다. 미망인이 아니라 한 남자를 향해 에너지와 사랑을 쏟아부을 수 있는 매력적인 젊은 여성의 모습이 비쳤다. 그녀는 다비드와 사랑을 나눴던 순간을 떠올렸다. 특히 두 번의 기억이 강하게 남아 있었다.

첫 번째 기억은 그다지 낭만적이지는 않았다. 세 번째 만남 뒤에 차 안에서였다. 당시 두 사람은 푹신한 침대와 은밀한 조명이 기다리는 그녀의 집으로 가던 중, 갓길에 차를 세우고 뒷자리로 옮겨가 입술을 맞댄 채로 옷을 벗고 열정적으로 사랑을 나누었다. 마치 너무 빨리 헤어지게 될 거란 사실을 예견이라도 한 듯.

두 번째 기억은 남편이 죽기 몇 달 전 일이었다. 그날도 특별할 것 없는 평범한 밤이었다. 두 사람은 평소 습관처럼 일상을 반복했다. 다비드는 저녁 내내 분위기를 달아오르게 하는 말로 추파를 던지고 산드라는 즉각적인 보상을 거부하고 남편이 서서히 다가오게 내버려두는 게 두 사람의 습관이었다. 더 짜릿한 쾌감을 위한 게임은 아니었다. 세상에 공짜로 얻을 수 있는 건 없다는 지론을 재확인하는 과정이기도 했다.

그런데 그날은 달랐다. 다비드가 두 달간의 출장을 마치고 집으로 돌아온 날이었다. 그는 자신이 없는 사이에 무슨 일이 있었는지 상상도 할 수 없었고 산드라는 아무 일도 없는 듯 행동했다. 저녁 내내 산드라는 거짓말은 하지 않았지만 연기를 했다. 그저 일상을 반복하는 것만으로도 손쉽게 시간을 넘길 수 있었다. 사랑을 나누는 습관까지도 모두.

다비드에게 비밀을 털어놓았다면 남편은 뒤도 돌아보지 않고 그녀를 떠났을 것이다. 산드라는 그럴 거라 확신했다. 그녀의 잘못을 규정하는 한 단어가 있었다. 하지만 그녀는 그 한 단어를 절대 입 밖으로 꺼내지 않았다.

"그건 죄였어." 산드라는 거울을 보며 말했다.

산드라는 굳게 닫힌 욕실 문을 쳐다보았다. 이젠 어떻게 해야 할까? 샬버와 그녀는 관계를 가졌다. 단순한 성관계라고 해야 할까? 앞으로 두 사람의 관계는 어떻게 될까? 거기까지는 미처 생각하지 못했다. 아무튼 상대가 먼저 말을 꺼내게 내버려둘 생각은 없었다. 그런데 순간 당혹감이 앞섰다. 상대가 싸늘하게 나온다고 해도 절대로 실망감을 내비치고 싶지는 않았다. 하지만 그런 상황이 닥치면 어떻게 모면해야 할지는 도무지 생각나지 않았다. 시계를 쳐다보았다. 잠에서 깬 건 대략 20여분 전이었다. 그런데 샬버는 여전히 욕실에서 샤워 중이었다. 물줄기 소리는 계속되고 있었지만 뒤늦게 그 소리가 아무런 변화 없이 규칙적으로 들린다는 사실을 깨달았다.

산드라는 그 즉시 욕실로 달려가 문을 활짝 열어보았다. 수증기가 밀려나오며 시야를 가렸다. 물줄기가 쏟아지는 샤워부스 안에는 어떤 그림자도 보이지 않았다.

샬버가 이렇게까지 교묘한 계획을 세운 이유는 단 한 가지. 산드라는 변기수조 뚜껑을 들어 올리고 숨겨두었던 지퍼백을 찾아 내용물을 확인해보았다. 다비드의 카메라에서 현상한

사진 대신, 그 안에는 밀라노행 편도 기차표 한 장만 남아 있
었다.

산드라는 축축한 바닥에 그대로 주저앉아 머리를 쥐어뜯었
다. 울음이 터져 나올 것만 같았다. 하지만 꾹 참았다. 간밤의
일은 더 이상 떠올리지 않았다. 샬버가 보인 감정이 결국 계획
의 일부인지 아니었는지도 따지지 않았다. 산드라는 다비드와
사랑을 나눴던 그날만을 생각했다. 아내가 자신에게 무언가를
숨기고 있다는 사실을 알고 있던 다비드, 그 기억을 떨쳐내기
위해 오랫동안 애쓴 자신. 그런데 오늘, 그 기억은 기어코 또다
시 수면 위로 떠오르고 말았다.

그래. 난 죄인이야. 산드라는 자신의 양심을 달래기 위해 그
렇게 되뇌었다. 그리고 다비드의 죽음은 그 벌이었어.

여러 차례 샬버의 휴대전화로 전화를 걸었지만 계속해서 음
성메시지로 넘어갔다. 놀랄 일도 아니었다. 그렇게 망연자실
해 있을 시간이 없었다. 당장 움직여야 했다.

산드라는 관자놀이에 흉터를 가진 사제와 계약을 맺었다. 하
지만 샬버가 그의 사진을 수중에 넣은 이상 그를 알아보는 건
시간문제였다. 만약 인터폴 형사가 사제를 체포라도 하는 날
에는 모든 게 끝이다. 남편의 살인범을 찾기 위한 수사는 온통
검은 사진에서 막다른 길에 부딪힌 상황이었다. 오직 사면관
만이 그녀의 유일한 희망이었다.

더 늦기 전에 무슨 수를 써서라도 그에게 위험을 알려야 했다.

하지만 그 사제에게 연락할 방법도 없었고 그의 약속대로 연락이 오기만을 기다리고 있을 수도 없었다. 산드라는 지나간 일들을 곱씹으며 아파트를 둘러보았다. 분노가 치밀어 올랐다. 그래도 최대한 객관적으로 보려 애썼다. 인터폴 형사에 대한 상반된 두 개의 감정이 서로 부딪히고 있었다.

피가로 사건으로 돌아가야 했다.

전날 저녁, 산드라는 박물관에서 사제에게 피가로 사건을 풀수 있는 단서를 제공했다. 사제는 그녀의 말을 다 들은 뒤 급한 용건이 있다며 도망치듯 가버렸다. 산드라도 굳이 붙잡지 않았다.

이제 상황이 어떻게 변했는지 알고 싶었다. 대답은 텔레비전이 대신해줄 수 있을 것 같았다. 산드라는 즉시 부엌에 있던 작은 텔레비전을 켰다. 마침 뉴스가 진행되고 있었다. 아나운서는 빌라 글로리 공원에서 젊은 여성으로 추정되는 시신 한 구가 발견됐다는 소식을 전했다. 그리고 이어지는 소식에서 페데리코 노니와 피에트로 치니라는 이름이 흘러나왔다. 트라스테베레에서 벌어진 살인사건과 자살에 관한 내용이었다.

산드라는 귀를 의심할 수밖에 없었다. 예상치 못한 비극적 결말에 자신이 도대체 무슨 역할을 한 건지 이해할 수 없었다. 간접적으로나마 그 두 사람을 죽음으로 내몰았다는 말인가? 보도 내용에 그나마 안심이 되긴 했다. 사건발생 시간대가 그녀와는 전혀 무관했기 때문이다. 그 시각, 산드라는 사면관을 만나 대화를 나누고 있었다. 그렇다면 사제 역시 사건이 일어나던 시각, 현장에 있지 않았다는 뜻이었다.

피가로 사건은 이걸로 종결돼버렸다. 따라서 사면관에게 연락을 취할 구실이 없어지고 말았다.

실망감에 화가 치밀었다. 도대체 어디서부터 다시 시작해야 할지 감을 잡을 수 없었다.

잠깐만. 무언가가 뇌리를 스치고 지나갔다. 살버는 어떻게 사면관들이 피가로 사건을 캐고 있다는 걸 알아낸 거지?

산드라는 사건에 대해 살버가 했던 말들을 다시 되짚어보았다. 그는 경찰이 가택수색을 진행하고 있었다는 로마 외곽의 어느 주택에 도청 마이크를 설치했다고 말했다.

어떤 집이었을까? 그리고, 도대체 왜?

산드라는 가방에서 휴대전화를 꺼내 재다이얼 버튼을 눌렀다. 벨이 여섯 번 울리자 데 미켈리스 반장이 전화를 받았다.

"이번에는 뭘 해드려야 하나, 베가 형사?"

"반장님, 이번에도 좀 도와주셔야겠어요."

"난 그러라고 일하는 사람이라고." 반장은 기분 좋게 대해주었다.

"최근에 로마 외곽에 있는 어느 주택에서 경찰이 가택수색을 하고 있다는 소식 들은 거 있으세요? 분명 대형 사건과 관련 있는 내용이거든요."

산드라는 살버가 도청 마이크까지 설치했다는 점에 착안해 분명 파장이 큰 사건일 거라고 추측했다.

"자네, 신문도 안 읽나?"

"제가 놓친 게 무슨 사건이에요?"

"연쇄살인범 하나를 체포했잖아. 온통 그 얘기밖에 안 한다고."

산드라는 전혀 모르고 있었다.

"설명 좀 해주세요."

"나도 시간은 별로 없는데, 일단 예레미아 스미트라는 자가 지난 6년간 네 명을 살해했어. 그런데 사흘 전에 심근경색으로 쓰러졌고 응급구조대 덕분에 생명은 건졌는데, 그 통에 그가 연쇄살인마라는 사실이 밝혀진 거야. 지금 병원에 입원해 있는데 의식불명이야. 일단 사건은 종결된 상태고."

"알겠어요. 그런데 부탁드릴 게 하나 있어요."

"또?"

"큰 거예요. 이번에는."

"뭐, 일단 들어나 보자고."

"절 그 사건에 투입시킨다는 공문 하나 띄워주세요."

"자네 지금 농담하는 거지?"

"명령 없이 독자적으로 뛰어드는 거 보고 싶으세요? 제가 그러고도 남을 거라는 건 잘 아시잖아요."

"자네, 이거 조만간 다 해명할 거지? 그럴 거지? 안 그러면 자네 부탁 들어준 내가 정말 바보 같다는 생각이 들 거 같거든?"

"하나도 빼놓지 않고 다 말씀드릴게요."

"좋아. 공문은 한 시간 내에 팩스로 로마 시경에 보내놓지. 그럴싸한 핑곗거리 만들려면 머리깨나 쥐어뜯어야겠군그래."

"제가 감사드려야 하는 거 맞죠?"

"무슨 그런 소리를!" 데 미켈리스 반장은 웃으며 말한 뒤 전화를 끊었다.

산드라는 살버가 남기고 간 기차표를 발기발기 찢어 바닥에 던져버렸다. 그가 다시 돌아올 리 만무했고 다시는 그를 볼 수도 없을 것 같았다. 그런 확신이 들자 분해서 속이 쓰렸다. 산드라는 협조공문이 도착할 시간에 맞춰 로마 시경으로 향해 예레미아 스미트와 관련된 자료를 요청해야겠다고 결심했다. 그녀는 본능을 따랐다. 사면관이 그 사건에 관심을 가지고 있다는 건 그 사건이 아직 종결된 사건이 아니기 때문이리라.

**08시 11분**

마르쿠스는 카리타스의 식당 테이블에 앉아 있었다. 벽에는 여러 개의 십자가와 성경 구절이 적힌 포스터가 걸려 있었다. 코를 찌르는 수프와 튀김 냄새가 식당 안에 진동했다. 그곳을 제집처럼 드나드는 노숙자들도 다들 아침식사를 마치고 떠난 뒤였고 요리사들은 벌써부터 점심 준비를 시작하고 있었다.

75

노숙자들은 새벽 5시부터 줄을 서기 시작해서 7시가 되면 다시 거리로 몰려나간다. 비오는 날이나 혹한이 몰아치는 날만 제외하면 그저 잠시 머물다 가는 곳이었다. 적지 않은 수의 노숙자들은 단 하루라도 어떤 공간 안에 머무는 걸 갇혀 있다고 생각하기 때문에 숙소를 제공해줘도 마다한다. 교도소나 정신병원에 수감되었던 경험이 있는 이들은 특히 심했다. 일시적인 자유의 박탈이 이들의 방향감각을 완전히 앗아가버렸던 것이다. 이들은 자신이 어디서 왔는지, 자신이 어디로 가야 할지를 더 이상 구분하지 못했다.

돈 미켈레 푸엔테 사제는 환한 미소로 이들을 맞아주었고 식사와 정을 나누어주었다. 마르쿠스는 푸엔테 사제가 동료들에게 몇 시간 뒤면 다시 돌아올 이들을 위해 모든 게 제대로 준비되도록 일일이 챙기는 모습을 묵묵히 바라보고 있었다. 그렇게 사명을 지키고 있는 사제를 마주대하자 무력감이 느껴졌다. 너무나 많은 기억을 잃은 탓이었을 것이다. 그만큼 마음속이 공허했다.

푸엔테 사제는 일을 마친 뒤 마르쿠스 앞에 앉았다.

"클레멘테 사제님한테 들었습니다. 찾아오실 손님이 저희 같은 사제님이라고 하시면서 아무것도 묻지 말라시더군요."

"실례가 되지 않는다면요."

"괜찮다마다요."

40대 정도로 보이는 푸엔테 사제는 뚱뚱한 몸만큼 큼지막한

양 볼이 벌겋게 달아오른 상태였다. 분주하게 오가느라 머리
는 헝클어졌고, 사제복 여기저기에 음식물 찌꺼기와 기름얼룩
이 묻어 있었다. 검고 동그란 안경을 쓴 그는 닳고 닳은 나이키
운동화를 신고 있었다. 그는 말을 하면서도 손목에 차고 있던
플라스틱 시계를 수시로 들여다보았다.

"3년 전, 고해성사를 주신 적이 있으시죠." 마르쿠스가 말했
다.

질문이라고 하기엔 모든 걸 다 아는 상황이었다.

"그 후로도 여러 번 했습니다."

"하지만 이 건은 기억하고 계시리라 생각합니다. 자살을 앞
둔 사람에게 고해성사를 준다는 건 매일 일어나는 게 아니니
말입니다."

푸엔테 사제의 얼굴에 묻어나던 호의가 일순간 자취를 감
췄다.

"전 절차에 따라서 고해자가 한 말을 기록해 내사원에 제출
했습니다. 죄과가 너무 컸기에 제가 사면을 할 수 있는 사안이
아니었습니다."

"관련된 내용은 저도 읽어보았습니다. 다만, 당사자에게서
직접 그 내용을 듣고 싶어 이렇게 찾아온 겁니다."

"이유가 뭡니까?" 사제는 그 이야기를 꺼내는 게 불편한 듯
물었다.

"그 일에 대해 어떤 판단을 내리기 위해서는 꼭 필요한 과정

입니다. 당시 고해자와 사제님이 나누셨던 이야기 속에 숨은 속뜻까지 파악해야 하기 때문입니다."

"아마 밤 11시 정도였을 겁니다. 문을 닫을 시간이었거든요. 저도 그 남자를 눈여겨보고 있었습니다. 반대편 길에서 꼼짝도 않고 서 있던 게 기억나니까요. 저녁 내내 한 자리에 서 있는 모습을 보면서 들어올 용기가 없어 때를 기다리는구나 생각했지요. 식당에 남아 있던 마지막 손님이 나가자 그제야 결심을 했는지 직접 저한테 걸어오더니만 고해성사를 하고 싶다고 하더군요. 그전에는 한 번도 보지 못한 사람이었습니다. 망토에 모자까지 걸치고 있었지만 벗지는 않더군요. 마치 볼일을 마치자마자 뛰쳐나갈 사람처럼요. 사실 고해성사도 빠른 속도로 진행되긴 했습니다. 위로나 이해의 말은 관심도 없고 그저 고해성사를 통해 마음의 짐을 내려놓고 싶은 생각밖에 없었던 것 같습니다."

"정확하게 무슨 말을 했습니까?"

"이야기를 듣는 순간부터, 그자가 왠지 극단적인 행동을 눈앞에 둔 것 같다는 기분이 들었습니다. 행동이나 목소리가 상당히 격앙되어 있었고, 그것만으로도 그가 품고 있는 생각이 진지하고 심각하다는 확신이 들었습니다. 그는 자신이 하려는 행동은 절대로 용서 받을 수 없다는 걸 알고 있었지만, 아직 자신이 범하지 않은 죄에 대한 사면을 받으러 온 것도 아니라고 하더군요. 그러고는 잠시 말을 멈췄다가 자신이 버릴 목숨에 대한 용서는 구하지 않지만 자신이 앗아간 생명에 대해서는 용서를 구한다고 했습니다.”

돈 미켈레 푸엔테 사제는 세상의 추악한 꼴을 매일같이 접하고 사는 거리의 사제였다. 하지만 마르쿠스는 그런 사제를 나무랄 마음은 전혀 없었다. 그는 살인죄를 범한 죄인의 고해성사를 들었던 것이다.

“누구를 죽였다는 겁니까? 그리고 왜요?”

“그건 밝히지 않았습니다. 제가 물어봤을 때 엉뚱한 대답만 늘어놓더군요. 제 안전을 위해서라도 모르고 지나가는 게 좋을 거라고 했습니다. 그저 자신의 이야기를 들어주기만을 바라더군요. 평사제로서 그런 죄는 사면해줄 수 없다고 하자 심하게 낙담하는 분위기였습니다. 그러고는 고맙다는 말만 남기고 가버렸습니다.”

비록 단서가 될만한 것도 없고 짧은 데다 대충 얼버무린 듯한 내용이었지만 마르쿠스가 가지고 있던 내용의 전부였다. 내사원 기록 보관실은 살인사건에 관한 고해 자료를 특별구역에 보관하고 있었다.

처음으로 그곳에 발을 들이던 날, 클레멘테는 마르쿠스에게 한 가지 조언을 해주었다.

“경찰들이 작성한 보고서나 조서를 읽는다는 생각은 아예 버리셔야 합니다. 경찰 보고서는 객관성이 생명이에요. 하지만 여기 자료들은 정반대로 모든 게 주관적인 시점에서 쓰인 것들이에요. 왜냐하면 살인자가 직접 작성한 것들이기 때문입니다. 가끔은 살인자의 입장이 된 것 같은 착각이 들 때도 있을 거예요. 그럴 때마다 사악한 기운에 휩쓸리지 않도록 조심해야 해요. 그건 환영에 불과한 거니까."

고해자가 풀어놓은 말을 읽던 마르쿠스는 그 상세한 내용에 충격을 감출 수 없었다. 그런데 중간 중간, 문맥에서 의도적으로 벗어나려는 대목들이 보였다. 예를 들어 살인범이 피해자가 신고 있던 신발을 빨간색으로 기억하고 있었다는 내용이 상세하게 묘사되어 있었고 사제는 그 내용을 상세히 기록해두었다. 하지만 전체 사건에 어떤 영향을 미칠 수 있는 내용도 아니었고, 아무런 관련도 없었다. 그건 마치 숨 돌릴 틈, 빠져나갈 구멍을 일부러 만들어놓은 것 같다는 인상을 풍겼다. 빨간 신발. 그 빨간색에 방점을 찍으면 이야기는 순간적으로 멈추고, 읽는 이는 그 틈에 숨을 한 번 돌리게 되는 그런 분위기였다. 그런데 푸엔테 사제의 기록에서는 그런 부분이 전혀 드러나지 않았다. 그랬기 때문에 마르쿠스는 그의 기록이 부분적으로 삭제된 건 아닌지 의심스러웠던 것이다.

"고해자가 누구인지는 알고 계셨겠지요? 그렇지 않습니까?"

사제는 필요 이상으로 머뭇거렸다. 안 그런 척하려 했지만 뻔히 보였다.

"며칠 뒤, 신문기사를 보고 알게 됐습니다."

"하지만 기록을 작성하실 때 이름을 명시하지 않으셨더군요."

“주교님께 여쭤보니 신분은 밝히지 말라고 하셨습니다.”

“무슨 이유였습니까?”

“모두가 착한 사람으로 알고 있었기 때문이라더군요. 지구상에서 가장 가난한 나라 중 하나인 앙골라에 거대한 병원을 지어준 사람이라고 했습니다. 주교님께서 좋은 일을 한 사람에 대한 기억에 굳이 먹칠할 필요까지는 없다고 하시더군요. 모범적인 사람이었다고……. 어쨌든 심판은 우리 몫이 아니라시면서 말입니다.”

“고해자의 이름이 뭐였습니까?” 마르쿠스가 재차 물었다.

“알베르토 카네스트라리입니다.” 사제는 한숨을 쉬며 대답했다.

마르쿠스는 그게 전부가 아니라는 강한 느낌을 받았다. 하지만 더 이상 캐묻지는 않았다.

“한 가지가 더 있습니다.” 돈 미켈레 푸엔테 사제는 걱정스런 목소리로 한마디를 덧붙였다. “신문기사에 따르면 자연사였다고 하더군요.”


알베르토 카네스트라리는 의학계뿐만 아니라 세계적으로 저명한 외과의사이며 전공분야의 선구자로 여겨졌다. 하지만 무엇보다 박애주의자로 널리 알려진 인물이었다. 루도비지 가에 위치한 그의 클리닉 사무실 벽 여기저기에는 각종 감사패가 즐비했다. 뿐만 아니라 액자에 스크랩해놓은 신문기사들에 따르면 그가 개발한 외과술로 인해 적지 않은 의학적 발견이 가능했고, 그런 자신의 능력을 제3세계에 전파하는 일에 인색하지 않았다고 했다. 그가 남긴 가장 큰 업적은 앙골라에 대형 종합병원을 설립한 일이었다. 그리고 실제로 수술을 위해 그곳을 자주 찾았다고 한다.

입이 마르도록 그를 칭찬했던 언론들은 그의 갑작스런 죽음을 자연사로 발표했다.

마르쿠스는 베네토 가에 인접한 고풍스러운 건물 4층에 위치한 그의 옛 클리닉에 몰래 숨어들어가서 벽에 걸린 감사패와 각종 기사들을 살펴보았다. 웃는 얼굴로 각계각층의 유명 인사들을 비롯해 환자들과 포즈를 취하고 찍은 사진 속 의사는 대략 50대로 보였다. 대부분 가난한 편에 속했던 환자들은 그의 덕에 병이 나았거나, 목숨을 구할 수 있었다고 한다. 그들은 모두 그의 가족 같은 사람들이었다. 평생을 소명의식으로 사람들의 병을 고쳐주었던 그는 독신의 삶을 살았다.

그런 기사들만 보면 마르쿠스도 주저하지 않고 그를 독실한 그리스도교 신자로만 여겼을 것이다. 하지만 그건 단면에 불과했다. 그는 경험을 통해 무언가를 판단하는 것은 언제든 신중해야 한다는 사실을 잘 알고 있었다. 특히 사망하기 며칠 전, 최후의 고해성사를 통해 저명한 외과의사가 남긴 마지막 말에 비추어볼 때 그에 대한 섣부른 판단은 금물이었다.

세상 사람들은 그가 자살했다는 사실을 전혀 모르고 있었다.

마르쿠스는 생을 마감하겠다는 의도를 밝힌 뒤 실질적으로 자연사했다는 상황을 도저히 납득할 수 없었다. 분명 숨겨진 무언가가 있는 거야. 마르쿠스는 그렇게 생각했다.

클리닉은 널찍한 대기실과 상담을 겸하는 접수실, 그리고 진료실로 구성되어 있었다. 특히 진료실 안에는 큼지막한 마호가니 책상이 들어서 있었고 그 위에는 대부분 정장으로 된 의학서적들이 빼곡히 진열되어 있었다. 진료실 한쪽에 달린 미닫이문은 검사실로 이어졌다. 검사실 안에는 검사용 테이블과 약간의 의료도구, 그리고 각종 약이 담겨 있는 진열장이 갖춰져 있었다. 마르쿠스는 카네스트라리가 쓰던 책상 앞에서 걸음을 멈췄다. 그는 회전의자가 딸린 가죽소파를 발견했다. 언론에 따르면 바로 그 회전의자에 앉아 숨진 채 발견되었다고 했다.

난 왜 이곳까지 찾아온 걸까? 마르쿠스는 자신에게 물었다.

만약 이 저명한 의사가 실제로 살인을 저질렀다고 해도, 사건은 이미 종결된 것이나 마찬가지였다. 마르쿠스가 굳이 걱정할 필요도 없어 보였다. 살인범은 이미 죽었으니 이번만큼은 정체불명의 사면관도 복수의 칼을 쥐어줄 수 없을 테니 말이다. 하지만 그가 마르쿠스를 여기까지 오게 만든 건 밝혀진 진실이 빙산의 일각에 불과하기 때문이었을 것이다.

자, 한 번에 하나씩만! 마르쿠스는 머릿속으로 다짐했다. 첫 번째 단계는 우선 사실을 받아들이는 것이었고, 풀어야 할 첫 번째 이상 징후는 자살이었다.

　카네스트라리는 아내도, 아이도 없었기에 사후에 조카들이 유산을 둘러싸고 치열한 공방을 벌였다. 지루한 소송의 대상 중 하나였던 클리닉은 이런 이유로 지난 3년간 그대로 방치되어 있었다. 창문은 닫혀 있었지만 대부분의 집기 위에는 먼지가 뽀얗게 내려앉아 있었다. 덧창으로 쏟아져 들어오는 얇은 빛줄기를 통해 실내에 떠다니는 먼지가 어느 정도인지 알 수 있었다. 시간의 무관심 속에 그대로 보존된 상태였지만 전혀 사건현장처럼 느껴지지는 않았다. 마르쿠스로서는 잔혹한 살인사건이 아니었다는 게 오히려 유감스럽기까지 했다. 그런 경우 추론이 가능한 현장 증거를 수도 없이 발견할 수 있기 때문이었다. 하지만 겉보기에만 평온하고 정적이 감도는 현장 속에서 이상 징후를 찾아내는 건 쉽지 않았다. 이번만큼은 대대적인 변화가 필요했다. 철저히 알베르토 카네스트라리의 입장에서 생각하고 행동해야 했다.

　나한테 가장 중요한 건 뭘까?

　마르쿠스는 적극적으로 추론을 펼쳤다. 유명세가 중요하긴 하지만 본질이라고 할 순 없어. 불행히도 생명을 구하거나 자선행위를 많이 했다고 인지도가 쌓이는 건 아니란 말이지. 그렇다면 직업 자체가 중요한 거란 말이 되는 거야. 남들 눈에는 내가 가진 능력이 가장 중요할 거야. 하지만 내가 그것보다 더 중요하게 여기는 건 따로 있을 거야.

해답은 화려한 수식어로 장식된 벽을 다시 한 번 바라보자 의외로 간단하게 드러났다. 내 이름. 가장 중요한 건 내 이름이었어. 명성이야말로 내가 가진 가장 소중한 거야. 왜냐하면 난 정말 괜찮은 사람이니까.

마르쿠스는 카네스트라리의 의자에 앉았다. 그러고는 팔짱을 긴 자세로 가장 본질적인 의문을 떠올렸다.

세상 사람들에게 자살을 자연사로 믿게 하려면 어떤 방식으로 죽음을 연출해야 할까?

외과의사가 가장 우려했던 건 바로 자신의 명성에 오점을 남길 수 있는 스캔들이었다. 자신에 대한 안 좋은 기억을 남긴다는 생각은 참을 수 없었을 것이다. 그렇기 때문에라도 확실한 방법을 찾아야 했다. 해답은 분명 자신의 주변에서 나올 거라는 확신이 있었다.

손 닿을 거리에 있어. 그는 회전의자를 빙글 돌려 뒤에 있던 책장 쪽으로 시선을 돌렸다.

목숨을 쥐락펴락하는 기술을 가진 전문가의 입장에서 자연사로 위장하는 일은 문제도 아니었을 것이다. 손쉬우면서도 의심을 불러일으키지 않는 방법이 있을 것이란 강한 확신이 들었다. 의혹이 불거질 일도, 수사가 진행될 일도 없을 터였다. 왜냐하면 자기희생의 화신으로 불리던 남자의 자연스런 죽음이었기 때문이다.

마르쿠스는 자리에서 일어나 책장에 진열된 책들을 살펴보았다. 그렇게 뒤적기리다 결국 사신이 찾던 것을 발견했다.

자연에서 얻어지거나 인위적으로 제조가 가능한 독극물에 관한 개설서였다. 그 책에는 농축물, 독소, 무기산, 식물성 산, 알칼리, 비소에서 안티몬, 벨라돈에서 니트로벤젠, 페네세틴에서 클로로포름까지 온갖 약물의 목록이 다 들어 있었다. 마르쿠스는 유효성분의 치사량과 사용법, 증상 등을 확인해보았다. 그렇게 예상했던 답변이 나올 때까지 뒤적거렸다.

석시닐콜린.

마취약으로도 사용되는 근육이완제의 하나였다. 카네스트라리는 외과의였다. 그렇기 때문에 석시닐콜린을 잘 다뤘을 것이다. 문제의 약물은 합성 쿠라레에 버금가는 약물로서 수술 시 환자가 경련을 일으키거나 제어 불가능한 움직임을 보일 때 그로 인한 위험을 방지하기 위해 마취제로 사용할 수 있는 약물이었다.

석시닐콜린의 특성을 읽어본 마르쿠스는 1밀리그램만으로도 호흡기 관련 근육을 단번에 마비시킬 수 있음을 확인했다. 불과 몇 분 만에 질식사했을 것이다. 직접 겪게 된다면 몇 분이 아마 한없이 길게 느껴졌을 것이고 최후의 수단인 만큼 잔인한 죽음이었을 것이다. 하지만 효과만큼은 최고였을 것이다. 신체마비가 수반되어 절대로 되돌릴 수 없었을 테니까. 일단 약물이 주입된 뒤에는 생각을 바꿀 수 없기 때문이다.

하지만 외과의사가 석시닐콜린을 선택한 이유는 따로 있

었다.

문제의 약물이 갖는 주요 특징은 어떤 독극물 검사를 해도 단지 석시닐 산과 콜린 산으로만 검출될 뿐 독성물질로 나타나지 않는다는 것이었다. 두 물질은 체내에 정상적으로 잔류하는 물질이었다. 어떤 법의관도, 예를 들어 발가락에 난 작은 주삿바늘까지 찾아볼 생각은 하지 않을 것이다.

한마디로 추문에 휩싸일 걱정이 없다는 것이다.

그렇다면 주사기는? 만약 누군가 카네스트라리 시체 주변에서 주사기를 발견한다면 자연사를 가장한 그의 계획은 수포로 돌아가게 된다.

클리닉으로 찾아오기 전, 클레멘테가 자료를 가져다주기를 기다리면서 마르쿠스는 인터넷을 통해 저명한 외과의사의 사망 관련 기사를 검색해보았다. 의사의 시체는 다음날 아침, 클리닉 문을 열러 온 간호사가 발견했다. 자살 가능성을 암시할 수 있는 불편한 증거를 간호사가 치워버렸을 가능성도 무시할 순 없다.

하지만 간호사가 그렇게 행동하리라 기대하는 건 무리였다. 주사기를 치워버리지 않을 가능성도 절반이기 때문이다. 그런데도 불구하고 카네스트라리는 자신이 죽은 뒤에도 주사기가 발견되지 않을 거란 확신이 있었다. 도대체 뭘 믿고?

클리닉은 카네스트라리가 살고 있는 세상의 중심이었다. 하지만 그런 이유로 클리닉을 자살 장소로 선택한 건 아니리라.

그는 누군가 제3자가 자신의 계획을 마무리 지어줄 거라 확신하고 있었던 것이다. 주사기를 없애버려야 이득을 볼 제3자가.

자신의 행동을 지켜보게 될 제3자 때문에 병원을 선택했던 거야.

마르쿠스는 그 생각과 동시에 자리에서 일어나 진료실 안을 뒤지기 시작했다. 어디에 숨겨놨을까? CCTV. 그게 바로 답이었다.

그는 벽에 붙어 있던 조명 스위치 쪽을 향해 배전판에 작은 구멍 하나가 뚫려 있음을 발견했다. 그는 책상 위에 있던 종이칼로 배전판의 나사를 푼 뒤 잡아당겼다.

안을 들여다보자 전선으로 연결된 송신기 케이블이 눈에 들어왔다.

누군가 교묘하게 그 안에 초소형 카메라를 설치해두었던 것이다.

그런데 카네스트라리가 자살을 감행했던 시점에 누군가가 진료실 내부를 지켜보고 있었다면, 3년이나 지난 지금까지 굳이 카메라를 달아둘 이유가 있었을까? 순간 마르쿠스는 자신이 위험에 빠졌다는 사실을 직감했다. 그가 진료실에 찾아온 것을 누군가는 알고 있다는 뜻이었기 때문이다.

내 정체를 밝히기 위해 설치해둔 거였어. 벌써 내 뒤를 밟고 있을 거야.

당장 그곳에서 빠져나와야 했다. 마르쿠스는 출구로 발걸음을 돌렸다. 바로 그 순간 복도에서 발소리가 들려왔다. 소리를 내지 않고는 걸을 수 없을 정도로 거대한 몸집을 가진 정장 차림의 사내가 눈에 들어왔다. 마르쿠스는 자신의 위치가 노출되기 바로 직전에 간신히 몸을 숨겼다. 하지만 빠져나갈 구멍이 없었다.

주변을 둘러보았다. 검사실에 숨어들어가도 될 듯 보였다. 만약 상대가 진료실 안으로 들어오면 도망갈 공간이 생기기 때문이었다. 객관적으로 봐도 민첩하게 움직일 수 있는 건 마르쿠스 쪽이었다. 단지 미친 듯 뛰어 도망가면 그만이니까.

남자는 문 앞에 멈춰 서서 침입자를 찾았다. 두툼한 목에 달린 머리가 레이더처럼 서서히 돌아가고 있었다. 그는 실눈을 뜨고 스캐너처럼 내부를 훑어보았지만 아무것도 찾아낼 수 없었다. 그러고 나서야 진료실 안에 붙어 있는 미닫이문으로 시선을 돌렸다. 남자는 문 앞에 서서 손가락을 문틈에 밀어 넣고는 갑자기 확 열며 검사실 안을 급습했다. 하지만 검사실이 텅 비었다는 사실을 깨닫기도 전에 등 뒤로 문이 닫히는 소리가 났다.

마르쿠스는 마지막 순간에 생각을 바꾸길 다행이라고 생각했다. 그는 검사실 대신 카네스트라리의 책상 밑을 택했고, 남자가 검사실을 노리던 순간 밖으로 튀어나와 그를 안에 가두어버렸다. 하지만 불행히도 잠금장치가 제대로 작동하지 않았다. 남자가 두드리자 미닫이문이 튀어나갈 듯 흔들렸고 마르쿠스는 어쩔 수 없이 붙잡고 있던 문을 놓고 뛰기 시작했다. 복도로 나서자 검사실에서 빠져나와 그의 뒤를 쫓는 둔탁한 발소리가 들려왔다. 그는 층계참까지 다다른 다음 추격의 고삐를 늦추기 위해 문을 닫았다. 하지만 효과는 별로 없었다. 계단을 타고 아래로 내려가려던 순간, 불현듯 건물 현관에서 또 다른 공범이 기다리고 있을지 모른다는 생각이 뇌리를 스치고 지나갔다. 마르쿠스는 비상계단을 발견하고 순간적으로 그쪽을 택했다. 훨씬 비좁고 난간도 짧은 비상계단에서 시간을 벌기 위해 계단을 몇 개씩 한꺼번에 뛰어 내려갔다. 하지만 추격자는 예상과 달리 무서운 속도로 쫓아와 바싹 따라 붙었다. 그는 거리로 이어지는 출구를 예상하고 4층 계단 아래로 미친 듯이 뛰어내려왔다. 마지막 문만 통과하면 안전이 보장되는 상황이었다. 그런데 문을 열자 거리가 아닌 썰렁한 지하주차장이 나왔다. 끝 쪽으로 엘리베이터가 보였고 엘리베이터의 존재를 확인하자마자 바로 문이 열리더니 또 다른 정장 차림의 사내가 그를 향해 달려오기 시작했다. 두 명의 추격자를 따돌릴 뾰족한 수는 없었다. 게다가 숨이 턱까지 차올라 당장이라도 쓰러질 것만 같았다. 그는 주차로 경사를 뛰어올라갔다. 반대편에서 오던 차량 두 대와 거의 충돌할 뻔하다 간신히 피했다. 차들은 미친 듯이 경적을 울려댔다. 가까스로 주차장 밖으로 나오긴 했지만 두 명의 추격자는 바로 뒤까지 따라오고 있었다. 그 순간, 정장 사내 둘은 걸음을 멈췄다.

그들 앞으로 중국 관광객 한 무리가 마치 인간장벽처럼 늘어서 있었던 것이다.

마르쿠스는 그 틈바구니로 숨어들었다. 그러고는 맥이 풀린 상태로 숨을 고르며 길모퉁이에 서서 우거지상을 하고 있는 추격자들의 동태를 살폈다.

그들은 과연 누구였을까? 누가 보낸 걸까? 알베르토 카네스트라리의 죽음에 또 다른 제3자가 연루되어 있다는 말인가?

11시

그녀는 예레미아 스미트의 사유지 입구에 대기 중이던 순찰조에 자기소개를 하고 배지와 함께 데 미켈리스 반장이 보내준 협조공문을 내밀었다. 그들은 잘 알겠다는 눈빛으로 그녀가 건넨 '신용장'을 살펴보았다. 산드라는 자신을 바라보는 남성들의 시선에서 또다시 호감을 느끼기 시작했다. 그 이유는 본인도 잘 알고 있었다. 샬버와의 하룻밤 덕분에 서글픈 과부의 그림자를 날려 보냈기 때문이리라. 산드라는 괜히 못마땅한 표정으로 확인 과정을 기다렸고 경관들은 오래 붙잡아둬서 미안하다며 그녀를 들여보내주었다.

산드라는 스미트의 거처로 연결되는 산책로에 접어들었다. 정원은 방치된 상태였다. 무성히 자라난 잡초가 정원의 석조

91

물들을 뒤덮고 있었다. 신화 속 요정들과 비너스 동상이 여기저기 늘어서 있었는데, 일부는 팔다리가 없거나 잘려나간 상태였다. 동상들은 어색한 모습으로 그녀에게 인사를 건네는 것 같았지만 서 있는 자태만큼은 우아해 보였다. 송악이 분수대를 휘감고 있었고 수반에 고여 있던 물은 아예 초록색으로 변해 있었다. 주택으로 연결되는 마지막 관문은 올라갈수록 간격이 촘촘해지는 계단이었다. 군데군데 깨진 계단은 마치 버팀벽처럼 집을 떠받들고 있는 느낌이었다.

산드라는 문턱을 넘어섰다. 한낮의 햇살마저 길고 어두침침한 복도 벽에 흡수되어 자취를 감출 정도로 어두운 집이었다. 마치 어딘가에 블랙홀이 숨어 뭐든지 빨아들이는 느낌이었다.

과학수사대 감식반원들이 여전히 증거물 수집에 열을 올리고 있었다. 하지만 중요한 작업은 대부분 끝나 보였다. 그들은 가구를 살펴보거나 서랍을 꺼내 바닥에 엎어놓고 내용물들을 샅샅이 확인하고 있었다. 소파 커버를 벗겨내고 쿠션까지 끄집어냈다. 한 사람은 확성 청진기로 무언가를 숨길 수 있는 공동이 있는지 벽을 짚어보며 확인 중이었다.

요란한 차림의 키가 크고 마른 형사 하나가 탐지견을 동반한 경찰들에게 정원을 가리키며 지시사항을 내리고 있었다. 그는 산드라의 등장을 눈치채고는 잠시 기다리라고 수신호를 보냈다. 산드라는 고개를 끄덕였다. 경찰들은 개들을 이끌고 정원 쪽으로 흩어졌다. 지시를 내리던 남자가 산드라 앞으로 다가왔다.

"카무소 수사관입니다." 그는 손을 내밀며 자기소개를 했다.

자줏빛 정장에 같은 색 줄무늬 셔츠, 전면으로 부각되는 노란 넥타이까지, 한마디로 멋쟁이가 따로 없었다.

산드라는 음험한 주변 분위기와 사뭇 대조되는 화려한 색감만큼은 인정하면서도 상대의 요란한 복장에 시선을 빼앗기지 않고 할 말만 짧게 끊어 대답했다.

"베가 형사입니다."

"누구신지는 압니다. 미리 연락을 받았거든요. 어쨌든 잘 오셨습니다."

"수사를 방해할 마음은 전혀 없습니다."

"그런 건 걱정 안 하셔도 됩니다. 대부분 마무리됐으니까요. 서커스는 오후 정도면 막을 내릴 예정입니다. 그나저나 구경거리를 찾으시는 거라면 조금 늦으셨네요."

"그런데 예레미아 스미트는 체포되었고 그가 네 건의 살인사건과 관련 있다는 증거도 확보된 상태인데……. 달리 찾으시는 거라도 있는 건가요?"

"놈이 사용했던 '작업실'을 찾는 중입니다. 피해여성들은 이곳에서 살해된 게 아닙니다. 놈은 한 달 정도 피해자들을 감금해두었습니다. 시체는 결박당한 흔적은 있었지만 성폭행이나 고문의 흔적은 전혀 나오지 않았습니다. 그 상태로 30일이 지난 뒤 목을 잘라 살해하는 게 전부였습니다. 그런 게임을 벌일

만한 장소가 필요했을 텐데, 지금 저희가 찾는 게 바로 그 감금장소의 위치를 파악하게 해줄 단서입니다. 그런데 아직까지 나온 게 전혀 없습니다. 그쪽은 정확히 뭘 찾고 계신 겁니까?"

"저희 반장님이 연쇄살인범에 관한 심층보고서를 작성하라고 지시하셨습니다. 아시다시피 이런 케이스를 매일 접할 수도 없는 노릇이라 과학수사대 팀원 입장에서는 여러모로 참고할 만한 게 있지 않을까 싶습니다."

"알겠습니다."

"그런데 탐지견들은 여기서 뭘 찾는 거죠?"

"정원을 다시 훑어보는 중입니다. 시체가 더 나오지 않을까 하는 기대 때문입니다. 그런 일이 한두 번이 아니니 말입니다. 요 며칠간 집중호우 때문에 개를 풀 수가 없었습니다. 그런데 뭐가 됐든 녀석들이 찾아낼 수 있을지 의문입니다. 땅이 젖어 있어 온갖 냄새가 다 스며들었으니 말입니다. 개들이 술 취한 사람처럼 방향감각도 잃은 실정입니다."

카무소 수사관이 부하 직원에게 손짓을 하자 그가 서류 하나를 들고 왔다.

"이건 베가 형사를 위해 준비한 자료입니다. 예레미아 스미트에 대한 자료가 다 들어 있습니다. 보고서, 살인범과 피해자 프로파일, 그리고 현장 사진까지요. 사본이 필요하시다면 검찰 쪽에 요청하셔야 할 겁니다. 다 보신 뒤에 돌려주시면 됩니다."

"알겠습니다. 오래 걸리진 않을 겁니다."

"이 정도면 다 된 것 같은데, 이제 둘러보고 싶으신 곳을 둘러보셔도 좋습니다. 가이드가 따로 필요하실 것 같진 않은데, 괜찮으시겠지요?"

"알아서 하겠습니다. 감사합니다."

카무소는 덧신과 라텍스 장갑을 건네며 말했다.

"즐거운 시간되시기 바랍니다."

"꼭 어렸을 때 공동묘지에서 숨바꼭질 하는 기분이네요."

산드라는 상대가 멀어질 때까지 기다렸다가 재빨리 휴대전화를 꺼내들고 주택 사진을 찍었다. 그러고는 서류를 열어 마지막에 작성된 최근 보고서 하나를 재빨리 훑어보았다. 살인범의 신원이 밝혀진 정황에 관한 내용이었다.

산드라는 응급구조대가 죽어가고 있던 예레미아 스미트를 발견한 장소로 향했다.

감식반원들은 한참 전에 거실에 대한 수색을 끝낸 터였다. 산드라는 혼자였다. 그녀는 머릿속으로 현장을 재구성해보았다. 구조대가 도착하고 바닥에 쓰러진 남자를 발견한다. 살려내려 노력하지만 남자의 상태가 심각하다. 병원으로 이송하기 위해 남자를 안정시키는 과정에서 구조대와 동행했던 의사가 무언가를 발견한다.

금색 가죽 끈이 달린 빨간색 롤러스케이트 한 짝.

의사의 이름은 모니카. 그녀의 쌍둥이 여동생은 6년 전 연쇄살인범에게 납치된 뒤 살해된 피해여성이 있다. 롤러스케이트 한 짝은 피해자의 것. 나머지 한 짝은 시체 발견 당시 한쪽 발에 신겨진 채였다. 모니카는 자신 앞에 누워 있는 환자가 살인범이라는 사실을 깨닫게 된다. 현장에 같이 출동했던 간호사도 모니카의 사연을 알고 있었다. 병원 직원 대부분이 다 아는 사실이었다. 경찰들도 마찬가지이다. 동료는 제2의 가족이다. 그 정도의 유대관계를 유지해야 매일같이 마주대하는 고통과 불의에 맞설 수 있기 때문이다.

모니카와 간호사는 예레미아 스미트가 그대로 죽게 내버려 둘 수도 있었다. 그런 대접을 받아도 싼 인간이니까. 구조대가 도착했을 때 이미 위급한 상황이었기 때문에 직무상 과실을 따져 물을 사람도 없었다. 하지만 모니카와 간호사는 그의 생명을 연장하는 결정을 내렸다. 아니, 그녀가 살려 낼 결심을 했던 것이다.

산드라는 상황이 그렇게 전개된 것이라고 확신했다. 현장에 출동했던 경찰들 역시 알고 있었을 것이다. 아무도 그렇게 말하는 사람은 없었지만.

운명이 고약한 장난을 친 셈이었다. 우연이 너무나 완벽한 그림을 그려낸 터라 범인으로서는 세상에 이런 일이 있을 수 있을까 하는 상상도 못 해봤을 것이다. 이런 우연은 의도적으로는 도저히 만들어낼 수 없어. 산드라는 그렇게 생각했다. 하지만 사건에서 어딘가 들어맞지 않는 구석이 있는 것도 같았다.

예레미아 스미트의 가슴에 새겨진 문신.

그의 흉곽에는 '날 죽여라'라는 글자가 새겨져 있었다. 보고서에 적힌 필적감정 전문가의 소견에 따르면 문신은 스미트 자신이 새겨 넣은 것이라고 했다. 아무리 변태적인 습성을 상징화하려는 의도라고 해도 모니카에게 일종의 초대장처럼 날아들었다는 건 이해할 수 없었다.

산드라는 경찰이 예레미아 스미트의 집에서 찾아낸 피해자 유품들을 대충 살펴보았다. 피해자와 살인자의 관계를 입증하는 일종의 전리품이었다.

이 물건들은 죽은 이를 산 사람들의 세계와 연결해주는 것들이었다. 그런 물건은 찾아서 자유롭게 놓아주면 그만이다.

머리띠, 붉은색 산호 팔찌, 핑크색 목도리…… . 그리고 롤러스케이트.

산드라는 현장 사진을 찍었다. 예레미아 스미트의 의자, 바닥에 떨어져 깨진 찻잔, 낡은 텔레비전. 그런데 갑자기 폐쇄공포증이 몰려들었다. 유혈이 낭자한 현장은 익숙한 산드라였다. 그런데도 너무나 평범하고 익숙한 물건들 사이를 떠도는 죽음의 그림자가 바로 곁에 있는 듯 생생하게 그녀를 자극하는 느낌이 들었다. 견딜 수 없을 정도였다.

산드라는 다른 경찰 동료들이 보는 앞에서 밖으로 뛰쳐나와 정원에 놓인 기다란 돌 벤치에 앉아 호흡을 가다듬었다. 아침 햇살과 바람에 흔들리는 나무들이 감사하게 느껴졌다. 나뭇잎

소리가 마치 웃음소리처럼 울려 퍼지는 것 같았다.

6년간 네 명의 피해자. 공통점이라고는 경정맥에 남은 뚜렷한 상흔. 미소 같은 모양으로 목에 남은 흉기의 흔적이었다.

모니카의 쌍둥이 여동생 이름은 테레자였다. 스물한 살의 테레자는 롤러스케이트를 좋아했다. 여느 날과 다를 바 없는 일요일 오후, 테레자는 그렇게 사라져버렸다. 롤러스케이트는 핑계에 불과했다. 테레자는 마음에 드는 남자를 만나러 나간 것이었다. 롤러스케이트장에서 한참을 기다렸는데 남자는 나타나지 않았다. 아마 음료수를 앞에 두고 테이블에 앉아 기다리다가 예레미아 스미트에게 납치당했을 수도 있다. 그는 그럴싸한 구실을 만들어 테레자에게 접근했고 음료를 한 잔 건넸을 것이다. 감식반의 검사 결과에 따르면 현장에 남아 있던 오렌지 주스 잔에서 GHB성분이 검출되었다고 했다. 그리고 한 달 뒤, 예레미아 스미트는 테레자의 시신을 강가에 유기한 뒤 홀연히 사라졌다. 시신은 실종 당시 입고 있던 복장 그대로였다.

패스트푸드 식당에서 일하는 모든 직원들은 멜라니아가 자주 하고 다녔던 빨간색 리본 머리띠를 기억하고 있었다. 스물세 살의 멜라니아는 그 머리띠로 금발머리를 가지런히 뒤로 넘기고 다녔다. 식당 유니폼이 그다지 예쁜 편이 아니었기에 멜라니아는 소품으로 멋 내는 것을 좋아했다. 그리고 유니폼을 아예 50년대 빈티지 풍으로 꾸며 입었다. 멜라니아는 어느 날 오후 출근길에 홀연히 사라졌다. 마지막으로 목격된 지점은 버스정류장이었다. 그리고 30일 뒤 어느 주차장에서 변사체로 발견되었다. 옷은 그대로였다. 하지만 머리띠는 보이지 않았다.

열일곱 살의 바네사는 스포츠 마니아였다. 매일같이 스포츠 센터에 나가 자전거를 즐겼다. 아플 때도 절대 거르지 않는 게 운동이었다. 바네사는 실종 당일, 감기에 걸린 상태였다. 엄마는 제발 오늘만큼은 쉬라고 만류했지만 딸은 엄마 말을 듣지 않았다. 대신 목을 따뜻하게 감싸라고 엄마가 건넨 털목도리만큼은 기꺼이 하고 나갔다. 엄마는 딸아이를 보호하는 데 핑크 목도리만으로는 어림도 없다는 사실을 미처 알지 못했던 것이다. 이번에는 미네랄 소금 성분의 건강 보조제가 담긴 물병에서 마취제가 검출되었다.

크리스티나는 산호 팔찌를 싫어하지만 그 사실을 아는 건 여동생밖에 없었다. 시체안치실에서 그 팔찌가 사라졌다는 사실을 발견한 것도 여동생이었다. 약혼기념 선물로 받았던 팔찌라 싫어도 억지로 차고 다녔던 것이다. 스물여덟 살 동갑내기 남자친구와 크리스티나는 결혼을 약속한 사이였다. 결혼 준비에 너무 힘을 쏟은 나머지 잠시나마 숨을 돌리고 긴장을 풀 방법으로 선택한 것이 술이었다. 아침부터 시작해서 밤까지 틈만 나면 술을 찾았지만 만취 상태로 지내진 않았다. 그래서 그게 문제가 될 거라고 생각한 사람은 아무도 없었다. 예레미아 스미트는 달랐다. 그는 그녀가 옮겨 다니는 바를 따라다녔고 크리스티나가 다른 피해자들보다 훨씬 쉬운 먹잇감이라는 점을 간파했던 것이다.

크리스티나는 연쇄살인의 마지막 피해자였다.

피해자에 대한 프로파일은 유가족과 친구, 약혼자의 증언에 따라 작성된 것이었다. 냉혹한 사실의 나열에 각자가 은밀하고 인간적인 세부사항을 달아놓은 식이었다. 피해여성들의 실제 모습 그대로 보이기를 바라는 마음에서였다.

인간으로 보이기를. 사물이 아닌 인간으로. 산드라는 그렇게 생각했다.

산드라는 프로파일을 읽어 내려가다가 역설적인 대목 하나를 포착했다. 피해여성들은 하나같이 부족함 없이 자란 여성들이었다. 가족과 친구가 있고 생활을 비롯해 행실도 여러모로 모범적인 아가씨들이었다. 그런데 예레미아 스미트처럼 낯선 남자가 접근할 때까지 아무런 경계도 하지 않았다는 점은 여형사의 시각에서 볼 때 분명 문제가 있었다. 외모도 볼품없는 50대의 남성이 뭐가 들었는지도 모를 음료수를 권하는데도 시키는 대로 고분고분 따랐다는 것이다. 어떻게 그게 가능했을까?

산드라는 그 대답이 유류품 속에 있지 않다는 확신을 갖게 되었다. 그녀는 서류를 덮고 잠시 바람을 음미했다. 그녀 역시 한동안 다비드와 다비드의 물건을 연결해 생각했었다.

징글징글한 짙은 녹색 넥타이.

산드라는 그 넥타이가 떠오르자 미소가 절로 나왔다. 카무소 수사관의 알록달록한 의상보다 훨씬 흉측한 넥타이였다. 다비드는 세련되게 차려입지 않았다. 그런 식으로 외모에 신경 쓰는 걸 끔찍이 싫어하는 사람이었다.

"당신은 턱시도나 사 입어야 해." 산드라는 남편의 옷 입는 방식을 두고 농담을 하곤 했었다.

"탭댄서들은 다들 그런 거 입는다고, 프레드."

다비드는 넥타이를 딱 하나 가지고 있었다. 장례식장 관계자가 관속에 눕게 될 남편에게 어떤 옷을 입힐 건지 물어봤을 때 산드라는 뭐라고 답해야 할지 몰라 당황했었다. 스물아홉의 나이에 그런 질문을 받는다면 어떻게 대답해야 할지 단 한 번도 상상해본 적이 없었기 때문이다. 무언가 다비드를 상징할 만한 옷을 입혀줘야 할 것만 같았다. 그래서 미친 듯이 서랍장을 뒤졌다. 그리고 사파리, 하늘색 와이셔츠, 카키색 바지와 운동화를 골랐다. 모두가 기억하는 다비드의 모습은 그랬다. 하지만 그 순간, 산드라는 초록색 넥타이가 보이지 않는다는 사실을 깨달았다. 아무리 찾아도 보이지 않았다. 하지만 절대 포기하고 싶지 않았다. 산드라는 그걸 찾기 위해 온 집 안을 뒤집어엎었다. 미쳤다고 할지도 모르겠지만 산드라는 이미 다비드를 잃었다. 그렇기 때문에 뭐가 됐든 포기한다는 생각을 도저히 견딜 수 없었던 것이다. 설령 그 끔찍한 초록색 넥타이였다고 해도.

그러던 어느 날, 그 넥타이의 행방이 떠올랐다. 어떻게 그걸 까맣게 잊고 있을 수 있었을까?

그 넥타이는 남편에게 거짓말을 했던 그날의 유일한 증거였는데도 말이다.

산드라는 자신이 따뜻한 햇살과 바람의 부드러운 손길을 받을 자격이 없다는 기분이 들었다. 그녀는 눈을 뜨고 돌로 만들어진 천사의 시선을 마주대했다. 동상의 눈빛은 마치 그녀를 비난하는 듯 보였다. 시간은 언제나 우리 실수를 바로잡을 기회를 주지 않는다는 생각이 들었다.

만약 산 라이몬도 디 페냐포르트 제실에서 살인범의 총에 맞았으면 어떻게 됐을까? 아마 양심의 무거운 짐을 그대로 진 채로 허무하게 떠나갔을 것이다. 가족과 친구들에게 그녀를 기억할 만한 어떤 물건을 남기고 갔을까? 뭐가 됐든 그 물건은 그녀가 감추고 있는 진실을 끝까지 숨겨주었을 것이다. 그녀는 다비드의 사랑을 받을 자격이 없었다. 남편에게 정직하지 않았으니까.

예레미아 스미트가 납치한 여성들은 모두가 안전하다고 생각했어. 산드라는 추리를 다시 이어나갔다. 그날, 그 성당 안으로 들어가던 나처럼 말이야. 놈은 피해여성들의 살고자 하는 의지 덕분에 결국 살인행위를 완성할 수 있었던 거야. 그 의지가 오히려 그녀들을 기다리던 끔찍한 현실을 이해하지 못 하게 방해했을 테니까.

천사 석상 뒤로 탐지견들을 데리고 정원 구석구석을 돌아다니는 경찰들이 눈에 들어왔다. 카무소 수사관이 미리 말했던 것처럼 흙냄새를 맡는 개들은 마치 방향감각을 상실한 듯 우왕좌왕하고 있었다. 수사관은 개들을 푼 이유에 대해 예방 차원이나 막연한 기대를 동반한 절차상의 작전이라고 언급했었다.

하지만 그녀는 상대가 거짓말을 하고 있다는 분위기를 읽었다. 잘못된 방향으로 나아가는 게 아닌가 걱정될 때 경찰들이 예방차원에서 주로 써먹는 방식이었다.

수사관은 그녀에게 다가왔다.

"괜찮습니까?" 그가 물었다.

"아까 보니 막 뛰어나가시던데……."

"그냥 바람 좀 쐬려고요."

"뭐 흥미로운 거라도 찾으셨습니까? 빈손으로 가시게 되는 건 아닌가 걱정입니다."

형사는 분명 협조적으로 나왔지만 산드라는 그 기회를 이용하기로 마음먹었다.

"예. 좀 이상한 게 있긴 있어요. 이해가 안 돼서 그러는데 좀 도와주실 수 있는지……."

"어디 들어봅시다."

산드라는 상대의 눈빛에 드리운 걱정스런 그림자를 감지했다. 그녀는 파일을 열고 피해자들에 관한 프로파일을 가리키며 물었다.

"범인의 평균 범행주기는 대략 18개월인 것 같더군요. 그런데 정황상 범인이 체포될 당시, 마지막 범행 이후 적지 않은 기간이 흐른 뒤였고, 또 피해여성들을 제3의 장소에 감금해두었다고 추정하는 상황인 만큼 혹시 이 자가 재범에 나설 준비를 하고 있었던 건 아니었는지 궁금합니다. 잘 아시겠지만 연쇄살인범들에게 범행주기라는 게 가끔은 목숨을 걸 정도로 중요할 때가 있잖아요. 이 자의 경우 범행주기를 3단계로 나누면 각각, 구상, 계획, 그리고 실행의 단계로 구분해볼 수 있을 것 같아요. 그런데 계산을 해보니까, 예레미아 스미트란 남자가 심근경색으로 쓰러질 당시, 시기적으로 마지막 세 번째인 실행단계가 한창일 때와 겹치거든요." 산드라는 대꾸 없이 듣고만 있는 담당 수사관에게 열심히 설명해나갔다.

"따라서 지금 이 시간에도, 납치된 뒤 어딘가에 감금당한 채 우리의 도움을 기다리고 있는 또 다른 피해자가 있을 수도 있지 않을까 생각합니다."

"가능성은 있습니다." 수사관은 별로 내키지 않는 듯 산드라의 지적을 인정했다.

산드라는 그런 가설을 제시한 게 자신이 처음이 아니었다는 것도 직감했다.

"실종된 젊은 여성이 있는 건가요?"

"이런 사건의 특성에 대해 좀 아실 거라 생각합니다, 베가 형사. 만약 비밀이 새나가면 수사가 엉망이 될 수도 있습니다."

"뭘 걱정하시는 건데요? 언론의 압박이오? 여론인가요? 아니면 상관의 질책인가요?"

수사관은 한참 동안 뜸을 들이다가 상대가 물러설 기미를 전혀 보이지 않자 결국 순순히 털어놓았다.

"대략 한 달 전쯤, 건축학과 여대생 한 명이 실종되었습니다. 처음에는 가출로 보고 수사를 하지 않았습니다."

"정말이에요? 세상에!" 산드라는 자신의 추리가 적중했다는 생각에 더 놀라며 반응했다.

"베가 형사 지적대로 범행주기와 우연히 맞아떨어지는 시점입니다. 그런데 증거는 전혀 없고 단지 의혹만 불거진 상황입니다. 생각해보십쇼. 예레미아 스미트의 정체가 드러날 때까지 납치 가능성을 과소평가했다는 게 알려지는 날엔 여파가 일파만파로 번질 게 뻔하지 않겠습니까?"

산드라는 동료 형사들을 비난할 마음은 없었다. 경찰은 압박에 시달리며 수사에 임할 때가 다반사인데 그러다보면 다른 일을 하는 사람들과 마찬가지로 실수를 범하기도 한다. 그런데 다른 점이 있다면 경찰의 실수는 절대 용서 받지 못한다는 것이다. 사람들은 경찰이 범죄에 대해 확실히 대응하고 정의를 실현해주기를 바라기 때문이다.

"지금 찾고 있습니다." 카무소가 말했다.

당신들만 찾는 건 아니에요. 산드라는 이 모든 사건 속에서 암암리에 움직이고 있는 사면관을 떠올리며 속으로 생각했다.

천사 석상의 그림자가 카무소 수사관을 뒤덮기 시작했다.

"그 여대생 이름이 뭐예요?"

"라라입니다."

11시 26분

면적 150헥타르에 달하는 네미 호수는 로마 남쪽의 콜리 알바니라는 지역에 위치하고 있다.

호수는 화산의 분화구로 생겨난 것이었다. 몇 세기에 걸쳐 사람들은 그 호수 속 깊은 곳에 칼리굴라 황제가 주조를 명령한 대형 호화선박 두 척의 잔해가 숨겨져 있다고 믿어왔다. 몇 차례에 걸친 탐사 끝에 호수의 물 절반을 덜어내고 찾아낸 건 20세기에 만들어진 선박 여러 대가 전부였다. 그마저도 박물관에 전시되어 있다가 제2차 세계대전을 겪으며 화재로 소실되었다.

클레멘테가 정보를 교환하기 위해 사용하는 메일박스에 두고 간 관광홍보책자에 소개된 내용이었다. 그 외에 알베르토 카네스트라리라는 외과의사에 관한 짤막한 자료도 첨부되어 있었다. 딱 한 가지 호기심을 자극하는 것 외에는 흥미로울 것도 없는 자료였다. 하지만 그 한 가지 때문에 마르쿠스는 이렇게 로마 시내를 벗어나 '나들이'를 오게 된 것이다. 호수를 따라 달리는 관광버스에 앉은 마르쿠스는 이 장소들과 불의 유별난 관계에 대해 다시 생각해보았다.

비극적인 전설의 여파였을까? 카네스트라리가 네미에 세웠던 클리닉 역시 방화로 피해를 입었다. 하지만 범인은 여전히 밝혀지지 않았다.

버스는 털털거리면서 전경(全景)이 내려다보이는 좁은 언덕길을 올라갔다. 유리창을 통해 불에 탄 건물이 눈에 들어왔다. 멀쩡했었다면 탁 트인 전망을 자랑했을 위치였다.

마르쿠스는 대형 광장에서 내려 클리닉 이름은 여전히 붙어 있지만 이제는 읽기도 힘들 만큼 지워진 이정표를 따라 걸어갔다. 그러고는 작은 숲을 관통하는 산책로로 접어들었다. 제멋대로 자란 풀들이 빈 터를 침범해 무성한 잡초지대를 형성하고 있었다. 클리닉은 2층 건물과 지하시설로 이루어져 있었다. 화재 이전에는 분명 휴가철 별장처럼 사용되었을 법한 건물이었다.

마르쿠스는 그을음 때문에 알아보기도 힘든 구조물을 바라보며 그곳은 알베르토 카네스트라리가 구축한 작은 왕궁이었을 거라 생각했다. 저명한 외과의사는 그곳에서만큼은 스스로를 생명을 구하는 의인이라 여겼을 것이다.

마르쿠스는 골조만 남아 있는 육중한 철문을 넘어 들어갔다.

화염에 일그러진 중앙현관의 기둥들은 돔 천장의 무게 때문에 당장에라도 무너져 내릴 것처럼 가냘파 보였다. 바닥은 여기저기 뒤틀리고 튀어 올라 군데군데 생긴 틈 사이로 잡초들이 자라나 있었다. 천장에 생긴 균열로 인해 위층이 들여다보일 정도로 심하게 훼손된 상태였다. 정면에는 두 갈래로 갈라지는 계단이 설치되어 있었다.

마르쿠스는 먼저 2층에 있는 방부터 살펴보았다. 마치 호텔처럼 안락한 개인실이 갖춰진 구조였다. 남아 있는 가구만 보더라도 어느 수준 이상으로 고급스럽고 화려하게 꾸며진 듯 보였다. 클리닉 운영에서 얻는 수입은 괜찮았을 듯싶었다. 마르쿠스는 화마가 가장 격렬하게 휩쓸고 지나간 수술실로 들어갔다. 불은 수술실에 설치되어 있던 산소공급장치를 에너지원으로 사용해 전체를 오븐 속에 넣었다 뺀 것 같은 효과를 만들어냈다. 모든 게 다 녹아내려 있었다. 남은 거라고는 내화성 강한 금속류의 외과도구 몇 가지가 전부였다. 1층의 상황도 처참하긴 마찬가지였다. 구분할 수 있는 거라곤 넘실거리던 불길이 벽에 남긴 검은 그을음뿐이었다.

클리닉은 화재 당시 비어 있었다. 카네스트라리가 사망한 뒤 클리닉을 찾는 환자들의 수가 현격하게 줄어든 탓이기도 했다. 그곳을 찾는 환자들은 전적으로 저명한 외과의사의 손길만을 믿고 찾아온 사람들이었다.

마르쿠스는 지난 몇 시간 동안 알베르토 카네스트라리에 대해 생각해보았던 내용을 다시 떠올렸다. 만약 누군가가 그가 자살한 후에 클리닉에 불을 질렀다면 그건 분명 이곳에 무언가 위험한 증거가 남아 있었기 때문이다. 이는 다시 말해 로마의 진료실에 도청용 감시카메라가 설치되어 있었다는 것과 그곳에 들어가자마자 두 명의 괴한에게 쫓겼던 이유에 대한 설명이 될 수도 있었다. 단순한 강절도범은 아니었다. 고급 정장을 말쑥하게 차려입었다는 건 범죄조직의 일원이라는 뜻이기도 했다.

마르쿠스는 화마를 비껴간 증거가 나오기를 바랐다. 아니, 분명 찾을 수 있으리란 확신이 들었다. 그게 아니라면 그보다 앞서갔던 사면관의 수사도 이미 오래 전에 중단되었어야 했기 때문이다.

그자가 진실을 찾아냈다면, 나도 할 수 있을 거야.

지하로 내려가자 문에 붙어 있는 배치도 상으로 병원성 폐기물 보관소가 나왔다. 폐기물은 후에 외부 처리업체가 수거해 폐기하는 시스템이었다. 안으로 들어가자 열로 녹아내린 철근들이 눈에 들어왔다. 바닥은 파란색 마졸리카 타일이 붙어 있었지만 대부분 떨어져나간 상태였고 나머지는 온통 그을음으로 뒤덮여 있었다.

그런데 구석에 남아 있는 한 부분만은 예외였다.

마르쿠스는 자세히 들여다보기 위해 바닥에 몸을 숙이고 엎드렸다. 누군가가 타일을 뜯어낸 뒤 잘 닦아 다시 덮어놓은 듯 보였다. 게다가 딱 붙어 있지도 않아 손쉽게 들어 올릴 수 있었다.

바닥에는 그다지 깊지 않은 구멍이 파여 있었다. 그는 손을 밀어 넣어 그 안에 있던 양철통 하나를 꺼냈다. 길이가 대략 30센티미터 정도 되는 통이었다. 따로 잠금장치가 달려 있지는 않았다. 마르쿠스는 뚜껑을 열어보았다. 상자에 담겨 있던 허옇고 기다란 물체가 뼈라는 것을 깨달은 건 한참을 들여다보고 난 뒤였다.

그는 뼛조각을 두 손으로 들어올렸다. 크기와 형태로 보았을 때 인간의 상박골인 것 같았다. 그리고 석회화된 정도를 감안했을 때 아직 사춘기도 지나지 않은 아이의 뼈 같다는 생각이 들었다.

알베르토 카네스트라리의 양심을 무겁게 짓누르고 있던 게 바로 아이의 생명이었던 걸까? 마르쿠스는 치가 떨렸다. 신이 그 외과의사에게 어떤 가혹한 시련을 주더라도 모자랄 것 같다는 생각이 들었다. 그는 성호를 그으려다 멈췄다. 무언가 뾰족한 걸로 긁어 새겨놓은 작은 글씨가 눈에 들어왔기 때문이다. 그건 이름이었다. 아스토르 고야시.

"미안하지만 그건 이 몸이 가져가야겠어."

마르쿠스는 뒤를 돌아보았다. 한 남자가 총으로 그를 겨누고 있었다. 첫눈에 알아볼 수 있었다. 몇 시간 전, 카네스트라리 박사의 진료실에서 마주쳤던 정장의 사내였다.

마르쿠스는 이런 식으로 다시 대면하게 되리라고는 미처 예상하지 못한 터였다. 게다가 상황도 너무 불리했다. 주거지역에서 몇 킬로미터나 떨어진 외진 곳인 데다 숲 한가운데 둘러싸여 있었고, 건물 자체도 불에 타 이미 오래 전에 버려졌기 때문에 인근을 지나다니는 사람도 없었다. 죽음이 코앞까지 왔다는 확신마저 들 정도로 빠져나갈 구멍이 보이지 않았다.

순간 익숙한 장면이 눈앞을 스치고 지나갔다. 총구 앞에서 느꼈던 두려움이 기시감처럼 되살아났다. 프라하의 호텔방, 데복 사제가 살해당하던 그날의 기억이었다. 뜻하지 않은 그 감정의 자극 덕분에 마르쿠스는 당시 상황의 일부를 기억해냈다.

정신적 멘토와 그는 단순한 관객만은 아니었다. 당시 방에서는 몸싸움이 있었다. 마르쿠스는 왼손잡이 살인범인 제3의 사내와 격투를 벌였다.

당시 기억을 떠올린 마르쿠스는 뼛조각을 건네려던 순간 번쩍 몸을 일으켜 상대에게 달려들었다. 그런 반응을 미처 예상치 못한 사내는 본능적으로 주춤거리며 뒤로 물러서다가 권총을 떨어뜨리고 바닥에 넘어졌다.

마르쿠스는 재빨리 총을 집어 들고 상대의 정면에 들이댔다. 주체할 수 없는 새로운 감정이 속에서 꿈틀거리기 시작했다. 증오심이었다. 그는 상대의 머리에 총구를 갖다 댔다. 방아쇠를 당기고 싶어 미칠 것만 같았다. 자신의 신분까지 망각할 만큼 극렬한 감정의 폭발이었다. 그때 사내의 입에서 고함이 터져 나왔다.

"아래층이야!"

공범이 위에 있었던 것이다. 마르쿠스에게 주어진 시간은 불과 몇 초였다. 뼛조각은 사내 바로 옆에 떨어져 있었다. 사내는 뼈를 챙기려 들었다. 그러고는 다시 총까지 빼앗으려 들 수도 있었다. 하지만 순간적으로 격렬한 감정이 폭풍처럼 휩쓸고 간 터라, 마르쿠스는 도저히 방아쇠를 당길 힘이 없었다. 그는 결국 도망치는 쪽을 택했다.

무사히 위층으로 올라가 건물 뒷문을 향해 달렸다. 밖으로 나온 그는 꽉 쥐고 있던 총을 쳐다보다가 그대로 던져버렸다.

유일한 도주로는 언덕으로 이어지는 능선이었다. 그는 언덕길로 접어들며 나무들이 엄폐물이 되어주기를 바랐다. 들리는 것은 오직 자신의 숨소리뿐이었다. 어느 순간, 쫓아오는 사람이 아무도 없다는 것을 깨달았다. 왜 그런 건지 생각해볼 겨를도 없이 무언가가 머리털 옆으로 스치고 지나가며 나뭇가지에 꽂혔다.

마르쿠스는 그들의 표적이 되어버렸던 것이다.

그는 최대한 나무 사이로 숨어 다니며 다시 뛰기 시작했다. 발이 흙 속에 빠져 뒤로 넘어질 뻔하기도 했다. 몇 미터 앞으로 도로변이 보였다. 그는 펄쩍 뛰어올랐다. 또다시 여러 발의 총알이 날아들었다. 그는 떨어지지 않으려고 손에 닿는 나무뿌리를 있는 힘껏 붙잡고 다시 몸을 일으켜 아스팔트 도로로 나섰다. 그러고는 그 즉시 바닥에 납작 엎드려 자신의 정확한 위치를 노출하지 않으려 애썼다. 오른쪽 엉치에서 피가 흐르고 있었지만 관통상은 아니고 총알이 스치고 지나간 것 같았다. 살갗이 타들어가는 듯한 통증이 느껴졌다. 하지만 그렇게 엎드려 있더라도 조만간 덜미를 잡힐 게 뻔했다.

바로 그때 어딘가에서 불빛이 번쩍였다. 그를 향해 다가오는 자동차 보닛에 반사된 햇빛이었다. 그런데 운전석에 앉은 사람의 얼굴이 낯익었다.

클레멘테가 낡은 판다를 몰고 나타났던 것이다.

"빨리 타요!"

"여기서 뭐 하는 거야?"

"카네스트라리 진료실에서 급습 당했다는 말을 듣고 나서 이쪽 상황이 어떤지 확인해야겠다는 생각이 들었거든요." 클레멘테는 다시 차를 몰며 설명했다.

"그런데 클리닉 주변에 의심스러운 차량이 보여서 경찰을 부르러 갔다 왔어요."

그는 마르쿠스의 옷 위로 배어나온 피를 발견했다.

"괜찮을 거야." 마르쿠스는 동료를 안심시켰다.

"정말요?"

"당연하지." 그는 거짓말을 했다.

전혀 괜찮지 않았다. 하지만 부상 때문은 아니었다. 죽음의 사신은 이번에도 그를 비껴갔다. 그런데 이번에는 기억이 일부 돌아온 지금의 상황이 오히려 후회스러웠다. 왜냐하면 자신의 감춰진 모습을 처음으로 발견했기 때문이었다. 누군가를 살해할 수도 있는 자신을. 그래서 황급히 화제를 돌렸다.

"저기서 뼛조각을 발견했어. 상박골인데, 아무리 봐도 피해자는 어린아이였던 것 같아."

클레멘테는 아무런 대답도 하지 않았다. 어딘가 불안한 기색이었다.

"일단 거기서 빠져나오느라 가져올 수가 없었어."

"걱정 말아요. 일단 당신이 무사하다는 게 더 중요하니까."

"뼛조각에 이름이 새겨져 있었어. 아스토르 고야시. 그게 누구였는지 알아내야 해."

"누구인지 알아내야 한다는 게 맞는 말일 거예요. 그 사람은 멀쩡히 살아 있거든요. 게다가 더 이상 애도 아니고요."

**13시 39분**

산드라가 배운 첫 번째 이론. 집은 거짓말을 하지 않는다.

그래서 자신이 직접 코로나리 가에 있는 라라의 집으로 찾아가 둘러보기로 결심했다. 그러면서도 속으로는 관자놀이에 흉터를 가진 사면관과 다시 만날 수 있기를 바랐다. 젊은 여대생이 정말 예레미아 스미트의 다섯 번째 납치 피해자인지를 알고 싶었기 때문이다.

산드라는 라라의 생존 가능성이 아직은 높은 시점이라고 생각했다. 하지만 살아 있는 동안 라라가 겪고 있을지 모를 온갖 고통은 상상할 엄두조차 나지 않았다. 그랬기에 최대한 무심하려 애썼다.

산드라는 사진 분석을 통해 사건을 수사하고 싶었다. 업무에 사용하는 전문가용 카메라를 두고 온 게 유감스럽기만 했다. 이번에도 역시 휴대전화에 내장된 카메라의 힘을 빌려야 했다. 필요한 것도 필요한 거지만 어쨌든 모든 일이 마음먹기에 달려 있다고 생각했다.

내 카메라가 보는 걸 나도 보는 거라고.

산드라는 산 라이몬도 디 페냐포르트 제실에서 찍은 사진들을 지울까 생각했었다. 가지고 있어봐야 소용도 없었고 사건과 아무런 관련이 없는 장소였기 때문이다. 하지만 생각을 바꿨다. 그 사진들은 죽음의 가장자리까지 다가갔던 날에 대한 기억이었다. 다시는 그런 위험에 빠져들지 않으리라는 교훈을 새기기 위해서라도 보관하는 게 낫겠다고 생각했다.

그녀는 라라의 집 안으로 들어가면서 곰팡내와 습한 기운을 느꼈다. 열쇠가 따로 필요하지는 않았다. 실종신고가 접수된 당시, 경찰이 이미 문을 뜯어냈기 때문이었다. 감식반원들은 라라가 마지막으로 목격된 장소인 그녀의 집에서 그다지 흥미로운 단서를 찾아내지는 못했다. 적어도 실종 당일 저녁 바래

다준 친구들의 증언으로는 그게 마지막 모습이라고 했다. 전화통화 내역에 따르면 밤 11시 전까지 두 통의 전화를 건 것으로 확인되었다.

산드라는 머릿속에 그 사실을 상세히 기록했다. 만약 납치된 게 사실이라면 그 시각 이후에 벌어진 일이기 때문에 어둠을 틈타 범행을 했다는 말이 된다. 하지만 그건 주로 낮에 활동했던 예레미아 스미트의 습성과는 대조를 이루는 특징이었다. 라라에 대해서만큼은 범행수법을 바꿨다는 애긴데……. 분명 그럴 만한 이유가 있었을 거야.

산드라는 바닥에 가방을 내려두고 휴대전화를 꺼낸 뒤 범행현장에서 실시하는 절차를 있는 그대로 따랐다. 먼저 자신의 신분을 밝힌 뒤 마치 보이스 레코더와 연결된 헤드셋을 머리에 걸친 듯 날짜와 시간, 장소를 비롯해 자신이 보고 있는 것들을 상세히 구두로 기록하며 사진을 찍었다.

"복층 구조로 된 집에, 아래층은 거실 겸 부엌이 있습니다. 소박한 가구가 대부분이고 대체로 쓸만해 보입니다. 유난히 정리가 잘 된 상태라는 점만 빼면 모든 게 지방 출신 유학생들의 전형적인 살림살이입니다."

정리된 상태가 너무 인위적이야. 그런 분위기가 강하게 들었다.

산드라는 여러 장의 사진을 찍었다. 현관문 쪽으로 관심을 돌리자 무언가가 그녀의 시선을 확 끌어당겼다.

"잠금장치는 두 개고, 하나에는 체인걸이가 달려 있습니다. 그리고 안에서만 열고 닫는 게 가능한 구조입니다. 그런데 신고를 받고 찾아왔던 경찰이 자물쇠 두 개를 다 뜯어낸 상태입니다."

어떻게 현장검증을 한 경찰들이 그런 중요한 단서를 놓칠 수 있었을까? 라라는 납치 당시 집 안에 있었던 것이다. 말도 안 되는 상황이었다.

산드라는 일단 특이사항 하나를 다시 머릿속에 각인해둔 뒤 위층으로 올라갔다.

산드라 베가 형사가 깨달은 두 번째 이론은 집도 사람과 마찬가지로 죽는다는 것이다.

하지만 라라는 죽지 않았어. 산드라는 자신을 설득하듯 되뇌었다.

산드라는 자신의 추리를 이어나갔다. 만약 라라가 잠자는 동안 납치된 거라 가정했을 때 예레미아 스미트는 애써 침대를 가지런히 정리한 뒤 라라의 옷가지를 챙겨 넣은 가방과 그녀의 휴대전화를 가지고 사라져버렸을 것이다. 가출인 것처럼 꾸미기 위한 행동이었다. 하지만 현관문 잠금장치가 정반대의 사실을 말하고 있었다. 다만 그는 집안 내부에 남아 있을지 모를 자신의 흔적을 깨끗이 지울 수 있는 시간적 여유는 있었다. 그렇다고 해도 어떻게 안에서 잠겨 있는 현관문을 열고 들어왔다 그 상태 그대로 나갈 수 있었던 걸까? 쉽게 풀리지 않는 수수께끼였다.

산드라는 베개 사이를 차지한 봉제 곰인형과 부모님 사진을 세워둔 침대 머리맡 곁탁자, 벽에 붙어 있는 미완성 교각 설계도와 그 아래 놓인 책상, 그리고 건축학 관련서적이 꽂혀 있는 책장을 차례차례 휴대전화 카메라에 담았다.

집 안을 둘러보던 산드라는 건축학과 학생의 방이라는 사실을 감안했을 때 부자연스러운 분위기를 감지했다. 난 네가 뭔가를 숨겨놓았다는 걸 알아, 라라. 괴물 같은 인간이 널 범행대상으로 삼은 건 분명 널 잘 알고 있기 때문이었을 거야. 그 괴물 같은 인간으로 향하는 단서를 어디에 숨겨놓은 건지 말해줄 수 없겠어? 내 생각이 맞다고 제발 말 좀 해줘. 하늘과 땅을 다 뒤져서라도 널 꼭 구해줄게.

산드라는 계속해서 자신이 보는 것들을 큰 소리로 묘사해나갔다. 여러 장의 사진을 찍고 살펴봤지만 병적일 정도로 정리정돈에 신경 썼다는 것 외에 특별할 건 없어 보였다. 산드라는 자신이 찍은 사진들을 다시 들여다보며 두드러지게 눈에 띄는 특이사항이 나오기만을 바랐다.

책상 아래 있던 쓰레기통에는 사용하고 버린 티슈가 가득했다.

라라가 집안을 가꾼 방식만 놓고 보면 사소한 부분까지 신경을 쓰는 성격이라는 게 드러나 보였다. 강박증이야. 산드라의 여동생도 마찬가지였다. 보고 있자면 속이 뒤집어지고 미쳐버릴 것 같은 때가 한두 번이 아니었다. 예를 들면 이런 식이다.

자신의 차 안에 달려 있는 시거 라이터의 위치는 담배 그림이 꼭 수평으로 되어 있어야만 한다거나, 집 안의 장식품들은 무슨 일이 있어도 크기 순서대로 진열해야 한다고 고집을 부리는 것이다. 그게 지켜지지 않을 때는 마치 하늘이 무너질 듯 난리를 쳤다. 라라 역시 그런 성향을 지닌 사람이었다. 그런 생각에 이르자, 다 쓴 휴지로 가득 찬 쓰레기통을 치우지 않았다는 게 이상하게 느껴졌다. 산드라는 내용물을 살펴보기 위해 쓰레기통 가까이 쪼그려 앉았다. 휴지와 메모지 가운데 둥글게 구긴 종이 한 장이 눈에 띄었다. 산드라는 종이를 꺼내 펼쳐보았다. 약국에서 발급한 영수증이었다.

"15.9유로." 산드라는 큰 소리로 액수를 확인했다.

아쉽게도 구입한 의약품 목록은 적혀 있지 않았다. 날짜를 확인해보니 실종되기 2주 전이었다.

산드라는 잠시 사진 찍는 일을 중단했다. 그러고는 서랍장을 뒤져 그 액수에 상응하는 약이 있는지 찾아보았다. 헛수고였다. 산드라는 여전히 영수증을 손에 쥔 채 아래층으로 내려와 욕실로 향했다.

개수대 위에 달린 수납장을 열어보았다. 한쪽에는 약이, 다른 한쪽에는 화장품이 정리되어 있었다. 산드라는 약통들을 꺼내 통 위에 찍혀 있는 가격표를 일일이 확인해보았다.

15.9유로를 주고 산 약은 나오지 않았다.

하지만 산드라는 그 약이 대단히 중요한 단서에 해당한다는 사실을 잘 알고 있었다. 바짝 약이 오른 산드라는 손놀림에 박차를 가해 이곳저곳을 뒤져보았다. 하지만 역시 별 성과는 없었다. 그녀는 두 손으로 개수대 양쪽을 붙잡고 흥분을 가라앉히려 했다. 심호흡을 하려 깊이 숨을 들이마셨지만 들이마시자마자 바로 내뱉을 수밖에 없었다. 다른 곳에 비해 유난히 습한 기운과 퀴퀴한 냄새가 진동했기 때문이다. 겉보기에는 청소도 잘 된 상태였다. 산드라는 혹시나 하는 마음에 고여 있던 변기 물을 한 번 내려보았다. 그러다 문 뒤에 걸린 달력을 발견했다.

욕실에 달력을 걸어둔다는 건 여자들이 아니면 이해할 수 없을 거야.

산드라는 달력을 떼어내 시간을 거슬러 맨 앞 장부터 살펴보았다. 매달, 며칠 정도가 빨간 동그라미로 묶여 있었다. 생리 주기였다.

그러다 지금에 해당하는 월에 빨간 동그라미가 없다는 사실을 발견했다.

"세상에!" 산드라는 놀라지 않을 수가 없었다.


굳이 확인할 필요도 없었다. 어떤 상황인지 모든 그림이 그려졌기 때문이다. 라라는 약국 영수증을 버린 뒤 차마 쓰레기통을 비울 기력이 없었던 것이다. 영수증, 티슈 그리고 또 다른 무언가가 있었을 테니까. 여대생이라면 종종 필요할 때가 있는 물건.

임신 테스트기였다.

예레미아 스미트는 라라를 납치할 때 그 물건까지 가져갔던 거야. 산드라의 추리는 거기까지 이르렀다.

리본 달린 머리띠, 산호 팔찌, 분홍색 목도리, 롤러스케이트의 뒤를 잇는 괴물의 또 다른 전리품이었을까?

산드라는 휴대전화를 손에 쥐고 거실을 돌아다니고 있었다. 카무소 수사관에게 자신이 발견한 내용을 알릴 생각이었다. 라라의 임신 소식이 지지부진한 수사에 박차를 가할 계기가 될 수도 있었기 때문이다. 하지만 산드라는 번호를 누르려던 손가락을 멈추고 다시 한 번 자신이 놓친 다른 단서가 있는지 생각을 되짚어보았다.

문은 안에서 잠겨 있었다.

납치가능성을 가로막는 유일한 장애물은 바로 그 문 안쪽에 달린 체인걸이였다. 만약 산드라가 여대생이 자발적으로 집을 나간 게 아니라는 것만 입증할 수 있다면, 라라가 예레미아 스미트의 다섯 번째 피해자라는 사실은 의심의 여지가 없었다.

내가 도대체 뭘 놓친 거지?

산드라가 깨달은 세 번째 이론은 집은 고유한 향을 풍긴다는 것이다.

라라의 집이 풍기는 향은? 가장 먼저 곰팡내가 떠올랐다. 하지만 습기로 인한 쾌쾌한 냄새는 화장실에서 유독 심하게 느껴졌다. 변기에 고여 있는 물이 주요 원인일 수 있었다. 딱히 누수현상 때문인 것 같지도 않았다. 하지만 냄새는 확연히 구분할 수 있을 정도로 심했다. 산드라는 샤워부스와 개수대 물이 잘 빠지는지 점검해보고 다시 한 번 변기 물을 내려보았다. 모든 게 정상적으로 작동하고 있었다.

산드라는 고개를 숙여보았다. 어쨌든 냄새는 바닥에서 올라오고 있었기 때문이다. 그 상태로 바닥에 깔린 타일을 살펴보다 흠집이 난 타일을 발견했다. 게다가 무언가를 밀어 넣어 타일조각을 들어 올린 듯한 자국까지 선명히 남아 있었다. 산드라는 선반에 놓인 가위를 집어 들고 뾰족한 끝부분을 틈 사이로 밀어 넣어보았다. 놀랍게도 타일이 스르르 들어 올려졌다.

습한 기운과 냄새의 진원지는 바로 그곳이었다. 비밀통로의 관문 역할을 하던 타일을 끝까지 들어 올리자 지하통로로 연결되는 석회가 잔뜩 긴 계단이 드러났다. 하지만 그것만으로는 예레미아 스미트가 드나들었다는 사실을 입증할 수 없었다. 또 다른 결정적 증거가 필요했다. 그리고 그 증거를 찾아낼 방법은 아래로 내려가 보는 길밖에 없었다.

산드라는 용기를 내서 아래로 내려갔다.

계단 끝까지 내려온 산드라는 휴대전화 액정화면으로 지하터널 이쪽저쪽을 비춰보았다. 오른쪽에서 공기가 유입되는 것 같았고 반복적이고 둔탁한 소음 역시 그쪽에서 들려왔다.

산드라는 조심스레 앞으로 나아갔다. 바닥은 미끄러웠다. 만약 여기서 쓰러져 의식을 잃기라도 하면 아무도 날 찾아낼 수 없을 거야.

대략 20여 미터를 걸어가자 저 멀리 빛이 보이는 것 같았다. 출구가 있다는 뜻이었다. 지하터널은 테베레 강과 이어지고 있었다. 며칠 사이 내린 집중호우로 인해 불어난 강물이 흙탕물이 되어 온갖 쓰레기와 함께 밀려들어와 있었다. 몇 걸음 더 가보니 두꺼운 철창 때문에 더 이상 갈 수가 없었다. 예레미아 스미트가 드나들기는 너무 복잡한데……. 산드라는 발걸음을 되돌려 라라의 집 욕실로 이어지는 계단을 지나 반대편으로 향했다. 그곳은 미로처럼 터널이 끝없이 이어져 있었다.

산드라는 휴대전화 신호가 잡히는지 확인한 뒤 경찰서에 전화를 걸었다. 얼마간 기다리자 카무소 수사관과 연결되었다.

"지금 그 여대생 집에 와 있습니다. 우려했던 대로 예레미아 스미트가 여대생을 납치한 게 맞아요."

"그렇다는 사실을 입증할 수 있습니까?"

"문이 잠긴 상태로 드나들었던 출구를 발견했어요. 욕실 바닥에 비밀 문이 있었거든요."

"이번엔 그 괴물 같은 녀석이 아주 제대로 계획을 세웠군요. 뭐 또 다른 거 있습니까?"

"라라는 임신 중이에요."

카무소는 아무런 말이 없었다. 산드라는 이미 그의 생각을 읽고 있었다. 책임감과 부담감이 두 배가 되어버린 상황. 두 사람의 목숨이 걸려 있었다.

"여기 지원 좀 보내주세요."

"저도 가겠습니다. 금방 도착할 겁니다."

산드라는 전화를 끊고 바닥이 미끄러운지 확인하려고 휴대전화 불빛으로 바닥을 비춰보았다. 가는 길엔 생각에 잠겨 미처 발견하지 못했었는데 진흙 위에 누군가가 지나간 발자국이 쭉 이어져 있었다.

그 지하터널에는 그녀 말고도 누군가가 있었던 것이다.

그게 누구든, 지금 그 컴컴한 터널 어딘가에 숨어서 그녀를 노리고 있을 가능성도 있다는 뜻이었다. 갑자기 두려움이 엄습했다. 싸늘한 지하 공기를 가르는 그녀의 숨결이 가빠지기 시작했다. 산드라는 권총을 꺼내들기 위해 허리춤을 손을 가져가면서도, 상대가 무장한 상황이라면 자신은 이미 너무나 손쉬운 표적이라는 점을 인정할 수밖에 없었다.

누군가 거기 있었다. 산 라이몬도 디 페냐포르트 제실 총격 사건이 떠올랐다. 분명 그자였다.

돌계단을 향해 뛰어갈 수도 있었다. 아니면 어둠 속을 향해 무작정 총을 쏴서 기선을 제압할 수도 있었다. 하지만 두 방법 모두 운에 기대야 하는 상황이었다. 자신을 노려보는 시선이 느껴졌다. 다비드의 살인범이 〈칙 투 칙〉을 부를 때 받은 느낌과 똑같았다.

끝장이야.

"베가 형사님, 그 아래 계십니까?"

"네! 저 여기 있어요!" 산드라는 고함을 지르듯 대답했다.

"저희는 근처를 순찰하던 경관입니다. 카무소 형사님이 이쪽으로 지원을 나가라고 연락하셨습니다."

"아래로 좀 내려와주시겠어요?" 산드라는 부탁조로 말했다.

"지금 욕실입니다. 금방 내려갑니다."

그 순간 터널 반대편으로 멀어져가는 발소리가 분명히 들렸다.

그녀를 두렵게 했던 보이지 않는 두 눈이 도망치고 있었던 것이다.


**14시 03분**


두 사람은 가까운 위치에 있던 사면관들의 안전가옥으로 향했다. 바티칸 소유로 로마에만 여러 곳이었다. 그들이 찾은 곳에는 구급약 상자와 인터넷 접속이 가능한 컴퓨터가 준비되어 있었다.

클레멘테는 갈아입을 옷과 샌드위치를 가져왔다. 마르쿠스는 웃옷을 벗고 욕실 거울 앞에 서서 봉합용 바늘과 실로 상처를 꿰매고 있었다. 이번에도 역시 자신에게 그런 능력이 있으리라고는 상상도 못 했었다. 그는 여전히 거울에 비친 자신의 얼굴을 외면한 채 상처를 꿰맸다.

그의 몸 여기저기에는 여러 개의 흉터가 나 있었다. 기억상실로 인해 머릿속에 남아 있을 기억을 끄집어내는 건 불가능했다. 그는 몸에 난 상처들을 통해 기억을 떠올려보려고도 해보았다. 과거의 작은 트라우마가 남긴 흔적들. 발목에 남아 있는 연분홍 반점이나 팔꿈치에 생긴 절개선. 어렸을 때 자전거를 타다 떨어졌을 수도 있고 집에서 놀다 부주의로 다친 상처일 수도 있었다. 하지만 어떤 상처였든 왜 생긴 건지 그마저도 생각나는 게 없었다. 과거가 없다는 사실이 슬프기만 했다. 그가 뼛조각으로 찾아낸 그 어린아이는 미래를 갖지 못한다. 그 아이처럼 마르쿠스 역시 죽은 사람이나 마찬가지였다. 다만 마르쿠스의 죽음은 묘하게도 시간의 역방향으로 움직이고 있다는 것만 다를 뿐이었다.

카네스트라리의 클리닉에서 안전가옥으로 오는 동안 클레멘테는 그에게 아스토르 고야시에 대한 이야기를 들려주었다.

그는 70세의 불가리아 출신 마약상으로 로마에 거주한 지는 대략 20여 년 정도 되었다고 한다. 그가 관리하고 있는 사업은 건설업에서부터 매춘까지 다양했다. 존경할 구석이라고는 눈 씻고 찾아봐도 없는 인물이었다. 돈세탁에 관한 한 타의 추종을 불허하는 조직범죄계의 거물이었다.

"이 남자가 알베르토 카네스트라리와 도대체 무슨 관계가 있다는 거지?" 마르쿠스는 재차 물었다.

클레멘테는 솜과 소독약을 건네면서 큰 소리로 말했다.

"우선 폐허가 된 그 건물 지하에 뼛조각을 숨겨둔 게 누구인지부터 밝혀야 하는 거 아니에요?"

"그건 정체불명의 사면관이 한 짓이야." 마르쿠스는 확신에 찬 투로 대답했다.

"그자가 사건을 맡고 카네스트라리의 고백을 접한 뒤 조사를 통해 폐허가 된 건물 지하에서 아이의 유골 일부를 발견했을 거야. 아마 외과의사도 죄책감 때문에 제대로 처리할 수 없었겠지. 다행인 건 사면관이 뼛조각에 단서가 될 인물, 아스토르 고야시의 이름을 새겨 넣은 뒤 우리가 잘 찾을 수 있는 장소에 다시 숨겨놓았다는 거고. 그게 아니었다면 병원과 함께 이미 오래 전에 재가 되어버렸어야 할 증거라고."

"잠깐만요. 일단 사실관계를 순서대로 정리해보자고요."

"내 생각은 이래. 카네스트라리는 어떤 아이를 살해한 거야. 그 살인사건에 아스토르 고야시라는 범죄조직의 거물이 연루된 거고. 하지만 둘 사이에 어떤 거래가 있었는지는 모르는 거지."

"불가리아 마피아 두목은 카네스트라리를 믿을 수 없었을 거예요. 정신적으로 압박을 받고 있는 의사 상태가 불안했을 수도 있겠죠. 자칫 그 의사가 불미스런 일을 벌이지 않을까, 고야시는 의사를 감시했던 거고요. 진료실 감시카메라를 통해서 말이죠."

"아스토르 고야시 입장에선 외과의사의 자살이 위험신호로 받아들여졌을 수도 있어."

"그래서 자신이 신원미상의 아동살해사건과 관련이 있을 수 있다는 증거나 단서를 없애기 위해 부하들을 보내 클리닉에 불을 지른 거고요. 어떻게 보면 카네스트라리가 자살에 사용했을지 모를 주사기를 처리한 것도 그들일 수 있을 거예요. 어쨌든 경찰수사가 열리는 걸 막아야 하니까요."

"맞아." 마르쿠스도 거기까지는 인정했다.

"그런데 가장 까다로운 문제는 여전히 남아 있어. 저명한 자선사업가와 범죄자와의 관계 말이야."

"솔직히 전 둘 사이에 어떤 관계가 있는지 모르겠어요. 당신이 말했잖아요, 그 두 사람은 전혀 다른 세계에 사는 사람들이라고요."

"하지만 분명 그 둘을 연결하는 보이지 않는 선이 있어. 난 확신해."

"마르쿠스, 내 말 잘 들어요." 클레멘테는 설득력을 더하기 위해 말투를 바꿨다.

"지금 라라에게 남은 시간은 거의 없어요. 오래 못 버틸 거란 말이에요. 아무래도 이번 사건은 여기서 접고 여대생 구하는 일에 집중하는 게 좋지 않겠어요?"

마르쿠스는 상대의 이야기가 이상하게 들렸다. 그는 거울을 통해 클레멘테의 표정 변화를 유심히 관찰했다.

"자네 말이 맞을 수도 있겠군. 오늘에야 깨달았어. 자네가 클리닉까지 찾아온 건 정말 다행이야. 그렇지 않았으면 내 뒤를 쫓아오던 두 녀석들에게 죽은 목숨이었을 거야.”

클레멘테가 시선을 다른 곳으로 돌렸다.

“자네, 날 미행했던 거지. 그런 거 맞지?”

“아니, 어떻게 그런 생각을 할 수가 있어요?” 클레멘테는 버럭 화를 냈다.

마르쿠스는 그 말을 믿지 않았다. 그는 몸을 돌려 상대의 눈을 들여다보며 다시 물었다.

“무슨 일 때문이지? 나한테 숨기는 게 도대체 뭐야?”

“그런 거 없어요.”

클레멘테는 수세에 몰린 듯 몸을 사렸다. 마르쿠스는 자신이 생각했던 가설을 풀어놓았다.

“돈 미켈레 푸엔테 사제는 자살을 하겠다고 예고한 알베르토 카네스트라리의 고해성사 내용을 어느 주교의 조언에 따라 위에 보고했다고 말했어. 그런데 고해자의 이름은 밝히지 않았어. 도대체 뭘 보호하려 했던 거야? 누가 그러는 거냐고? 이 사건을 덮으려는 윗사람이 도대체 누구야?”

클레멘테는 아무런 대꾸도 하지 않았다.

“대충 짐작은 했어.” 마르쿠스가 말을 이었다.

“카네스트라리와 아스토르 고야시의 관계는 돈으로 연결돼 있어. 그렇지?”

“외과의사 재력 정도면 딱히 돈이 필요했을 것 같진 않은데요." 클레멘테는 자신 없는 목소리였지만 그래도 이의를 제기했다.

마르쿠스는 상대의 불안감을 감지했다.

"그 저명한 외과의사가 자신의 삶에서 그 무엇보다 중요하게 여겼던 건 바로 자신의 명성이었어. 그는 죽을 때까지 좋은 사람으로 남고 싶어 했다고."

클레멘테는 계속해서 피할 수만은 없겠다고 판단했다.

"앙골라에 건설한 카네스트라리 종합병원은 대규모 시설이에요. 우리가 계속 파고들면 그 시설이 파괴될지도 몰라요."

"그 병원은 무슨 돈으로 지은 거지? 고야시가 돈을 댄 건가? 그런 거야?"

"그건 우리도 몰라요."

"하지만 그럴 가능성은 충분하고도 남지. 한 아이의 생명과 수천에 달하는 아이들의 생명을 맞바꾼 셈이니까." 마르쿠스는 격한 감정을 억누르지 못하고 분개했다.

클레멘테는 아무런 대꾸도 할 수 없었다. 자신이 '훈련한 학생'이 모든 걸 다 간파했기 때문이다.

"외과의사로서는 최소한의 악을 택하자는 논리였겠지. 그래서 그런 비열한 계약을 받아들였던 거고."

"그가 맺은 계약은 우리하고 하등의 상관도 없어요. 하지만 수천 명의 아이들 목숨은 달라요."

"그럼 그 아이는? 그 아이의 목숨은 목숨으로 치지도 않는 건가?" 마르쿠스는 되받아쳤다.

"우리가 이름을 팔아가며 받들어 모시는 저 높은 곳의 그분은? 그분은 이 일을 어떻게 생각하실까? 정체불명의 사면관이 설계한 대로 누군가 대신 나서서 복수를 해줄 거라고? 우린 이 상황을 그냥 두고만 볼 건지, 아니면 행동을 취해야 할지 결정할 수 있어. 그냥 두고만 볼 거라면 우리도 살인 공모자가 되는 거라고."

클레멘테는 마르쿠스의 말이 옳다는 건 알고 있었다. 하지만 선뜻 나설 수도 없었다.

"아스토르 고야시가 카네스트라리 자살 뒤에도 3년이 넘도록 진료실을 감시한 이유가 있다면 그건 자신의 범죄 연루 사실이 알려질까 걱정했기 때문이에요." 클레멘테는 자신 있게 말했다. "그건 다시 말해, 그가 살인사건과 관련 있다는 증거가 여전히 존재한다는 뜻이고요."

마르쿠스는 미소를 지었다. 동료 역시 그와 같은 생각이었던 것이다.

"일단 살해된 아이의 신원부터 밝히는 게 먼저야." 마르쿠스는 재빨리 상대의 말을 받았다.

"어떻게 해야 할지는 다 생각이 있어."


두 사람은 컴퓨터가 있는 옆방으로 옮겨갔다. 마르쿠스는 경찰청 사이트에 접속했다.

"뭘 찾으려고 그래요?"

"정체불명의 사면관은 피해자들에게 복수의 기회를 줬어. 모두가 로마 출신이었고. 그러니까 이 꼬마 피해자도 로마 출신일 게 분명해."

그는 실종자 신고 사이트로 들어가 '미성년자' 탭을 클릭했다. 놀라울 정도로 많은 수의 아동과 청소년의 얼굴이 화면에 떠올랐다. 대부분의 경우 이혼한 한쪽 부모에게 반강제로 '납치'당한 경우였다. 이런 아이들은 비교적 간단한 방법으로 되찾을 수 있고 얼마 지나지 않아 그 명단에서 사라지게 된다. 일부는 가출이다. 가출 청소년의 경우 며칠 뒤 가족모임이나 경찰의 훈계 정도로 마무리되기 일쑤이다. 그러고도 남은 일부 아이들은 실종된 지 몇 년이 지나도록 행방이나 생사 여부가 확인되지 않는 한 대부분 낡고 희미한 사진 속에서 웃는 모습으로 실종자 신고 사이트에 남게 된다. 그 아이들의 눈빛에는 왠지 상처 입은 순수함이 깃들어 있는 것 같았다. 몇몇 케이스의 경우 경찰이 실종 당시 사진을 바탕으로 나이 변화에 따른 추정외모 몽타주를 작성하기도 한다. 하지만 대부분의 경우 살아 있는 상태로 아이를 되찾을 가능성은 매우 희박한 편이다. 사이트 속의 사진들은 어떻게 보면 그 아이들을 잊지 않기 위해 조성해놓은 일종의 묘석과도 같았다.

마르쿠스와 클레멘테는 로마에 거주했으며 실종 시기가 3년 전후인 아이들을 중심으로 명단을 줄여나갔다. 최종적으로 두 명이 남게 되었다. 남자아이 하나와 여자아이 하나. 두 사람은 실종정황을 읽어 내려갔다.

필리포 로카는 어느 날 오후 하굣길에 사라졌다. 친구들도 전혀 눈치채지 못했었다. 사진 속의 열두 살 소년은 윗니가 빠진 게 드러나 보일 정도로 환하게 웃고 있었다. 청바지와 오렌지색 스웨터, 파란 폴로 티와 운동화, 그리고 자주 다니는 성당 부속기관의 앞치마를 두른 모습이었다. 배낭에는 보이스카우트 배지와 좋아하는 축구팀 휘장이 달려 있었다.

알리스 마르티니는 금발머리를 길게 딴 열 살짜리 소녀였다. 빨간 안경을 낀 소녀는 아빠, 엄마, 남동생과 함께 공원에 갔다가 실종되었다. 만화 캐릭터가 그려진 흰색 후드 티에 반바지와 천운동화 차림이었다. 소녀를 마지막으로 목격한 사람은 풍선장사였다. 목격자 증언에 따르면 당시 아이가 화장실 근처에서 중년 남성과 이야기를 하고 있는 모습을 보긴 했지만 남자의 자세한 인상착의는 기억나지 않는다고 했다고 한다.

마르쿠스는 실종 당시 두 아이 사건을 보도했던 일간지 기사를 통해 몇 가지 필요한 정보를 수집했다. 부모들은 캠페인을 비롯해 텔레비전 프로 등에 출연하고 각종 잡지와 인터뷰를 하면서 아이들에 대한 관심이 사라지지 않도록 애를 썼지만 수사는 전혀 진척을 보이지 못했다.

"정말 우리가 찾는 아이들이 이 둘 중 하나라고 생각하는 거예요?"

"그럴 가능성이 높아. 다만 최종적으로 확인할 아이가 한 명이었다면 더 좋았겠지. 우린 시간이 없잖아. 지금까지 사면관은 모든 가능성을 다 계산해서 일을 벌여왔어. 하루에 한 건의 복수가 행해지도록 정교하게 사건을 짜 맞췄다고. 맨 처음, 예레미아 스미트에게 여동생을 잃은 언니는 자신의 집에서 쓰러진 그를 발견하고 응급처치를 하면서 진실을 알게 됐어. 그다음 날 저녁, 라파엘레 알티에리는 자신의 아버지를 살해했어. 거의 20년 전에 자신의 어머니를 살인 교사한 죄로 말이야. 어제는 피에트로 치니라는 전직 형사가 페데리코 노니를 살해했어. 자신의 범행사실을 알고 있는 유일한 증인인 여동생, 조르자 노니를 살해하고 또 다른 여성을 살해해 빌라 글로리 공원에 암매장한 죄의 대가로. 마지막 두 건의 경우 복수를 감행할 사람들에게 보낸 메시지가 전달된 타이밍이 얼마나 치밀했는지 자네도 느꼈겠지? 정체불명의 사면관이 우리에게 허락한 시간은 불과 몇 시간뿐이었어. 진실을 밝혀내고 정교한 기계장치처럼 돌아가는 복수의 시계를 멈추는 데 주어진 시간이 거의 없었다고. 진실을 깨닫는 순간, 이미 늦었다는 사실만 절감할 뿐이었어. 이번이라고 크게 다르진 않을 거야. 그래서 더더욱 서둘러야 하는 거고. 누군가 오늘 밤이 지나기 전에 아스토르 고야시를 살해하려 할 거라고."

"문제는 이 인간의 경우 접근 자체가 힘들다는 거예요. 어떻게 생긴 경호원을 대동하고 다니는지는 이미 봤잖아요. 혼자서는 절대로 나다니지도 않아요."

"아무튼 자네 도움이 필요해, 클레멘테."

"제 도움이라니요?"

"실종된 두 아이 가족 모두를 내가 혼자 조사할 순 없어. 자네와 내가 한 가족씩 맡아서 알아보자고. 연락은 음성사서함으로 하고 먼저 무언가를 발견하는 사람이 응답기에 메시지를 남기는 걸로."

"제가 뭘 해야 하는 건데요?"

"마르티니 가족을 찾아가. 난 필리포 로카 쪽을 맡을 테니까."


에토레와 카밀라 로카는 그간 모아둔 재산을 정리한 뒤 로마 서남부에 위치한 오스티아로 내려가 해변과 맞닿은 어느 작은 마을에 정착해 살고 있었다.

로카 가족의 모습은 평범함 그 자체였다.

에토레 로카는 영업사원인 관계로 출장이 잦았다. 아내 카밀라는 사회복지사로 어려운 환경에 처한 가족이나 청년들을 지원하는 기관에서 근무하고 있었다. 카밀라는 정작 자신이야말로 도움을 받아야 하는 상황이었음에도 불구하고 남들을 위해 많은 걸 베푸는 사람이었다.

두 부부가 오스티아 해변을 주거지로 선택한 이유는 무엇보다 조용하고 생활비도 저렴했기 때문이다. 두 사람 모두 근무지는 로마였지만 그 정도 희생은 충분히 감당할 수 있었다.

그런 가족의 집에 몰래 들어온 마르쿠스는 처음으로 가택침 범을 한 것 같은 기분을 느꼈다. 문과 창문에는 모두 창살형 덧 창이 달려 있었지만 현관문은 의외로 쉽게 열 수 있었다. 마르 쿠스는 안으로 들어간 뒤 원상태로 문을 잠갔다. 맨 처음 그를 반긴 것은 거실로 연결되는 부엌이었다. 흰색과 파란색이 어 우러져 있었다. 가구도 별로 없고 전반적인 실내장식은 마치 배 같았다. 테이블은 선박의 들보로 만들어진 듯 보였고 위에 는 낚시등 같은 조명이 설치되어 있었다. 벽에는 배를 조종할 때 사용하는 낡은 키가 달려 있었고 그 안에는 추 하나가 박혀 있었다. 진열장에는 조개껍질이 장식되어 있었다.

바람에 실려와 집 안까지 날아든 모래 때문인지 발걸음을 옮 길 때마다 사그락거리는 소리가 났다. 마르쿠스는 정체불명의 사면관에게 다가갈 수 있는 단서를 찾기 시작했다. 먼저 냉장 고부터 살펴보았다. 냉장고 문에 게 모양의 자석으로 고정된 종이 한 장이 붙어 있었다. 남편이 아내에게 남기고 간 메시지 였다.

열흘 후에 봐. 사랑해, 여보.

남편은 출장 중이었지만 거짓말을 하고 일주일가량 변두 리 모텔에 숨어 지내며 고야시 살해계획을 짜고 있을지도 모 를 일이었다. 위험부담이 크다는 사실을 감안해서 다른 가족을 끌어들이지 않으려는 의도일 가능성도 배제할 수 없었다. 하지만 마르쿠스에겐 추측만으로 대충 얼버무릴 여유가 없었다. 확실한 단서가 필요했다. 그는 다시 수색을 재개했다. 집을 둘러보면 둘러볼수록, 무언가가 부족하다는 느낌이 강하게 들었다.

슬픔이 깃든 물건이 하나도 보이지 않았던 것이다.

그는 막연하게 필리포의 빈자리가 부모에게 일종의 단절을 가져왔을 거라 예상했었다. 마치 흉터처럼 몸에 남는 게 아니라 집안의 물건들에 깃든, 만져보기만 해도 피를 흘리는 게 눈에 보일 정도로 깊은 상처 같은 것들을. 이 집에는 분명 실종된 열두 살 소년이 있었다. 그런데 소년의 사진이나 추억의 상징은 어디에도 보이지 않았다. 그 빈자리에는 상실감이 숨어 있을 수도 있다. 그랬다면 그건 마르쿠스의 영역 밖이었다. 그건 오직 부모만이 느낄 수 있는 거니까.

마르쿠스는 경찰청 사이트에 미아로 등록된 여러 아이들 사진 속에 포함되어 있던 필리포의 얼굴을 유심히 살펴보면서 가족들은 어떻게 상실의 아픔을 딛고 삶을 지속할 수 있는지 궁금했었다. 아이의 사망과는 또 다른 상황이었으니까. 실종의 경우 무엇보다 의심을 억누르는 법을 배워야 한다. 부지불식간에 밀고 들어와 속을 갉아먹는 의심은 매 순간을 견딜 수 없는 악몽으로 뒤바꿔버린다. 그렇게 아무 답도 얻지 못하고 몇 년의 시간이 흐르게 되면 차라리 아이가 죽은 게 나을지도 모른다는 생각, 살해되었다는 소식을 전해 듣는 게 낫겠다는 생각이 들 것도 같았다. 죽음은 기억으로 남게 된다. 비록 가장 아름다운 기억이라 해도 고통을 수반하기 때문에 떠올리는 것만으로도 사람을 괴롭힌다. 하지만 죽음은 과거에 종지부를 찍어 상처를 봉합하는 데 어느 정도 도움을 준다. 반면 의심은 실로 끔찍하다. 의심이란 것은 미래를 통째로 지배하기 때문이다.

마르쿠스는 부부 침실로 들어갔다. 각자의 잠옷이 각각의 베개 위에 포개져 있었고 슬리퍼는 가지런히 발치에 정돈되어 있었다. 이불은 구겨진 흔적 하나 없이 완벽한 상태였다. 마치 모든 걸 길들이고, 모든 게 정상적으로 보이도록 애쓰려고 안간 힘을 쓴 듯했다. 모든 게 괜찮다고……. 아무런 문제없다고…….

평온하기만 한 분위기 속에서 드디어 필리포와 대면할 수 있었다.

아이는 사진 속에서 부모에게 둘러싸여 웃고 있었다. 잊힌 아이가 아니었다. 필리포에게도 여전히 자신의 자리가 남아 있었다. 마르쿠스는 방에서 나오려다가 어떤 물건에 시선이 닿자 자신의 생각이 틀렸음을 깨달았다.

카밀라가 잠자는 침대 머리맡 곁탁자 위에는 아기 무전기가 놓여 있었다. 그 물건의 용도는 아기가 잠들었는지를 확인하는 것이었다.

자신의 눈이 의심스러웠던 마르쿠스는 그 즉시 문 닫힌 바로 옆방으로 향했다. 분명 필리포가 쓰던 방이었다. 하지만 소년의 침대 옆에는 아기침대 하나가 놓여 있었다. 방은 쓰임새가 나뉘어져 있었다. 한쪽에는 소년이 좋아하던 축구팀 포스터와 책상, 그리고 반대편에는 아기용 기저귀 테이블, 접이식 덱체어, 그리고 꿀벌이 빙글빙글 돌아가는 오르골 등 각종 아기 장난감들이 산더미처럼 쌓여 있었다.

필리포는 알 수 없었겠지만 소년에게는 남동생, 혹은 여동생이 생겼던 것이다.

고통의 유일한 치유제는 삶이었어. 로카 부부가 미래에 적응하고 어떻게 의혹이란 안개를 걷어내게 되었는지 이해할 수 있었다. 하지만 두 눈으로 보면서도 확신은 가지 않았다. 과연 이 가족이, 어렵게 찾아왔을지 모를 평온함을 산산이 깨뜨리면서까지 복수의 칼을 꺼내들 생각일까? 큰 아이가 살해당했을 거라는 소식에 어떻게 반응했을까? 만약 필리포가 카네스트라리의 희생양이었다는 게 사실이었다면 말이다.

대충 로카 가족의 집을 살펴본 마르쿠스는 카밀라 로카의 직장으로 찾아가 그녀의 행적을 쫓아 남은 하루를 보내려 했다. 그때 밖에서 자동차 엔진 소리가 들렸다. 창문을 통해 내다보니 카밀라가 승합차를 도로변에 주차하고 있었다.

갑작스런 그녀의 등장에 놀라기도 했지만 집 밖으로 나갈 수 없다는 게 더 큰 문제였다. 마르쿠스는 서둘러 숨을 곳을 찾아보았다. 가장 먼저 세탁실 겸용 다용도실이 눈에 보였다. 그는 일단 문 뒤에 숨어 가만히 기다렸다. 열쇠구멍이 돌아가는 소리가 들리더니 카밀라가 안으로 들어와 문을 닫았다. 그녀는 열쇠를 올려놓고 구두를 한쪽씩 벗어 내려놓았다. 마르쿠스는 문틈으로 그녀의 행동을 주시했다. 카밀라는 종이봉투를 들고 있었다. 장을 본 뒤에 예상보다 이른 시각에 집으로 돌아온 것이다. 그런데 딸인지 아들인지 모를 둘째 아이는 보이지 않았다. 그녀는 다용도실로 들어와 옷걸이에 새로 사온 옷을 걸었다. 두 사람은 그저 얇은 나무문 하나를 사이에 두고 있는 상황이었다. 만약 그녀가 문을 잡아당기기라도 하는 날엔 두 사람이 서로를 마주보아야 할 판이었다. 하지만 카밀라는 그대로 욕실로 향했다.

샤워기 물 트는 소리가 들리자 마르쿠스는 숨어 있던 곳에서 나왔다. 그는 문 닫힌 방 앞을 지나가다가 거실 테이블 위에서 선물 포장된 상자 하나를 발견했다.

이 집에는 새 삶이 자라고 있었던 것이다.

그 순간 등골이 싸늘해졌다. 클레멘테! 상황이 이렇다면 클레멘테가 맡은 가족이 바로 그들이 찾고 있던 문제의 가족이라는 소리가 되기 때문이었다.

카밀라 로카가 샤워하는 틈을 타 마르쿠스는 부엌 벽에 달린 전화기로 음성사서함 번호를 눌렀다. 클레멘테가 흥분한 목소리로 이미 메시지를 남겨놓았다.

"당장 와보세요. 알리스 마르티니의 아빠가 차에 짐 가방을 챙겨 넣고 있는데 아무래도 도시를 벗어날 것 같아요. 게다가 이 사람, 총까지 가지고 있어요."



산드라는 지하터널에서 있었던 일을 누구에게도 얘기하지 않았다. 카무소 형사에게도 비밀로 했다. 라라와는 아무 관련 없는 일이잖아. 분명 다비드와 나에 관한 문제였을 거라고.

게다가 더 이상 두렵지도 않았다. 그녀를 따라다니는 누군가는 그녀를 죽일 생각이 없었기 때문이다. 적어도 아직까지는 그런 것 같았다. 터널에서, 지원을 요청하기 전에 충분히 살해할 수도 있었다. 기회를 놓친 것도 아니다. 일부러 가만히 숨어서 그녀를 지켜보고 있었던 것이다.

하지만 카무소 형사는 산드라의 동요된 감정을 감지했다. 심기가 불편해 보인다는 말에 산드라는 배도 고프고 피곤해서 그렇다고 둘러댔다. 멋쟁이 형사는 그녀를 피코 광장에 있는 다 프란체스코 카페로 데리고 갔다. 두 사람은 어중간한 오후 시간에 테라스 자리를 차지하고 앉아 피자를 먹으며 거리에서 풍겨오는 냄새와 소리를 만끽했다. 두 사람 앞에 펼쳐진 로마는 특유의 돌길과 투박한 외양의 건물들, 그리고 발코니를 감싸고 올라간 송악이 자랑스럽게 자태를 드러내고 있었다.

두 사람은 간단하게 요기를 마치고 로마 경찰청으로 돌아왔다. 카무소 형사는 그녀에게 가이드를 자청하며 자신이 일하고 있는 멋진 건물을 구경시켜주겠다고 약속했었다. 산드라는 자료실 직원을 은근슬쩍 속여서 이미 둘러봤다고 굳이 밝히진 않았다.

두 사람은 카무소 형사 사무실에 자리를 잡았다. 최소한으로만 갖춰놓은 소박한 사무실 집기와 가구는 알록달록하게 얼룩이 묻은 듯 다양한 색으로 멋을 낸 카무소 형사의 유별난 패션 감각과는 다소 거리가 있어 보였다. 그가 자주색 정장 상의를 벗어 의자에 걸치던 순간, 와이셔츠 소매에 달린 터키석 단추를 본 산드라는 피식하고 웃을 수밖에 없었다.

"정말 라라가 임신했다고 확신하십니까?"

두 사람은 이미 식당에서 그런 이야기를 주고받은 터였다. 카무소 형사는 그녀가 제시한 확실한 증거를 보고서도 여자들에게 정말 육감이라는 게 있는지 믿지 못하는 눈치였다.

"왜 의심을 하시는 건데요?"

"일단 주변 친구나 같은 과 학생들에게 탐문을 해봤지만 애인이 있었다거나, 잠시 만난 남자도 없다고 했습니다. 통화목록을 뒤져봐도 만나는 사람이 있었다고는 보이지 않았고요."

"꼭 누군가 만나는 사람이 없더라도 임신은 가능하잖아요."

산드라는 마치 세상에 그렇게 당연한 일이 어디 또 있겠냐는 투로 말은 했지만, 카무소 형사가 의심하는 이유는 충분히 이해할 수 있었다. 라라의 외모로는 짜릿한 하룻밤 모험이 쉽지 않아 보였기 때문이었을 것이다.

"예레미아 스미트에 대해 한 가지 궁금한 게 있어요. 이 자는 이번을 제외하고는 언제나 대낮에 피해자에게 접근해 약을 탄 음료를 마시게 했어요. 도대체 이런 분위기의 중년 남자가 무슨 수를 썼기에 젊은 아가씨들이 아무런 저항도 하지 않고 시키는 대로 했을까요?"

"저도 이 연쇄살인범의 뒤를 쫓은 지 벌써 6년째지만 솔직히 모르겠습니다. 무슨 수를 썼던 간에 대단한 놈이라는 것밖에는 달리 설명할 방법이 없습니다. 사건의 진행은 언제나 똑같았습니다. 우선 젊은 여성이 실종되면 주어진 시간은 딱 30일이라는 생각으로 전 병력을 투입해 찾아봅니다. 그 30일 동안 실종자 가족을 비롯해 언론과 여론에 언제나 똑같은 이야기를 되풀이할 수밖에 없었습니다. 똑같은 거짓말이라고 해야 하겠죠. 그렇게 시간이 흘러가다보면 결국 시체 한 구를 마주하는 걸로 사건이 끝나버리는 식이었습니다." 그는 그렇게 말한 뒤 한동안 침묵을 지키다가 다시 설명을 이어나갔다.

"그날 저녁, 혼수상태 환자가 연쇄살인범이었다는 걸 확인한 뒤 안도의 한숨이 절로 나오더군요. 일단 기쁘긴 했습니다. 그게 무슨 뜻인지 아십니까?"

"저야 모르죠."

"또 다른 어떤 인간이 죽어가고 있다는 게 정말 반갑고 기뻤

다는 겁니다. 사람이 죽어간다는데 내가 무슨 생각을 하고 있
는 건가, 하는 생각도 들었습니다. 이 인간이 한 짓은 끔찍했
습니다. 다른 사람으로 하여금 남의 죽음을 즐기게 만들었으
니까요. 자신처럼 말입니다. 남의 죽음 앞에서 기뻐할 수 있는
건 괴물이 아니면 불가능합니다. 그래서 속으로 저 자신에게
이렇게 주문을 걸었습니다. 저 인간이 죽어버리면 또 다른 피
해여성들이 발생하지 않을 거라고. 그렇게만 되면 다른 무고
한 생명을 살릴 수 있는 거라고. 그런데 우리는 어떻게 해야 합
니까? 우리가 느껴버린 쾌감, 누가 우리를 거기서 빼내줄 겁니
까?"

"그러니까 형사님 말씀은 예레미아 스미트가 또 다른 누군가
를 납치했다는 걸 확인하신 게 위로가 되셨다는 말씀인가요?"

"라라라는 여대생이 살아 있다는 가정 하에서는 당연히 그렇
습니다. 그렇다고 해도 끔찍한 생각이란 건 마찬가지 아닙니
까?"

"그건 그러네요." 산드라도 동의했다.

"라라의 생사가 예레미아 스미트가 깨어나느냐 아니냐에 달
려 있다는 것도 마찬가지고요."

"아마 이 인간, 여생을 식물인간으로 보내야 할지도 모릅니
다."

"의사들은 뭐라고 해요?"

"이상한 게 의사들도 잘 모르겠다는 겁니다. 처음에는 심근

경색으로 판단했었는데 여러 가지 검사를 해보더니 그 가능성은 제외했다고 하더군요. 뇌손상 여부를 검사 중이라는데 현재로선 아무것도 확신할 수 없다고 합니다."

"독약 같은 독성물질로 인한 중독도 가능하지 않을까요?"

"독성물질을 찾아내기 위해 독극물 검사도 했다고 합니다." 카무소 형사도 인정했다.

"만약 그런 경우라면 제3자가 연루됐을 가능성이 높아요. 누군가 그를 독살하려 했던 거예요."

"아니면, 피해자의 언니에게 그를 살해할 기회를 쥐어준 걸수도 있고요……."

산드라는 그 정보를 피가로 사건과 연관 지어 생각해보았다. 페데리코 노니가 살해당한 정황과 예레미아 스미트에게 일어난 일 사이에는 묘한 연관관계가 있었다. 그건 마치 일종의 처형이란 생각이 들었다. 아니면 단죄나.

"한 가지 보여드리고 싶은 게 있습니다."

카무소 형사는 가방에서 노트북 하나를 꺼내온 뒤 전원을 켜고 화면을 산드라 쪽으로 돌렸다.

"여대생이 실종되기 일주일 전에 찍은 영상입니다. 당시 학위를 딴 젊은 건축학도를 위해 건축학과 축하파티가 있었습니다. 주인공의 아버지가 찍은 영상입니다." 카무소 형사는 동영상을 실행하며 설명을 달았다.

"이게 라라가 공개 장소에서 찍힌 마지막 영상입니다."

산드라는 화면 앞으로 가까이 다가갔다. 흐릿한 영상에 사람들 말소리와 웃음소리가 들렸다. 카메라는 강의실 전체를 화면에 담고 있었다. 파티에 참석한 사람은 대략 30여명 정도 돼 보였고 우스꽝스런 고깔모자와 파티용품을 들고 다니는 사람도 몇몇 보였다. 다들 삼삼오오 짝을 이뤄 이야기를 나누는 모습이었다. 책상 위에는 음료가 준비되어 있었고 대부분 손에 잔을 하나씩 들고 있었다. 준비된 다과는 절반 정도 남은 상태였다. 촬영자는 손님들에게 돌아가며 카메라에 대고 덕담 한마디씩을 해달라고 부탁했다. 축하인사를 전하는 사람도 있고 시답잖은 농담을 하는 사람들도 있었다. 카메라는 독백을 하듯 홀로 학교행정에 대해 신랄한 독설을 퍼붓고 있는 젊은 남자에게 고정되었다. 그 주변에 앉아 있던 친구들은 낄낄거리고 웃었다. 그리고 그 남자 뒤로 마치 배경처럼 한 젊은 여성이 서 있었다. 못 올 곳에 온 것처럼 파티 분위기와 동떨어진 표정이었다. 그녀는 팔을 늘어뜨린 채 테이블에 기대서서 멍한 시선으로 어딘가를 바라보고 있었다.

"저 아가씨가 바로 라라입니다." 카무소 형사가 말했다.

산드라는 라라를 유심히 살펴보았다. 입술을 꽉 깨문 채 꼿꼿이 선 모습이 마치 무언가에 고통 받는 인간처럼 보였다.

"좀 이상하지 않습니까? 이걸 보고 있으면 언론이 발표하는 피해자 사진들이 떠오릅니다. 피해자 사진들은 그들이 겪게 될 비극적 운명과는 아무런 상관없는 일에 열중하고 있는 모습을 담은 게 대부분입니다. 결혼이나 외출, 혹은 기념일 파티 같은 거 말입니다. 아마 본인들도 싫어했을 사진일 겁니다. 아니, 적어도 그 사진들이 각종 언론매체에 등장하리라고는 생각도 못했을 겁니다."

과거 사진 속에서 웃고 있는 죽은 사람의 모습. 산드라는 부조리한 상황을 마주대하는 그 느낌을 잘 알고 있었다.

"아마 생전에는 자신이 그렇게 유명인사가 되리라고는 상상도 못 했을 겁니다. 그러다 죽음을 당하게 되면 세상 사람들이 다들 그 피해자가 누구인지 알게 되는 거죠. 인생이란 게 진짜 웃기지 않습니까?"

카무소 형사가 자신의 생각을 늘어놓는 동안 산드라는 라라의 표정에 미세한 변화가 일고 있다는 점을 발견했다. 법사진 전문가의 본능이 그런 세부적인 변화를 잡아낸 것이다.

"되감기 좀 해주세요."

카무소 형사는 아무것도 묻지 않고 부탁대로 화면을 이전 시점으로 돌렸다.

"이번에는 느린 재생으로 다시 한 번 보여주세요."

라라의 입술에 어떤 단어가 그려지고 있었다.

"뭐라고 말을 하는군요!" 카무소 형사도 놀란 듯 말했다.

"맞아요."

"뭐라고 하는 겁니까?"

"다시 한 번 보여주세요."

카무소 형사는 구간반복기능으로 여러 차례 같은 장면을 보여주었다.

"라라는 '개자식'이라고 말하고 있어요."

"확실합니까?" 카무소 형사가 놀라며 되물었다.

"그런 것 같아요."

"누구한테 하는 말일까요?"

"개자식이니까 분명 남자한테 하는 말이겠죠. 뒤로 더 가보세요. 누군가가 등장하지 않을까요?"

형사는 영상을 다시 재생했다. 촬영자가 카메라 든 손을 흔들고 다녔는지 초점이 제대로 맞지 않고 휙휙 지나갔다. 그러다가 카메라가 오른쪽으로 돌아갔다. 산드라는 카메라가 라라의 시선을 따라 움직이고 있다는 느낌을 받았다. 라라는 멍하니 서 있었던 게 아니라 누군가를 쳐다보고 있었던 것이다.

"화면 좀 잠깐 멈춰주실래요?"

"뭐라도 발견하셨습니까?"

산드라는 여대생들에게 둘러싸인 채 웃고 있는 40대 남자를 주목했다. 하늘색 와이셔츠 차림의 남자는 넥타이를 풀어헤친 모습이었다. 어딘가 도발적인 분위기에 밤갈색 머리, 파란 눈동자를 가진 매력이 넘치는 남자였다. 그의 한 손이 어느 여대생의 어깨를 감싸고 있었다.

"저 남자일까요? 그 개자식이?" 카무소 형사가 물었다.

"잘은 몰라도 그 개자식처럼 생기긴 했네요."

“혹시 저 남자가 아이 아버지일까요?”

“그런 건 영상을 보고 확인할 수 있는 문제는 아닌 것 같은데요.” 산드라는 카무소 형사를 똑바로 바라보며 응수하듯 대답했다.

그는 자신이 말실수를 했다는 사실을 깨달았는지 얼렁뚱땅 다른 말로 위기를 모면하려 했다.

“여성의 직감이란 게 대단하긴 하군요.”

“아무튼 저 남자하고 얘기해보는 것도 나쁘진 않겠네요.”

“일단 누구인지부터 찾아보겠습니다.” 카무소 형사는 서류를 뒤적거리며 말을 이었다.

“혹시 몰라서 당시 파티에 참석했던 사람들의 명단을 만들어놓았습니다. 아, 여기 있네요. 크리스티안 로리에리. 예술사학과 조교수군요.”

“이 남자, 참고인 조사는 해보셨어요?”

“라라와 아무런 관련도 없었고 수사를 위한 영장청구나, 뭐 아무튼 필요성이 전혀 없었습니다. 이 남자가 라라의 뱃속에 든 아이 아버지이고 본인도 그 사실을 잘 알고 있다고 해도 우리한테 사실관계를 밝혀줄 것 같지는 않습니다. 유부남이거든요.”

산드라는 잠시 무언가를 생각해보았다.

“뭐, 가끔은 자극을 통해 상대의 반응을 끌어내야 할 때도 있잖아요.” 산드라는 심술궂은 표정을 지어보이며 말했다.

"어떻게 하실 생각인데요?"

"일단 사진부터 뽑아야겠어요."

건축학과 사무실 복도에는 학생들이 오가고 있었다. 산드라는 대학생들 대부분이 전공과목에 따라 비슷한 외모를 갖게 되는 게 언제나 신기하기만 했다. 예를 들어 법대생들은 뻣뻣하고 경쟁심이 강했다. 의대생들은 딱딱하고 유머감각이 부족했고, 철학과생들은 우울한 분위기에 만날 커다란 치수의 옷을 걸치고 다녔다. 한편 건축학과생들은 헝클어진 머리에 항상 달나라에 가 있는 듯한 표정으로 돌아다녔다.

산드라는 경찰청에서 자신의 휴대전화 메모리에 저장되어 있던 사진을 인화했다. 예레미아 스미트의 집. 그리고 파일로만 가지고 있는 다비드의 라이카 사진. 사진들 중에는 라라의 아파트 사진뿐만 아니라 산 라이몬도 디 페냐포르트 제실의 사진도 포함되어 있었다. 그걸 지울 생각을 했었다니! 지금 그녀에게 진짜 필요한 사진이 있다면 바로 그 사진들이었다.

문제의 조교수 사무실 문은 열려 있었다. 로리에리는 테이블 위에 두 발을 올리고 앉아 잡지를 읽고 있었다. 생긴 건 훤칠한 미남이었다. 여대생들을 들뜨게 하는 전형적인 40대 남성의 모습. 마치 혁명적인 평화주의자라는 인상을 심어주고 싶었는지 캔버스 운동화를 자랑스레 신고 있었다.

산드라는 노크를 하며 미소를 지었다.

로리에리는 건성으로 슬쩍 문을 쳐다보았다.

"시험은 다음 주로 연기됐어요."

산드라는 느슨한 사무실 분위기를 감지하고 상대가 들어오라는 말도 하지 않았는데 안으로 들어가 그의 앞에 앉았다.

"시험 때문에 온 게 아닌데요."

"개인면담 때문에 온 거라면 다음 주, 홀수 날에 다시 오세요."

"저 학생 아니거든요." 산드라는 배지를 꺼내 보이며 대답했다. "산드라 베가 형사입니다."

로리에리는 놀라는 반응을 보이진 않았지만 그렇다고 악수를 청하고 반길 분위기도 아니었다. 그는 테이블 위에 올려놓았던 두 다리를 얌전히 바닥으로 내려놓았다.

"아, 이런 경우라면, '무엇을 도와드릴까요, 베가 형사님?' 이렇게 여쭤봐야 하겠군요."

정말 밥맛없는 스타일이었다. 하는 행동만 보면 샬버와 다를 바 없어 보였다. 형사의 방문이 자신에게 얼마나 불리한 상황인지 상상도 못하는 주제에.

"담당사건이 하나 있는데 예술사에 관해 자문 좀 구하려고요. 추천을 받았거든요."

그러자 이번에는 크리스티안 로리에리도 놀라서 두 손을 테이블에 내려놓으며 말했다.

"아, 그렇습니까? 무슨 사건입니까? 혹시 신문에도 난 사건인가요?"

"수사상의 비밀입니다."

"그러시군요. 뭐든 물어보시면 답해드리겠습니다." 그는 다시 미소를 지어 보이며 대답했다.

한 번만 더 그 따위로 웃으면 권총을 빼들든지 해야겠어.

"혹시 사진을 보시고 아시는 장소가 있는지 말씀해주시면 좋겠습니다." 산드라는 산 라이몬도 디 페냐포르트 제실 사진을 건네며 말했다. "용의자 주머니에서 압수한 사진인데 정확한 장소를 알 수가 없어서요."

로리에리는 사진을 더 자세히 들여다보기 위해 안경을 끼고는 하나씩 살펴보았다.

"장례와 관련된 기념물들이 있으니 제실일 거고, 아마 성당 제실일 겁니다."

산드라는 치고 들어갈 적당한 때를 노리기 위해 상대의 행동과 반응을 살폈다.

"여러 가지 양식이 혼합되어 있군요. 정확하게 어디라고 말씀드리기가 쉽지는 않겠습니다."

10여 장의 사진을 넘기던 그는 라라가 살고 있는 아파트 건물 사진과 맞닥뜨렸다.

"이건 앞의 사진들과 전혀 무관한 건데……."

그는 말을 멈췄다. 두 번째, 그리고 세 번째 사진을 본 그의 얼굴에 미소가 싹 사라졌다.

"원하는 게 뭡니까?" 그는 산드라를 바라보지 않고 퉁명스럽게 물었다.

"그 건물에 가본 적 있으시죠? 그렇지 않습니까?"

"딱 한 번 가봤습니다. 두 번일 수도 있고요." 로리에리는 방어적인 태도를 취하며 대답했다.

"그럼 세 번이라고 해두죠. 그 정도면 됐습니까?" 산드라는 의도적으로 상대를 긁었다.

로리에리는 고개를 끄덕였다.

"산드라가 실종되던 날 밤에도 갔습니까?"

"그날 밤에는 안 갔습니다." 그는 딱 잘라 말했다.

"그 일이 있기 2주 전쯤에 완전히 정리했으니까요."

"정리해요?"

"그러니까……. 거 뭐냐, 거 아시지 않습니까. 전 유부남이라서요."

"저한테 하시는 말입니까, 아니면 혼잣말입니까?"

크리스티안 로리에리는 자리에서 일어나 창문 앞 블라인드에 다가가 섰다. 그러고는 신경질적으로 계속해서 머리를 쓸어 올렸다.

"라라가 실종됐다는 소식을 접하고 경찰에 찾아가볼까도 생각했었습니다. 하지만 가장 먼저 저한테 질문공세가 쏟아질 거란 생각이 들더군요. 아내, 학장님을 비롯해 온 대학을 들쑤시고 다니지 않을까 걱정되었습니다. 제 이력이나 우리 가족에게는 치명적인 비극이 아니겠습니까? 아무튼 처음에는 라라가 심통이 나서 그런 거라고 생각했습니다. 제 관심을 끌기 위해서 벌인 행동이라고요. 그러다가 조만간 돌아오겠지 싶었습니다."

"당신이 헤어지자고 한 말에 지각없는 행동을 했다, 그런 생각을 했단 말입니까?"

"물론입니다." 그는 어깨를 들썩이며 대답했다.

"그렇게 한 달여가 다 지나가는데도 제보 한 번 하지 않으셨군요." 산드라는 역겹다는 듯 말했다.

"도와주겠다고는 했습니다."

"낙태를요?"

로리에리는 자신의 처지가 그리 좋지만은 않다는 사실을 깨달은 듯 모든 걸 털어놓고 있었다.

"달리 뭘 할 수 있겠습니까? 그건 단지 하룻밤 장난이었습니다. 라라도 알고 있었고요. 단둘이 데이트를 한 적도 없고 전화도 한 적 없습니다. 게다가 전 그 학생 전화번호도 모릅니다."

"아는 게 있으면서도 털어놓지 않았다는 사실만으로도 당신은 실종 여대생 사건과 관련해 납치 용의자 혐의를 받을 수 있습니다. 더 나아가 살인 용의자도 될 수 있고요."

"살인 용의자라고요? 아니 왜요? 혹시 라라의 시체라도 발견된 겁니까?"

"굳이 거기까지 가지 않더라도 살인 동기라는 게 있거든요.

가끔은 그런 동기 하나만으로도 죗값을 물을 수 있습니다.”

“세상에! 난 죽이지 않았단 말입니다!” 그는 당장에라도 왈칵 눈물을 쏟을 얼굴로 강하게 항변했다.

이상하게도 산드라의 눈에는 그가 한없이 처량해 보였다. 얼마 전이었다면 유능한 형사의 제1원칙에 따라 상대를 대했을 것이다. 아무도 믿지 말라. 하지만 조교수라는 사람은 진실을 말하는 것 같았다. 라라를 납치한 장본인은 예레미아 스미트였고 집 안에서 그녀를 납치해 외부로 데려간 계획은 대단히 치밀하다고 볼 수 있었다. 로리에리가 라라를 살해할 생각을 했다면 아마 외진 곳으로 유인부터 했을 것이다. 라라도 순순히 따라갔을 테고. 예를 들어 말다툼 등 분노가 폭발한 상태에서 범행을 저질렀다면 분명 흔적을 남겼을 것이다.

죽음은 사소한 것에 숨어 있으니까. 산드라는 현장을 대하는 자세를 떠올렸다. 게다가 현재로선 라라가 살해되었다는 그 어떤 증거도 없는 상황이었다.

“일단 진정하시고, 이리 좀 앉아보세요.”

“네.” 그는 훌쩍이며 고분고분 따랐다.

산드라에게는 로리에리의 부정한 관계와 무책임한 행동을 용서할 수 있는 이유가 딱 하나 있었다. 그래, 나도 다를 바 없어. 나도 남편에게 떳떳한 사람은 아니었으니까. 그리고 연이어 그 짙은 초록색 넥타이를 떠올렸다.

그렇다고 해서 로리에리 같은 작자와 공감대를 끌어낼 생각은 추호도 없었다.

"라라는 이미 벌어진 일에 대해 당신을 공개석상으로 끌어낼 마음은 없었던 겁니다." 산드라는 라라를 대변하듯 말했다.

"단지 자신의 임신 사실을 알리고 당신한테 선택의 기회를 주고 싶어 했던 거라고요. 만약 온전히 살아 돌아온다면, 일단 라라의 애기부터 들어보시기 바랍니다."

로리에리는 한마디 대꾸도 하지 못했다. 산드라는 테이블 위에 올려놓았던 사진을 챙겼다. 당장에라도 그곳에서 나가고 싶었기 때문이다. 그래서 서둘러 사진을 가방에 넣다가 다른 사진들까지 바닥에 떨어뜨리고 말았다. 조교수는 사진 줍는 일을 도와줄 요량으로 부리나케 허리를 숙였다.

"제가 도와드리겠습니다."

"괜찮습니다. 알아서 하겠습니다." 산드라는 순간, 바닥에 떨어진 사진 속에 흉터를 가진 사제의 사진도 들어 있다는 사실을 깨달았다.

"사면관이군요."

그녀는 자신이 제대로 들은 건지 의심스러워 로리에리를 바라보았다.

"이 남자 알아요?" 산드라는 사진을 가리키며 물었다.

"그 남자가 누군지 알 리가 있겠습니까. 모릅니다. 전 저걸 말씀드린 겁니다." 그는 사진 속에 나온 제대 뒤 장식회를 가리키고 있었다. 산 라이몬도 디 페냐포르트.

"성당 제실이 궁금해서 오셨던 겁니까, 아니면 단지 핑곗거리였던 겁니까?"

"어디, 방금 말씀하신 거 설명 좀 해보세요."

"딱히 뭐 설명할 것도 없습니다. 그 그림이 그려진 건 17세기 무렵이고 산타 마리아 소프라 미네르바 대성당에 소장되어 있다는 것밖에는요."

"그 성인에 대해서 말이에요."

로리에리는 몸을 일으키더니 책장으로 다가가 책 한 권을 골라들었다. 그러고는 페이지를 넘겨보다 산드라에게 그림 한 장을 보여주며 그 아래 적힌 설명을 읽었다.

"교황청 내사원은 죄와 관련된 업무를 도맡았던 교황청 산하 기구로, 라이몬도 사제는 그 가운데 가장 혁혁한 공을 세운 사면관으로 유명하다. 13세기, 고해자들의 고충을 덜어주기 위해 인간의 양심을 분석해놓은 문서를 작성했으며, 그 결과 《고해사례대전(Summa de Casibus Paentientiae)》을 집대성하기도 했다. 이 대전은 당시, 사면에 대한 일방적인 평가 기준이 되었고 어떤 잘못이 정확히 어떤 죄에 해당하는지 연관 짓는 근거자료가 되기도 했다."

산드라는 당시 그 제실에서 진작 이런 정보를 찾아볼 생각을 하지 않았던 자신이 원망스러웠다. '프레드'라는 이름과 함께 성인의 모습이 담긴 상본을 호텔방 문틈으로 밀어 넣은 장본인은 단지 그녀를 함정으로 유인만 한 게 아니었던 것이다.

그 장소에는 무언가 의미하는 게 있었다.

죽을 뻔했던 장소를 되찾아가는 게 썩 내키지는 않았지만 산드라는 그 내용을 너무나 알아내고 싶었다.

**18시 22분**

클레멘테는 정보수집에 있어 탁월한 재능이 있었다. 지난 며칠간, 마르쿠스는 그 사실을 몸소 체험한 터였다. 하지만 마르쿠스는 그에게 단 한 번도 정보출처를 물어보거나 해명을 요구한 적이 없었다. 가끔은 아예 기록 보관실에서 정보를 퍼 올리는 그의 모습을 떠올릴 때도 있었다. 하지만 보관실이 정보출처의 전부는 아니었을 것이다. 비밀스런 씨실과 날실이 촘촘하게 엮인 네트워크 위에서 온갖 정보를 수집하고 첩보까지 행하고 있을 터였다. 역사 속 현실도 언제나 그랬다. 교회는 비종교적인 기관이나 혹은 자신들의 존재를 위협하는 조직으로 비밀리에 침투하는 법을 길러왔다. 일종의 자기방어능력인 셈이었다.

클레멘테에게 귀가 닳도록 들은 말대로 설명하자면 바티칸은 온화하면서도 예민하다고 한다.

하지만 이번만큼은 동료인 클레멘테 사제도 기존의 한계를 넘어선 모습을 보였다. 그래서 두 사람은 미니 카지노 게임장

158

에 들어가 마르티니의 일거수일투족을 감시하기 편한 창가 쪽 자리에 앉아 있었던 것이다. 사람들로 붐비는 곳이었지만 다들 게임에만 정신이 팔려 있었다.

"알리스의 아빠가 큼지막한 여행가방 두 개를 싸서 차에 실었어요." 클레멘테는 길 반대편에 주차된 피아트 물티플라를 가리키며 말했다.

"상당히 긴장한 표정이었어요. 일주일 휴가를 내고는 은행에서 제법 액수가 되는 현금도 인출하더라고요."

"도주계획을 세우는 걸까?"

"아무튼 의심스런 행동은 맞잖아요. 안 그래요?"

"권총은? 저자가 권총을 갖고 있다는 건 어떻게 알아낸 거지?"

"작년에, 공원에서 어린아이들을 꾀려던 남자에게 총을 쐈어요. 경찰이 제때 개입해서 상대를 살해하지는 못했고 그대로 현장에서 도망쳤는데 총격상황을 지켜본 목격자들이 여럿이었지만 아무도 증인으로 나서려 하지 않았거든요. 가택수색을 당했는데 문제의 총기도 발견되지 않았고 증인도 없어서 기소조차 되지 않았어요. 총기소지 허가증이 없었다는 건 굳이 말 안 해도 알 거예요. 불법으로 구입한 것일 테니까요."

그 아빠의 이름은 브루노 마르티니였다. 마르쿠스는 그의 딸 알리스가 공원에서 실종되었다는 사실을 떠올렸다.

"정의의 사도가 따로 없군그래."

"그 일이 있은 후로 부인은 아들을 데리고 떠나버렸어요. 아빠는 딸아이를 잃어버린 상실감을 극복하지 못한 상태고요. 3년 전부터 개인적으로 수사를 벌이는 것 같은데 사사건건 경찰들과 마찰을 빚고 있어요. 낮에는 버스 운전기사로 일하고 밤에는 소아성애자들이 자주 들락거리는 곳이나 불법매매춘 장소를 샅샅이 뒤지고 다니고요. 언젠가 딸아이를 찾아낼 수 있을 거라는 기대로요."

"자신의 마음에 평온을 가져다줄 해답을 찾고 싶은 거겠지."

마르쿠스는 딸아이를 잃어버린 아빠와 자신이 직접 보고 온 로카 가족의 상황을 비교해보았다. 필리포의 부모는 어둠 앞에 굴하지 않았다. 어둠에 문을 열어주지 않았고 자신들의 삶에 끼어들 여지도 주지 않았다. 그리고 악을 악으로 되갚으려 하지도 않았다.

"브루노 마르티니의 행동은 자살행위야."

클레멘테도 같은 생각이었다. 아스토르 고야시는 무엇보다 접근 자체가 불가능한 인물이었다. 그의 경호원들은 마르티니가 총을 꺼내기도 전에 그를 벌집으로 만들어버릴 터였다. 일을 벌인 뒤 도주하겠다는 건 말 그대로 꿈같은 일이었다.

브루노 마르티니가 집 밖으로 나오길 기다리는 동안 클레멘테는 마르쿠스에게 그간의 소식을 전해주었다.

"경찰이 드디어 라라를 찾기 시작했어요."

"언제부터?"

"라라의 실종을 예레미아 스미트와 연관 지을 단서를 찾았다는 것 같아요. 수사공조를 하고 있는 밀라노 여형사 덕분이라고 하더라고요."

마르쿠스는 그 여형사가 자신과 비밀계약을 한 바로 그 여형사라는 사실을 간파했지만 아무런 대꾸도 하지 않았다. 그래도 반가운 소식이긴 했다.

"한 가지 더 있어요. 의사들이 예레미아 스미트가 심근경색을 앓았을 가능성을 최종적으로 제외했다고 해요. 독극물 중독 가능성 쪽으로 가닥을 잡아가는 것 같은데 일단 결과를 기다리고 있어요. 당신 생각이 옳았어요."

"사용된 독극물 성분까지 알고 있어." 마르쿠스가 대답했다.

"석시닐콜린이야. 근육을 마비시켜 심장마비 같은 증상을 일으키거든. 게다가 잔류량이 없어서 혈액 검사를 해도 검출되지 않지. 아마 정체불명의 사면관은 카네스트라리의 자살에서 아이디어를 얻은 듯 보여."

클레멘테는 경탄의 시선으로 마르쿠스를 바라보았다. 그가 모든 테스트를 아무 문제없이 통과하고 있었기 때문이다.

"이번 사건 다 해결하고 나면 뭐 할 건지 결심은 섰어요?"

그는 사역의 뜻을 받들어 다른 사람들을 위해 무언가를 하고 싶었다. 카리타스에서 만난 그 사제처럼 다른 사람들과 인간적인 관계를 맺고 살고 싶었다. 하지만 그의 대답은 간단했다.

"지금은 그런 생각 안 하려고 애쓰는 중이야."

"저기 나와요!" 클레멘테가 그의 팔을 잡아당기며 외치듯 말했다.

두 사람은 브루노 마르티니가 자신의 차로 걸어가는 모습을 지켜보았다. 클레멘테는 마르쿠스에게 자신의 판다 열쇠를 건네며 말했다.

"행운을 빌어요."


저녁이 되자 도심은 한산해졌고 마르티니의 피아트 물티플라는 막힘없이 앞으로 나아갔다. 마르쿠스는 미행을 들키지 않으려 일정한 거리를 유지하며 그의 뒤를 쫓았다.

마르티니는 로마를 벗어날 참이었다. 그런데 갑자기 현금지급기 앞에서 차를 멈춰 세웠다. 선뜻 이해가 가지 않는 행동이었다. 클레멘테의 설명에 따르면 그는 이미 은행에서 적지 않은 현금을 인출했기 때문이다. 그러고는 10여 분 정도를 가다 갑자기 또 차를 세우더니 이번에는 바에 들러 커피를 한 잔 마셨다. 그곳은 때마침 축구중계를 시청하기 위해 모여든 사람들로 북적거렸다. 그렇다고 브루노 마르티니가 누군가와 아는 척을 한 것도 아니고, 그에게 신경 쓰는 사람 역시 없었다. 그는 계산을 한 뒤 다시 차를 몰았다. 이번에는 통행이 금지된 지역으로 향했다. 도로 위에 달린 전광판에 진입금지 안내문이 나오고 있었지만 벌금 따위는 개의치 않는 듯 그는 번호판을 찍는 카메라를 그대로 지나쳤다. 마르쿠스도 똑같이 따라했다. 마르티니는 로마 북부로 이어지는 외곽순환도로로 접어들었다. 그러고는 고속도로 톨게이트에서 표를 뽑았다. 몇 분 더 가더니 이번에는 휴게소에 차를 세우고 차에 연료를 채웠다. 마르쿠스는 주유기 근처에 차를 세우고 룸미러로 상대를 지켜보았다. 그는 신용카드로 계산을 한 뒤 다시 차를 몰았다.

도대체 어딜 가는 거지? 마르쿠스는 궁금해졌다. 무언가 놓친 기분이 들었다.

마르티니는 피렌체 방향으로 핸들을 틀었지만 10여 킬로미터 정도 가다가 또다시 차를 세우고는 고속도로 휴게소에 있는 바로 들어갔다. 이번에는 마르쿠스도 차에서 내려 그를 따라 안으로 들어갔다. 상대는 담배 한 갑을 산 뒤 커피 한 잔을 또 마셨다. 마르쿠스는 잡지를 들여다보는 척하며 동정을 살폈다. 마르티니는 커피를 다 마신 뒤 특이한 행동을 했다. 마르쿠스로서는 도저히 이해 불가능한 행동이었다. 하지만 눈을 들어 카운터 위에 감시카메라가 달려 있다는 사실을 파악한 뒤에야 감이 잡혔다.

일부러 감시 카메라에 자신을 노출하는 거야.

마르티니는 커피 잔을 내려놓고 지하에 있는 화장실로 내려갔다. 마르쿠스도 그의 뒤를 따랐다. 화장실에 두 사람밖에 없다는 것을 확인한 마르쿠스는 상대가 손을 씻는 동안 결심을 굳히고 그에게 접근했다. 마르쿠스는 개수대 두 개를 사이에 둔 자리에 서서 물을 틀었다. 마르티니는 거울을 통해 힐끗 쳐다 보긴 했지만 특별한 관심을 보이진 않았다.

"알리바이가 필요한 겁니까, 마르티니 선생?"

"지금 나한테 한 말입니까?"

"현금지급기, 주유소, 휴게소, 모두 감시카메라가 있는 곳이었습니다. 맨 먼저 들렀던 바에서 축구경기를 시청한 사람들 중에는 아마 선생을 기억하고 있을 사람이 한 명 이상은 나올 겁니다. 그리고 진입금지구역을 일부러 침범해 벌금을 유도한 것도 고의적이었습니다. 고속도로 나들이도 역시 단지 구실에 불과한 거고요. 톨게이트를 들고 난 흔적을 남기기 위해서였던 거겠지요. 선생은 일부러 선생의 흔적을 남기고 있습니다. 그런데 도대체 정확히 어디로 향하는 중입니까?"

마르티니는 위협적인 태도로 돌변했다. 그는 자신의 의도를 간파한 상대에게 버럭 성을 냈다.

"당신, 나한테 원하는 게 뭐야?"

"전 선생을 돕고 싶을 뿐입니다."

마르티니는 주먹을 휘두르려다 참는 눈치였다. 무지막지해 보이는 주먹을 다짜고짜 휘두르려는 폼이 성마른 성격임을 여실히 보여주고 있었다. 어깨만 보더라도 마치 사냥 직전의 사자처럼 잔뜩 힘이 들어가 있었다.

"당신, 경찰이야?"

마르쿠스는 대답을 피했다.

"알베르토 카네스트라리, 아스토르 고야시. 이 이름을 기억하십니까?”

마르티니는 아무런 반응도 보이지 않았다. 움찔하지도 않았다. 전혀 모르는 눈치였다.

“이 사람들을 알고 계십니까, 모르십니까?”

“당신이 뭐 하는 사람인지부터 알면 안 되겠습니까?”

“선생은 지금 무언가로부터 도망치고 있습니다. 그렇지 않습니까? 선생도 저와 다를 바 없습니다. 선생 역시 누군가를 도우려는 겁니다. 그게 누구입니까?”

브루노 마르티니는 마치 정면으로 무언가에 얻어맞은 듯 주춤거리며 뒤로 한 발짝 물러섰다.

“말할 수 없습니다.”

“저한테 말씀하셔야 합니다. 그렇지 않으면 모든 게 허사로 끝나버립니다. 선생이 돕고 있는 누군가는 절대로, 정의를 실현하기 위한 복수에 성공할 수 없습니다. 오늘밤 죽음을 맞이하는 것 외에는 다른 어떤 것도 할 수 없단 말입니다.” 마르쿠스는 상황을 설명한 뒤 다시 물었다.

“누굴 돕고 계신 겁니까?”

“어제 날 찾아왔었습니다. 실종된 아들이 살해됐다는 사실을 알게 되었고 살인범을 찾아낼 방법을 알아냈다고 했습니다.”

“카밀라 로카 씨였군요.”

마르티니는 고개를 끄덕였다. 마르쿠스가 전혀 예상하지 못한 반전이었다.

"3년 전 비슷한 고통을 겪은 우리 두 집은 서로 가까워졌습니다. 우리는 비슷한 시기에 실종된 알리스와 필리포를 남매처럼 여기게 됐습니다. 카밀라와는 경찰서에서 만나 알게 되었습니다. 그 뒤로 고통을 함께 나누는 사이가 되었고요. 아내가 떠난 뒤, 카밀라는 내게 힘이 되어주었습니다. 이 세상에서 내 행동, 내 생각을 이해해주는 유일한 사람이었습니다. 그랬기 때문에 어제 나를 찾아와 총을 빌려달라고 부탁했을 때 거절할 수가 없었습니다."

마르쿠스는 자신의 귀를 의심할 수밖에 없었다. 잘 대처한다고 믿었던 그 가족, 둘째 아이를 낳고 미래를 바라보고 있다 생각했던 그 가족이……. 그건 허상에 불과했던 것이다. 그제야 카밀라의 계획이 머릿속에 그려졌다. 그녀는 남편이 출장 간 틈을 노렸던 것이다. 자신에게 무슨 일이 생기면 남편이라도 둘째를 돌봐줘야 하기 때문에 남편에게는 자신의 계획을 말할 수 없었던 것이다. 그래서 그날 오후, 둘째는 엄마와 함께 있지 않았던 것이다. 믿을 만한 누군가에게 맡겨놓은 게 분명했다.

"카밀라 로카 씨는 선생한테 총이 있다는 걸 알고 있었습니다. 그리고 선생은 그분에게 총을 건넸고, 알리바이를 꾸몄던 겁니다. 모든 게 예상대로 되지 않았을 경우를 대비해서요. 경찰은 그 총이 선생의 총이라는 걸 알아낼 겁니다. 예전에도 이미 사용하신 적이 있으니까요. 카밀라 로카 씨가 선생에게 어떤 일을 벌일 건지 구체적인 계획을 설명했습니까?"

“며칠 전이었습니다. 카밀라는 익명의 전화를 한 통 받았다고 하더군요. 전화 건 사람은 그녀에게 아들을 살해한 범인을 찾고 싶다면 오늘 밤 어느 호텔방으로 찾아가면 된다고 했더랍니다. 그녀의 아들을 죽음에 이르게 한 장본인의 이름은 아스토르 고야시라고 했습니다.”

“어느 호텔, 몇 호실이라고 했습니까?” 마르쿠스는 다그쳐 물었다.

“나라면 그 상황에서 어떤 결정을 내렸을까 생각해봤습니다.” 마르티니는 상대의 질문은 아랑곳하지 않고 자신의 생각을 늘어놓았다.

“그 전화내용이 정말 사실인지, 악의적인 장난인지는 알 수 없었을 겁니다. 하지만 의심이라는 건 일단 발동이 걸리면 뭐든 막을 수가 없습니다. 그 과정에서 겪는 침묵은 정말이지 견딜 수 없기 때문입니다. 그 침묵을 멈추게 해야만 우리가 살 수 있는 겁니다. 아무도 듣지 못하는 그 적막감. 하지만 그게 우리를 미치게 만드는 겁니다. 정신이 나가버릴 때까지 우릴 고문하는 거라고요.”

“하지만 그 정적을 갈라주는 게 총성은 절대 아닙니다……. 이렇게 부탁드립니다. 카밀라 로카 씨가 어느 호텔로 가신 건지 말씀해주세요.”

“엑세드라 호텔 303호실입니다.”

기온이 몇 도나 갑자기 뚝 떨어졌다. 그로 인해 오렌지색 가로등 불빛이 마치 연무에 휩싸인 듯 묘한 분위기를 연출했다. 마치 화재현장을 보는 듯한 기분이 들게 했다. 오벨리스크를 등에 진 코끼리 석상이 자리 잡고 있는 광장에는 미사를 마치고 나온 신자들이 이런저런 이야기를 나누며 오가고 있었다. 산드라는 그들을 헤치고 산타 마리아 소프라 미네르바 성당 안으로 들어갔다. 처음 왔을 때와 달리 몇몇 관광객들과 신자들이 여기저기를 돌아다니고 있었다. 사람들이 있다는 사실에 안심한 산드라는 그 즉시 산 라이몬도 디 페냐포르트 제실로 향했다. 당장 숨겨진 뜻을 밝혀내고 싶었다.

작은 제단 앞에 다다른 산드라는 다시 한 번 성인의 초상화를 응시했다. 오른쪽에는 두 천사의 호위를 받으며 심판하고 있는 예수 그리스도 프레스코화가 그려져 있었고 구석에는 양초와 촛대가 진열되어 있었다. 산드라는 그 작은 불빛들 속에 어떤 기도가 빛을 발하고 있는지, 또 어떤 죄가 사해지는지 잠시 생각해보았다. 이번에는 산드라도 주변을 둘러싼 상징의 의미를 알 것 같았다.

영혼의 심판장이야.

다른 제실들과 비교해 지나치게 간소한 실내장식은 엄숙한 법정 분위기의 연장선상에 있다고 봐도 무방할 정도였다. 성상들은 실제 재판과정을 묘사하는 듯 보였다. 양쪽에서 천사들의 보좌를 받고 서 있는 예수 그리스도는 유일한 재판관이며, 사면관이었던 라이몬도 성인은 재판관에게 사건을 보고하고 있는 검사의 모습이었다.

산드라는 속으로 쾌재를 불렀다. 처음에 그곳으로 오게 된 건 우연이 아니었다는 확신이 생겼다. 총기에 관한 전문가는 아니었지만, 그곳에서 울려 퍼진 총성을 어젯밤 객관적인 상황에서 다시 생각해보았다. 총성의 울림은 성당 내부에서 아득히 멀어지는 소리로만 들렸었다. 그로 인해 총을 쏜 장본인이 어디에 숨어 있는지 유추하기가 힘들었던 것이다. 또 지하터널에 내려갔다 온 후 산드라는 누군가 자신을 정말 죽이려 했을까 의문이 들었었다. 지하터널은 완벽한 범행기회를 제공하는 장소였다. 그런데 상대는 그 기회를 그대로 흘려보냈던 것이다. 산드라는 그 두 사람이 같은 사람이라는 확신을 갖기에 이르렀다.

산드라를 대성당으로 이끈 장본인은 그녀가 얼마나 알고 있는지 확인해보고 싶었던 것이다. 왜냐하면 다비드가 그 장소와 관련된 비밀을 밝혀냈기 때문이 분명했다. 누군가가 꼭 알고 싶어 하는 비밀. 그 누군가는 어떠한 대가를 치르더라도 그 비밀을 알아내려 했었고, 목적을 달성하기 위해 먼저 산드라를 이용했던 것이다. 그녀가 위험에 빠진 거라고 믿게 하기 위해 일부러 위협적인 상황을 연출한 사람, 남편과의 친분까지 사칭했던 사람, 그것도 모자라 그녀를 미끼로 삼아 사면관을 잡기 위해 배신까지 서슴지 않은 사람. 그랬기 때문에 그 사람은 라라의 아파트 지하터널 반대편으로 들어와 그녀를 미행했던 것이다. 산드라는 뒤를 돌아보았다. 그리고 신자들 틈바구니에 끼어 있던 그를 발견했다.

살버도 멀리서 그녀를 바라보고 있었다. 더 이상 숨을 이유도 없었다.

산드라는 후드 티가 가리고 있는 권총지갑으로 손을 넣었다. 그는 두 팔을 벌린 채 서서히 그녀를 향해 다가왔다. 적대적인 분위기는 어디에도 보이지 않았다.

"원하는 게 뭐지?"

"이제야 다 이해하신 것 같군."

"원하는 게 뭐냐고?" 산드라는 훨씬 강한 어조로 되물었다.

살버는 판관, 예수를 눈으로 가리키며 대답했다.

"나 자신을 보호하려는 것 뿐이야."

"당신은 나한테 총을 쐈어."

"호텔방에 그 상본을 밀어 넣고, 여기서 당신을 쏜 것도 나였어. 다비드가 남긴 사진이 필요했기 때문이지. 하지만 당신이 내 번호를 알아내 내 휴대전화 벨소리를 울리게 만든 순간, 뭐라도 할 수 밖에 없었어. 모든 걸 다 잃을 위험을 감수하더라도 일단 눈앞에 닥친 상황부터 모면해야 했으니까."

"내 남편은 여기서 도대체 뭘 알아낸 거지?"

"아무것도."

"당신은 날 구해준 척했던 거야. 내 신뢰를 얻어내려고. 그리고 남편과 친구였다는 것도 다 거짓이었어."

그래놓고 나하고 잠자리까지 하면서 진짜 신경 써주는 척 연기했어. 산드라는 그렇게 덧붙이고 싶었다.

"관자놀이에 흉터를 가진 그 사제 사진을 손에 넣겠다고 연극을 한 거군."

"난 내 역할을 다 했을 뿐이야. 당신이 했던 것처럼. 당신은 나한테 모든 걸 다 털어놓았다고 했었지만 난 듣자마자 알 수 있었어. 당신의 거짓말을. 내가 말하지 않았던가? 그 분야에는 전문가라고. 당신은 그 사제와 모종의 합의를 한 걸 거야. 그렇지 않나? 그자가 당신을 도와 다비드의 죽음에 관한 진실을 밝혀주기를 바라면서 말이지."

분노가 치밀어 올랐다.

"그래서 나를 따라다녔던 거군. 혹시라도 그 사제를 다시 만날까봐."

"내가 미행한 건 당신을 보호하기 위해서이기도 했어."

"닥쳐. 그런 말도 안 되는 거짓말은 이제 신물 나니까." 산드라는 신랄한 어투로 받아쳤다.

"그런데 이 말은 꼭 해줘야겠군. 당신 남편을 살해한 건 사면관이 아니야."

상대의 말에 일순간 동요하긴 했지만 겉으로 드러내고 싶지는 않았다.

"그렇게 말하면 당신한텐 편하겠지. 내가 그 말을 믿어줄 거라고 생각하는 거야?"

"바티칸이 왜 사면관들의 역할을 철폐했는지 생각은 해봤나? 교황이 그런 결정을 내린 건 그만큼 중요한 이유가 있었다고 생각되지 않나? 단 한 번도 밝혀진 적 없는 그런 이유 말이야. 뭐랄까……. 예를 들어 그들로 인한 대형 참사의 여파 때문은 아니었을까? 내사원의 기록 보관실은 탄생 초기부터 악에 대해 연구하고 분해하고 분석한 기록을 고스란히 모아놓은 곳이거든. 그런데 그곳에는 규칙이라는 게 있어. 각각의 사면관은 보관실 자료 중 일부만을 열람할 수 있다는 거. 비밀유지에 아주 도움이 되거든. 하지만 그 이면에는 그런 끔찍한 어둠의 세계를 모두 접하고도 멀쩡할 수 있는 사람은 없기 때문이기도 하지."

산드라는 아무런 대꾸도 하지 않았다. 샬버가 그녀의 관심을 끌고 있는 것만큼은 사실이었다. 그는 설명을 이어나갔다.

"내사원 소속 사제들은 이렇게 믿었던 거야. 최대한 방대한 분량의 사례기반 추론집을 집대성하면 인간의 역사 속에서 악이 발현하는 순간들을 이해할 수 있을 거라고. 하지만 악의 기운을 특정 범주로 분류하려 했던 그들의 노력에도 불구하고 악은 언제나 술수를 부려 자신을 옭아매려는 도식을 피해나갔지. 예측이 불가능하도록 말이야. 그러다 보니 이상 징후라는 게 나타나는 거야. 수정이 가능한 불완전한 결합 같은 거. 또 그렇기 때문에 연구직 사제나 기록 보관실 담당 사제, 그리고 사면관들은 수사관의 역할을 하면서 직접 사건에 개입을 해서 불의를 바로잡으려 했던 거야. 그런 역할을 했던 사제들이 보물처럼 여겼던 기록 보관실이 남긴 가장 커다란 교훈을 하나는 악은 악을 낳을 뿐이라는 거야. 악의 기운은 무차별적으로 인간을 공격하는 일종의 전염병과도 같아. 그런데 사면관도, 자신 역시 인간으로서 악이 발현하고 전염되는 과정에서 결코 무사할 수만은 없다는 사실을 깨달았던 거지."

"시간이 흐르면서 악의 기운이 그 사제들을 옳은 길에서 벗어나게 했다는 말을 하는 거야?"

"그런 어둠의 힘과 밀착된 관계를 유지하면서 아무런 영향을 받지 않고 지낼 수는 없는 법이니까." 샬버는 고개를 끄덕이며 대답했다.

"사면관들에게 기록 보관실의 자료를 다 개방하지 않은 이유는 시간이 지나면서 사라져버린 단 하나의 이유 때문이야. 당신은 형사니까 생각해보라고. 당신은 범죄현장에서 발견하고 지켜본 것들을 당신의 삶 속에서 완전히 지워낼 수 있었나? 현장에서 느낀 고통이나 괴로움, 그 잔혹함이 당신 집까지 고스란히 따라오진 않았나?"

산드라는 문득 다비드의 초록색 넥타이를 떠올렸다. 순간 샬버의 말이 완전히 틀린 건 아니라는 생각이 들었다.

“이런 이유 때문에 형사생활을 포기했던 동료들은 또 얼마나 많았지? 철창 반대편으로 넘어가야 했던 동료들은 또 얼마나 많았고? 흠 잡을 것 하나 없이 유능한 형사들이 어느 날 갑자기 마약상의 공범으로 밝혀지는 일이 있지 않았나? 시민의 안전을 지켜야 할 경찰이 자신의 역할을 망각한 채 자백을 받아내겠다고 단지 혐의만 의심되는 용의자를 무자비하게 폭행하는 일은 또 얼마나 많았지? 권력남용, 부패까지 말이야. 이들은 결국 포기했던 거야. 자신의 힘으로는 더 이상 대항해볼 수 없다고 판단한 거지. 악의 기운을 바로잡으려 애썼지만 악은 언제나 승리했다고.”

“예외적인 경우일 뿐이야.”

“나도 알아. 나도 형사니까. 하지만 그런 예외가 근절될 수는 없잖아.”

“사면관에게도 그런 일이 일어난 건가?”

“데복 사제는 그런 생각을 금기시했지. 그래서 비밀리에 계속해서 사면관을 모집했던 거고. 어떤 상황이 발생해도 통제가 가능할거라고 생각했던 거야. 하지만 그 순진함의 대가로 목숨을 내놓아야 했어.”

“그렇다면 당신은 다비드를 죽인 게 누구인지 모른다는 소리군. 관자놀이에 흉터를 가진 그 사제가 살인범일 수도 있다는 거고.”

“당신이 그렇게 묻는다면 난 그렇다고 대답할 수도 있겠지.

174

하지만 진실을 말하자면, 그 질문에는 뭐라고 대답을 할 수 없을 것 같군."

산드라는 그를 빤히 쳐다보며 상대가 얼마나 진지한지를 가늠해보았다. 그러고는 재미있다는 듯 고개를 가로저으며 말했다.

"멍청하게 또 넘어갈 뻔했군."

"내 말을 믿지 못하겠다는 건가?"

"내가 아는 한, 내 남편을 살해한 건 당신이 될 수도 있어." 산드라는 적대감이 가득한 목소리로 대답했다.

그녀는 내 남편이라는 단어에 힘을 주어 말했다. 비록 함께 밤을 보낸 사실은 그녀에게 아무런 의미도 없었지만, 산드라는 그와 다비드 사이에는 커다란 차이가 있다는 사실을 강조하고 싶었다.

"그 반대라는 사실을 믿게 하려면 도대체 어떻게 해야 하는 거지? 당신을 도와 살인범을 찾아주기라도 해야 하는 건가?"

"그런 의미 없는 협상 따윈 이제 질렸어. 그리고 더 간단한 방법도 있어."

"뭐지?"

"나랑 같이 가는 거야. 같이 가서 내가 믿을 수 있는 형사를 만나는 거야. 카무소라는 수사관인데 그 사람한테 지금까지 있었던 모든 걸 얘기해주고 도움을 받는 거야."

샬버는 아무런 반응을 보이지 않았지만 머릿속으로 계산을 하고 있는 것 같았다.

"좋아. 못 할 것도 없지. 지금 당장 가지."

"시간낭비할 필요는 없지. 여기서 나가는 동안은 당신이 앞장 서."

"그래야 안심이 된다면 그렇게 하지." 그는 신자석을 따라 걸어갔다.

성당 문 닫을 시간이 가까워오자 신자들이 중앙현관으로 몰려들었다. 산드라는 2미터 정도 떨어진 거리에서 인터폴 형사의 뒤를 따랐다. 그는 간혹 뒤를 돌아보았다. 그리고 그녀가 뒤처지지 않도록 보폭을 조절했다. 어느 순간 갑자기 모여든 인파 속에 뒤섞이기 시작했다. 그래도 산드라의 사정권 내에는 들어 있었다. 샬버는 뒤돌아보며 자신이 의도한 건 아니라는 표정을 지어 보였다. 산드라도 덩달아 군중 틈에 끼는 신세가 되었지만 샬버의 튀어나온 머리를 보며 위치는 확인할 수 있었다. 갑자기 앞쪽에서 누군가가 넘어지더니 항의의 목소리가 여기저기서 튀어나왔다. 산드라는 팔꿈치로 간신히 길을 터서 앞으로 빠져나왔다. 방금 전까지 보고 있었던 인터폴 형사의 뒤통수가 더 이상 보이지 않았다. 광장까지 내려온 산드라는 이리저리 주변을 살펴보았다.

토마스 샬버는 온데간데없이 사라지고 말았다.

카밀라에겐 전화 한 통만으로도 충분했다. 증거도, 단서도 필요 없었다.

드디어 이름 하나를 얻게 되었던 것이다. 아스토르 고야시. 그 이름 하나면 충분했다.

엑세드라 호텔은 과거에 에세데라 광장이라 불리던 곳에 위치하고 있었다. 에세데라 광장은 1950년대 들어 레푸블리카 광장이라는 이름을 얻게 되었지만 변화에 민감하지 않은 로마 사람들은 여전히 옛 이름으로 부르고 있었다. 고급 호텔은 광장 왼편에 조성된 거대한 나이아디 분수 앞에 자리를 잡고 서 있었다. 고속도로에서 호텔까지 30분이 걸렸다. 그는 카밀라가 돌이킬 수 없는 일을 벌이기 전에 막을 수 있기만을 바랐다.

그 역시 어떤 일이 벌어지게 될지는 알 수 없었다. 필리포가 살해당한 이유를 알아내지 못했기 때문이다. 이번만큼은 또 다른 사면관이 남긴 진실의 문이 어디인지 모호하기만 했다.

"당신도 마찬가지예요. 당신도 그자와 똑같이 대단해요." 클레멘테는 그렇게 말했었다. 하지만 그건 사실과 달랐다. 마르쿠스는 자신의 전임자가 지금 어디에 숨어 있는지 단 한 번도 궁금해하지 않았다. 하지만 자신을 지켜보고 있다는 확신은 들었다. 멀리서도 자신의 일거수일투족을 감시하고 있다는 확신.

조만간 정체를 드러낼 거야. 마르쿠스는 분명 그와 대면하는 날이 올 거라 믿고 있었다. 그날이 오면 그가 모든 걸 설명해주리라.

마르쿠스는 기다란 유니폼에 실크해트를 쓴 도어맨 앞을 지나 호텔 안으로 들어갔다. 크리스털 테두리가 달린 은은한 조명 불빛이 대리석 위를 비추고 있었고 실내장식은 화려하기 그지없었다. 그는 다른 투숙객처럼 로비에 서서 카밀라 로카를 찾아낼 방법을 궁리하기 시작했다.

그의 앞으로 파티복 차림의 젊은이들 여럿이 지나갔다. 그리고 거의 동시에 호텔 직원 한 명이 빨간 리본이 달린 커다란 상자를 들고 프런트로 향했다.

"아스토르 고야시 씨 앞으로 온 겁니다."

"생일파티는 맨 위층 테라스야." 매니저는 손가락으로 위를 가리키며 대답했다.

마르쿠스는 그제야 카밀라 로카의 집에서 봤던 선물상자의 정체를 깨달았다. 그리고 왜 그녀가 새 옷을 사왔는지도. 남들의 이목을 끌지 않고 엑세드라 호텔에 들어가 일을 벌이는 데 필요한 소품이었던 것이다.

직원은 다른 초대 손님들과 함께 테라스로 직행하는 엘리베이터 앞에 줄을 섰다. 카네스트라리 클리닉에서 그를 쫓아왔던 경호원 두 명이 손님들을 일일이 통제하고 있었다.

아스토르 고야시는 오늘 밤 이 호텔에 묵는다. 하지만 경호원들의 배치 상태만 보아도 그에게 접근하는 것은 무리일 터였다. 그렇다면 정체불명의 사면관은 카밀라 로카에게 대안을 제시해준 게 분명했다.

마르쿠스는 그녀보다 먼저 303호 객실에 도착해야 했다.

그때 호텔 정문이 활짝 열리며 경호 행렬에 둘러싸인 인물이 나타났다. 근접경호를 받는 남자는 작은 키에 대략 70세 정도 돼 보였고 희끗희끗한 머리에 그을린 피부, 그리고 티타늄 안경을 끼고 있었다.

아스토르 고야시였다.

마르쿠스는 어디선가 카밀라 로카가 튀어나오지는 않을까 주변을 슬쩍 둘러보았다. 하지만 그런 일은 일어나지 않았다. 아스토르 고야시는 경호원들의 보호를 받으며 무사히 엘리베이터 앞에 도착했다. 엘리베이터 문이 닫히자 마르쿠스는 신속히 움직여야겠다고 생각했다. 계속해서 로비를 서성이다가는 조만간 감시카메라에 포착될 게 뻔했고, 호텔 경비원이 조용히 다가와 뭘 하고 있는지 캐물을지도 모르기 때문이다. 그는 카운터로 다가가 브루노 마르티니의 휴대전화로 예약한 객실 열쇠를 부탁했다. 그리고 신분증을 제시해달라는 요구에 바티칸 외교여권을 내밀었다. 처음 일을 시작할 때 클레멘테가 준 위조여권이었다.

"혹시 카밀라 로카 씨라는 분이 체크인을 했습니까?"

카운터 직원은 대답을 할까 말까 망설이면서 그의 얼굴을 빤히 쳐다보았다. 마르쿠스도 똑같이 얼굴을 쳐다보자 결국 그녀가 한 시간 전에 도착했다고 알려주었다. 그것만으로도 충분했다. 그는 고맙다는 말과 함께 카드키를 받아갔다. 그의 객실은 2층이었다. 마르쿠스는 고야시의 경호원들이 경비를 서지 않은 다른 엘리베이터를 향해 걸어갔다. 그리고 엘리베이터를 탄 뒤 3층 버튼을 눌렀다.

문이 열리자 긴 복도가 나왔다. 주변을 살펴봐도 경호원의 모습은 보이지 않았다. 이상한 느낌이 들었다. 그래도 일단 303호실로 향했다. 모퉁이를 돌아 10여 미터 전방에 있는 방이었다. 이번에도 방문을 지키고 선 경호원의 모습은 보이지 않았다. 쉽게 이해가 가지 않았다. 자물쇠에 달린 전자 액정패널에 '방해하지 마시오'라는 문구가 켜져 있었다. 마르쿠스는 잠시 망설이다 문을 두드렸다. 20초 정도 기다리자 누구냐고 묻는 여성의 목소리가 들렸다.

"호텔 보안경비실에서 나왔습니다. 불편을 끼쳐드려 죄송하지만 손님방에 설치된 화재경보기가 연기를 감지했다는 경보가 울려서 확인을 해야 합니다."

문이 열렸다. 그런데 놀랍게도 그의 앞에는 금발에 많아 봐야 열넷 정도 돼 보이는 소녀가 서 있었다. 타월로 몸통만 겨우 가리고 있던 소녀는 마약에 의한 환각 상태에 빠진 사람의 전형적인 눈빛을 하고 있었다.

"제가 담배에 불을 붙였는데 그게 이렇게 심각한 건지 몰랐어요." 소녀는 몰랐다는 듯 변명을 했다.

"걱정 안 하셔도 됩니다. 간단한 확인에 불과합니다."

마르쿠스는 들어와도 된다는 방주인의 허락도 떨어지기 전에 방 안으로 들어갔다. 스위트룸이었다. 제일 먼저 짙은 색 나무 바닥이 깔린 거실이 나왔다. 대형 PDP 텔레비전과 미니바 앞으로 소파와 의자 여러 개가 놓여 있었고, 구석에는 선물상자들이 쌓여 있었다. 마르쿠스는 슬쩍 주변을 둘러보았다. 아무도 보이지 않았다.

"고야시 씨가 여기 계십니까?"

"욕실에 있는데 필요하시면 불러드릴게요."

마르쿠스는 소녀의 대답을 무시하고 다른 방으로 들어갔다. 소녀는 당황한 나머지 현관문 닫는 것도 잊어버린 채 그의 뒤를 쫓아갔다.

"저기요, 거긴 왜 들어가세요?"

커다란 침대는 헝클어진 상태였고 테이블 위에는 작은 거울과 마는 종이, 그리고 1회 분량의 코카인 가루 여러 더미가 놓여 있었다. 텔레비전에서는 볼륨을 최대한 키워놓은 뮤직비디오가 흘러나오고 있었다.

"당장 나가요!" 소녀는 마르쿠스에게 버럭 화를 내며 소리질렀다.

마르쿠스는 한 손으로 소녀의 입을 틀어막고 저항해봐야 소용없다는 사실을 이해시키려는 듯 무서운 눈빛으로 쏘아보았다. 소녀는 침착하게 행동하는 듯했지만 겁을 먹고 있었다. 마르쿠스는 욕실 문 앞으로 다가가 문을 가리키며 소녀를 바라 보았다. 소녀는 고개를 끄덕였다. 아스토르 고야시가 그 안에 있다는 뜻이었다. 텔레비전 소리 때문에 밖에서 무슨 일이 벌 어지고 있는지 전혀 모르는 듯했다.

"무장한 상태인가?"

소녀는 아니라고 고개를 가로저었다. 마르쿠스는 마피아 두 목이 잠시 경호원들의 보호에서 벗어나 '자유의 몸'이 된 이유 는 바로 어린 소녀 때문이라고 생각했다. 성대한 생일잔치 전 에 맛보는 조촐하고 은밀한 의식. 그건 마약과 섹스였다.

소녀에게 밖으로 나가라고 말을 하려던 마르쿠스는 문턱에 서 있던 카밀라 로카를 발견했다. 그녀의 발치에는 선물상자 가 떨어져 있었고 손에는 권총이 들려 있었다. 그녀는 증오로 불타는 눈빛으로 그들을 바라보고 있었다.

마르쿠스는 본능적으로 그녀의 행동을 제지하기 위해 손을 뻗 었다. 소녀는 비명을 질렀지만 뮤직비디오의 둔탁하고 강렬한 락 음악에 묻혀버렸다. 마르쿠스는 소녀를 옆으로 밀쳤다. 그러 자 소녀는 질겁한 채 침대 위로 올라가 몸을 잔뜩 웅크렸다.

카밀라는 용기를 끌어 모으기 위해 깊게 심호흡을 했다.

"당신이 아스토르 고야시?"

마르쿠스는 침착하게 대응하며 상대를 설득하려 했다.

"로카 씨의 사연은 저도 잘 알고 있습니다. 하지만 이런 식으 로는 절대 해결할 수 없습니다."

"저 안에는 누가 있어요?" 카밀라는 욕실에 불이 켜져 있는 것을 발견하고 권총으로 그쪽을 가리키며 물었다.

마르쿠스는 그녀가, 문이 열리자마자 그쪽을 향해 총을 발사할 거라 확신했다.

"제 말 잘 들으세요. 둘째 아이를 생각하셔야 합니다. 아이 이름이 뭐죠?"

그는 시간을 벌고 그녀의 결심을 흐리게 만들거나 적어도 주저하게 만들 무언가로 관심을 돌리려 애썼다. 하지만 카밀라는 아무런 대꾸도 하지 않고 그저 문만 뚫어지게 노려보고 있었다.

"남편 생각을 해보세요. 남편과 둘째 아이를 이렇게 내버려두실 작정이세요?"

카밀라의 눈에서 왈칵 눈물이 쏟아져 나왔다.

"필리포는 너무나 착한 아이였어요."

마르쿠스는 더 강하게 나가기로 했다.

"그 방아쇠를 당기면 어떤 일이 벌어질 것 같습니까? 그 후에 어떤 기분이 들지는 생각해보셨어요? 제가 말씀드리겠습니다. 달라지는 건 아무것도 없습니다. 모든 게 다 똑같단 말입니다. 안도의 한숨과 함께 마음이 평안해질 거란 기대는 아예 버리셔야 합니다. 반대로 모든 게 다 꼬여버립니다. 이런 식으로 해결한다고 뭘 더 얻으시겠습니까?"

"정의를 구현할 방법은 이것밖에 없어요."

마르쿠스는 카밀라의 말이 옳다는 건 알고 있었다. 아스토르 고야시와 카네스트라리를 필리포의 실종과 연관 지을 그 어떤 증거도 없는 상황이었다. 게다가 유일한 증거일 수 있는 아이의 뼛조각은 이미 불가리아 마피아 두목의 수중으로 흘러들어간 뒤였다.

"정의라는 건 없습니다." 마르쿠스는 엄하지만 걱정스런 말투로 상대를 타이르려 했다. 하지만 그보다는 체념의 투에 더 가까웠다. 어떻게든 최악의 상황만큼은 피해야 했다.

"로카 씨가 할 수 있는 일은 복수만이 아닙니다."

그는 카밀라의 표정에서 한동안 자기 아버지를 의심하다 결국 그를 향해 방아쇠를 당겼던 라파엘레 알티에리와 똑같은 눈빛을 읽었다. 페데리코 노니를 경찰에 고발하는 대신 자기 손으로 처단했던 피에트로 치니의 결의마저 느껴졌다. 이번에도 역시 모든 게 소용없을 듯했다. 욕실의 문이 열리면 카밀라는 주저하지 않고 방아쇠를 당길 테니까.

순간 문손잡이가 아래로 내려갔다. 욕실 실내등이 꺼지더니 문이 활짝 열렸다. 침대에 웅크리고 있던 소녀는 비명을 질렀다. 드디어 표적이 문 한가운데에 나타났다. 밝은색 목욕가운을 걸친 남자는 자신을 겨냥하고 있는 총구를 보자마자 얼어붙어버렸다. 어디로, 어떻게 움직여야 할지 당황하던 그 남자의 눈에서 갑자기 눈물이 터져 나왔다. 하지만 남자는 70대의 노인이 아니었다.

열다섯 살짜리 소년이었던 것이다.

일순간, 방 안에 있던 모두가 혼란에 빠져 멍한 상태가 돼버렸다. 마르쿠스는 소년을 뚫어지게 쳐다보고 있던 카밀라의 분위기를 재빨리 살폈다.

"아스토르 고야시는 어디 있지?"

소년은 기어들어갈 듯한 목소리로 뭐라 대답은 했지만 알아들을 수 없을 정도로 작았다.

"아스토르 고야시는 어디 있냐고!" 카밀라는 권총 든 손을 휘저으며 버럭 소리를 질렀다.

"저예요." 소년이 대답했다.

"아니야. 넌 아스토르 고야시가 아니라고!" 카밀라는 눈앞의 사실을 부정하고 싶은 듯 화를 냈다.

"저기…… 할아버지를 찾으시는 거라면…… 테라스에 계세요. 제 생일파티 때문에…… 지금 거기 계실 거예요."

카밀라는 자신이 무슨 실수를 저질렀는지를 깨닫고 비틀거렸다. 마르쿠스는 그 틈을 노려 그녀에게 다가가 한 손을 권총 위에 올리고 서서히 총구를 바닥으로 내렸다.

"갑시다. 여기선 더 이상 할 일이 없습니다. 할아버지가 아드님의 죽음과 관련이 있다고 해서 그 손자를 죽일 생각은 아니시지 않습니까? 그건 복수라고 할 수도 없습니다. 그건 맹목적인 살인에 지나지 않습니다. 그리고 로카 씨가 그런 행동을 하실 분이 아니라는 거, 저도 압니다."

카밀라는 생각에 잠겨 있었다. 그녀는 상대의 말이 옳다는 것을 인정하려다 무언가를 발견하더니 갑자기 돌처럼 굳었다.

마르쿠스는 그녀의 시선을 따라가 보았다. 카밀라는 다시 소년을 뜯어보고 있었다. 정확히 말해, 목욕가운으로 가리지 않은 상체 중에서도 가슴 부위였다. 그녀는 소년에게 다가갔다. 소년은 뒷걸음치다 벽에 부딪혔다. 카밀라는 손을 뻗어 목욕가운의 겹친 자락을 조심스레 헤쳐 보았다. 그 안에는 흉골까지 이어지는 기다란 흉터가 나 있었다.

마르쿠스는 숨이 멎을 것 같았다. 세상에, 도대체 무슨 일이 있었던 거지?

3년 전, 아스토르 고야시의 손자는 필리포 로카와 똑같은 나이였다. 알베르토 카네스트라리는 외과의사였다. 그는 마피아 두목이 시키는 대로 건강한 심장을 얻어내기 위해 살인을 저질렀던 것이다.

하지만 카밀라는 그 부분까지 알지 못했던 거야. 마르쿠스의 판단은 그랬다. 그런데 그녀의 마음속에 있던 모성본능 혹은 여자의 육감 같은 게 발동하면서 결국 소년의 가운을 헤쳐 보게 만들었던 것이다. 자신도 왜 그런 생각이 들었는지 알 수 없었을 것이다.

카밀라는 한 손을 들어 소년의 가슴에 얹었다. 소년도 더 이상 저항하지 않았다. 그녀는 눈앞의 소년의 것이 아닌, 다른 누군가의 것이었던 신체기관이 만들어내는 소리를 느꼈다. 지금의 주인과는 다른 장소에서 다른 삶을 살고 있던 다른 소년의 소리를.

카밀라와 소년은 서로를 바라보았다. 엄마는, 소년의 눈빛 속에서 희미하게나마 아들의 존재를 나타내는 한 줄기 빛이라도 찾으려 했던 걸까? 아니면 자신의 아들 필리포가 바로 그 순간, 어떤 식으로든 앞에 나타나 엄마를 바라보고 있다고 생각했던 걸까?

마르쿠스는 그 답을 알 수 없었다. 하지만 소년의 할아버지가 필리포 로카의 죽음과 관련이 있다는 유일한 증거가 바로 그 소년의 흉곽 속에 고이 숨어 있다는 사실만큼은 확실히 알 수 있었다. 소년에 대한 생체조직 검사나 DNA유전자 검사 결과를 필리포 가족의 것과 대조하는 것만으로도 아스토르 고야시를 궁지에 몰아넣을 수 있었다. 하지만 마르쿠스는 사법기관이, 과연 이 가련한 어머니의 슬픔과 고통을 이해하고 위로해줄 수 있을지는 의심이 들었다. 그녀가 얼마나 가혹한 고통을 받고 있는지 그도 잘 알고 있었다. 그래서 아무 말도 할 수 없었다. 그는 일단 카밀라를 그 방에서 데리고 나가고 싶었다. 그녀에겐 돌봐줘야 할 또 다른 아이가 있었기 때문이다.

마르쿠스는 그녀와 고야시의 손자 사이에 형성된 교감을 과감히 깨고 문 밖으로 발걸음을 돌리기 위해 그녀의 어깨를 붙잡았다. 카밀라는 소년의 가슴에서 서서히 손을 뗐다. 마치 마지막으로 어루만지는 작별의 손길 같았다. 그러고는 마르쿠스 와 함께 문으로 향했다. 두 사람은 나란히 호텔 복도를 걸었다. 그런데 뜻밖에도 카밀라는 자신을 구해준 남자를 바라보며 이 렇게 말했다.

"당신을 알아요. 신부님이라는 것도요. 맞죠?"

마르쿠스는 어떻게 대답을 해야 할지 몰랐다. 그래서 그냥 고개만 끄덕이고 다음 말을 기다렸다.

"그 사람이 당신 이야기를 했어요." 카밀라는 설명을 이어나 갔다.

마르쿠스는 그녀가 정체불명의 사면관에 대한 이야기를 하 고 있다는 사실을 깨달았다.

"일주일 전, 그 남자가 전화를 걸어왔어요. 여기 오면 당신을 만나게 될 거라고도 했어요." 카밀라는 마치 두려워하는 대상 과 마주친 사람처럼 묘한 분위기로 말을 이었다.

"그리고 당신을 만나면 이 말을 꼭 전해달라고도 했어요. 모 든 일이 시작된 곳에서 당신 자신을 되찾을 수 있을 거라고요. 하지만 그렇게 되면 악마를 마주하게 될 거라고요."


22시 07분


그녀는 종점인 산 실베스트로 광장에서 52번 버스를 타고 파이시엘로 가 근처에서 내렸다. 그리고 거기서 911번 버스를 타고 에우클리데 광장으로 이동한 다음 광장 지하역으로 내려가 비테르보에서 치비타 카스텔라나를 거쳐 로마로 내려오는 마지막 열차에 몸을 실었다. 이 노선의 마지막 구간은 도심의 북부와 시내를 지하로 연결해주고 있었다. 열차는 플라미니오 광장에서 딱 한 번 정차했다. 그녀는 즉시 기차에서 내려 지하철로 다시 갈아타고 푸리오 카밀로 역에 도착해 지상으로 올라온 뒤 택시를 잡아탔다. 매번 교통수단을 바꾸고 환승을 할 때마다 몇 초 이상의 시간을 들이지 않았다.

산드라는 샬버의 말을 믿지 않았다. 인터폴 형사는 교묘하게 그녀의 행동을 예측하고 움직였던 것이다. 비록 산타 마리아 소프라 미네르바 성당 출입구에서 놓치긴 했지만 분명 근처에서 몸을 숨기고 있다가 그녀의 뒤에 따라 붙을 거란 확신이 있었다. 그래서 상대를 혼란스럽게 만들 목적으로 신중하게 이동했던 것이다. 왜냐하면 그날 밤, 호텔로 돌아가기 전에 해야 할 일이 있었기 때문이다.

새롭게 알게 된 인물을 방문하는 것.

택시는 대형 종합병원 정문에 그녀를 내려주었다. 산드라는 이정표를 따라 병원 안으로 걸어 들어갔다. 그녀가 찾아간 곳은 제멜리 종합병원 직원들이 '최전선'이라고 부르는 복합수술 병동이었다.

첫 번째 자동문을 통과하자 대기실이 나왔다. 대기실은 벽이며 플라스틱 의자며 정수기며 온통 하늘색이었다. 심지어 의사와 간호사 가운도 하늘색이었다.

두 번째 문은 그 병동의 심장과도 같은 집중치료실로 이어지는 문이었다. 그곳에서부터는 출입이 제한된다. 경찰이 지키고 서 있었지만, 어디까지나 남을 해칠 능력을 상실한 연쇄살인범이 입원해 있다는 사실을 상기시키려는 형식적인 근무에 지나지 않았다. 산드라는 그에게 경찰 배지를 내밀었다. 그러자 간호사 한 명이 그녀에게 방문 절차와 방문객 주의사항을 알려주고 덧신과 멸균 가운, 머리에 쓰는 비닐 캡을 건넨 뒤 집중치료실 안으로 들여보내주었다.

산드라는 마치 수족관 같은 기다란 복도에 들어섰다. 다비드와 함께 구경 갔던 제노바의 어느 아쿠아리움 같았다. 산드라는 물고기를 좋아했다. 물고기의 움직임에 현혹되어 몇 시간이고 서서 지켜볼 수 있을 정도였다. 그녀의 앞으로 마치 샤워실처럼 유리 칸막이로 나누어진 회복실이 보였다. 어두운 조명에 숨소리처럼 낮고 희미하지만 마치 은밀한 박동처럼 주기적인 리듬에 따라 지속되는 소리가 오히려 적막감을 조성하고 있었다.

리놀륨 바닥을 밟고 계속 걸어가다 보니 직원실이 나왔다. 그 안에는 간호사 두 명이 어둠 속에 앉아 기계장비를 들여다보고 있었다. 간호사들의 얼굴은 환자의 바이탈 사인이 표시되는 모니터 화면 불빛에 반사되어 빛나고 있었다. 그 뒤로 젊은 남자 의사 한 명이 철제 책상에 앉아 무언가를 적고 있었다.

인간 물고기들이 누워 있는 '수조'를 지나가며 산드라는 그들의 상태를 자세히 살펴보았다. 환자들은 마치 침묵의 바다 속에서 유영하듯 꼼짝도 않고 침대에 누워 있었다.

산드라는 마지막 판유리로 향하다 반대편에서 흰 가운을 입은 젊은 여성을 발견했다. 자신과 나이가 비슷해 보였다. 산드라는 그녀에게 다가갔다. 치료실 안에는 여섯 개의 병상이 준비되어 있었지만 환자가 누워 있는 침대는 단 하나였다. 예레미아 스미트. 그는 삽관이 된 상태였고 가슴은 일정한 간격에 따라 위 아래로 오르락내리락 하고 있었다. 50대라고 하기엔 훨씬 늙어 보였다.

그때 흰 가운을 입은 여성이 뒤를 돌아보았다. 얼굴을 마주하자 기시감이 들었다. 순간 온몸에 소름이 끼쳤다. 괴물의 머리맡에는 그에게 살해된 피해자의 유령이 서 있었기 때문이다.

"테레자……." 산드라는 나지막이 중얼거렸다.

"전 모니카예요. 쌍둥이 언니죠." 젊은 여성은 웃으며 대답했다.

"제 이름은 산드라 베가입니다. 형사예요."

"여긴 처음이시죠?"

"왜요? 그래 보이나요?"

"저 인간 쳐다보는 눈빛에서 느껴졌거든요."

"어떻게요? 제가 어떻게 쳐다봤는데요?"

"글쎄요……. 어항 속에 있는 금붕어를 쳐다보는 느낌이랄까요?"

산드라는 재미있다는 듯 고개를 살짝 흔들었다.

"제가 실례를 범한 건가요?"

"아닙니다. 신경 쓰지 마세요."

"전 매일 밤 여길 찾아와요. 당직이 있는 날이면 근무를 서기 전이나 정상 근무시는 퇴근할 때 꼭 들러요. 그리고 한 15분 정도 지켜보다가 돌아가요. 왜 그러고 있는지는 모르겠어요. 그냥 그러고 싶더라고요."

산드라는 모니카의 용기에 감탄이 절로 나왔다.

"왜 살려내신 거예요?"

"왜 다들 같은 것만 물어보는 걸까요? 차라리 왜 죽게 내버려두지 않았냐고 물어주세요. 그건 다르잖아요. 안 그래요?"

사실이었다. 산드라는 그렇게까지 생각하지 못했다.

"지금은 죽이고 싶냐고요? 결과를 생각할 필요가 없다면 지금이라도 당장 죽일 수 있을 거예요. 하지만 응급처치를 하지 않고 그냥 죽게 내버려두는 게 과연 무슨 의미가 있을까요? 생의 끝자락에 다다라서 자연적으로 숨을 거두는 보통 사람처럼 말이에요. 저자는 그런 정상적인 사람과는 달라요. 그럴 자격이 없다고 생각해요. 제 동생에겐 그럴 기회조차 주어지지 않았어요."

산드라는 그녀의 말을 듣고 생각에 잠겼다. 자신 역시 다비드의 살인범을 찾고 있었고, 남편의 죽음에 어떤 가치를 부여하기 위해서라도 꼭 진실을 밝혀내리라 다짐해왔다. 정의를 세우겠다고. 하지만 만약 자기가 모니카의 입장이었다면 어떻게 행동했을까?

"아니에요. 전 저 인간을 죽이고 싶지 않아요. 최고의 복수는 저 인간이 저 상태로 병상에 누워 죽어가는 걸 보는 걸 거예요." 모니카가 자신의 이야기를 계속해나갔다.

"재판도 필요 없고, 배심원도 필요 없어요. 법도 필요 없고 변론도 필요 없어요. 심리상담 전문가의 의견도 필요 없고, 정상참작도 필요 없어요. 제 진정한 복수는 저자가 이 상태로 자신 속에 갇혀 누워 있는 걸 보는 거예요. 전, 저자가 자신이라는 감옥에서 절대 빠져나올 수 없을 거라 확신해요. 그리고 전 매일 밤 이곳을 찾아 그 상황을 지켜볼 거고요. 그러면서 정의가 실현된 거라고 생각할 거예요. 비열한 인간 때문에 가족을 잃은 사람들 중에 이런 특권을 누릴 수 있는 사람은 아마 거의 없을 테니까요."

"그러네요."

"심전도 마사지를 한 건 저였어요. 저자의 가슴에 손을 얹고 '나를 죽여라'라고 쓰인 문신을 힘차게 눌렀어요. 저자의 대소변에서 풍기는 악취가 옷에 스며들고 손가락에 저자의 침까지 묻혀가면서까지요. 이 일을 하다보면 정말 많은 걸 보게 되거든요. 사실 사람을 살려내는 건 우리 의사들이 아니에요. 환자를 살리는 건 오히려 환자 본인이에요. 최선의 길을 찾아가면서요. 인간이라면 누구에게나 대소변을 가리지 못할 때까지 늙는 날이 찾아와요. 그리고 그런 날 이 세상에 나 혼자라는 냉혹한 현실을 깨닫는다면 그것보다 슬픈 일이 또 있을까 싶어요."

산드라는 모니카의 진지한 속내에 입이 떡 벌어질 정도로 놀랐다. 나이도 비슷해 보이는 데다 한없이 연약한 아가씨일 것 같았는데…….

"너무 오래 붙잡은 것 같네요. 죄송합니다." 모니카는 손목시계를 들여다보며 말했다.

"이제 가야 하거든요. 당직 근무를 서야 할 시간이라서요."

"아무튼 만나서 반가웠습니다. 덕분에 오늘 많은 걸 배웠네요."

"아버지가 항상 그러셨어요. 이렇게 저렇게 얻어맞으면서 크는 거라고요."

산드라는 텅 빈 복도로 멀어져가는 모니카를 바라보았다. 머릿속에 생각 하나가 떠올랐지만 애써 다시 밀어냈다. 산드라는 살버가 남편을 죽인 거라 생각하고 있었다. 그런데 자신은 그런 남자와 잠자리를 함께 하고 말았다. 그녀는 보듬어줄 누군가가 필요했었다. 다비드도 이해해주리라 생각했다.

산드라는 회복실 문 앞으로 다가가 마스크와 장갑을 착용한 뒤 단 한 명의 저주 받은 인간이 머물고 있는 지옥의 문턱을 넘어섰다.

산드라는 예레미아 스미트의 침대까지 이르는 발걸음을 세어보았다. 여섯 걸음. 아니, 일곱. 손만 뻗으면 금붕어가 만져질 거리였다. 눈을 꼭 감은 채 싸늘한 무관심 속에 잠겨 있던 남자는 무언가를 불러일으킬 능력도 없어 보였다. 두려움도, 연민조차.

산드라는 침대 옆에 있는 작은 의자에 앉았다. 그러고는 팔꿈치를 무릎에 대고 손가락 깍지를 낀 자세로 더 가까이 다가갔다. 그 남자의 속을 읽어보고 싶었다. 그를 사악함의 극한까지 몰고 간 게 뭔지 이해하고 싶었다. 사실 그건 사면관들의 몫이었다. 모든 행동의 심오한 동기를 찾아내기 위해 인간의 영혼을 살펴보는 것. 법사진 전문가인 그녀의 역할은 악의 기운이 이 세상에 남긴 상흔이나 외부의 흔적을 조사하는 것이었다.

산드라는 다시 라이카에서 뽑은 어두운 배경의 사진을 떠올렸다.

이게 내 한계인가? 이미지가 없는 이상 완전히 길을 잃은 셈이었다. 촬영이나 인화과정에서 발생한 조작상의 실수일 수도 있었다. 어쨌든 다비드가 지나간 길을 따라갈 수 없는 상황이었다.

그 사진 속에 뭐가 있긴 있을까?

눈에 보이는 것들에서 미세한 차이까지 잡아내는 일은 그녀의 특기이자 동시에 한계였다. 딱 한 번이라도 자신의 내면을 들여다보고 나면 속이 후련해질 것 같았다. 그리고 돌아 나오는 길에 용서의 길을 찾아 나온다면 더더욱 좋겠다는 생각도 들었다. 아니, 고해성사라도 한 번 하고 나면 기분이 한결 나을 것 같았다. 그래서였을까? 산드라는 뜬금없이 예레미아 스미트에게 말을 걸기 시작했다.

"당신한테 짙은 초록색 넥타이 이야기를 하나 했으면 해." 왜인지는 알 수 없었지만 그래도 이야기를 이어나갔다.

"남편이 살해당하기 몇 주 전 일이었어. 다비드는 장기 출장에서 돌아온 길이었지. 그날 밤이라고 특별한 재회의 기쁨이 있지는 않았어. 그냥 둘이서 오붓한 시간을 가진 것뿐이니까. 나머지 세상은 없는 거나 마찬가지였고, 그저 우리 두 사람이 인류 최후의 생존자 같은 느낌이었달까? 당신도 이런 기분 느껴본 적 있나 모르겠네." 산드라는 재미있다는 듯 고개를 가로저으며 말을 이었다.

"아니겠지. 알 리가 없지. 아무튼 그날 밤, 나는 처음으로 남편을 사랑하는 척 연기를 해야 했어. 다비드는 늘 그렇듯 물었어. '괜찮아?' 진지한 대답을 바라고 물어보는 건 아니야. 그런데 그날만큼은, 별일 없다고, 괜찮다고 대답하면서 머릿속에 이런 생각이 들었어. 이건 거짓말이라는 생각. 그 며칠 전, 난 혼자 병원에 가서 낙태수술을 받았거든." 산드라는 눈물을 삼키며 말을 이었다.

"우리 두 사람은 좋은 부모가 될 모든 조건을 갖추고 있었어. 서로를 사랑하고, 믿었으니까. 하지만 남편은 르포 사진기자였어. 그 사람은 언제나 전장이나 혁명지, 살육전이 벌어지는 곳을 돌아다니며 사진을 찍었어. 난 과학수사대 소속 경찰이고. 한마디로 목숨을 내걸고 사는 마당에 아이를 낳아 기를 수는 없는 거잖아. 다비드한테는 정말 그런 일이 벌어졌고. 매일같이 폭력과 공포가 난무하는 범죄현장을 누비는 나도 마찬가지야. 그건 아이한테 결코 좋은 게 아니잖아." 산드라는 확신을 갖고 말했다.

"바로 그거였어, 내 죄가. 죽을 때까지 짊어지고 갈 업보. 하지만 무엇보다 나 자신을 용서할 수 없는 이유는 다비드에게 생각을 말할 기회 한 번 주지 않았다는 거야. 남편이 없는 틈을 타서 나 혼자 결심하고 행동했거든." 산드라는 서글픈 미소를 지으며 말을 이었다.

"낙태수술을 받고 집에 돌아왔을 때 욕실에서 내가 쓰고 버린 임신 테스트기를 발견했어. 내 아이. 아니, 내 안에서 *끄집어낸* 그 존재. 한 달 후엔 어떤 모습이 되어 있을지 모를 그 존재를 난 병원에 그렇게 남겨두고 온 거야. 정말 끔찍하지 않아? 아무튼 그런 존재에게도 최소한 장례는 치러줘야 하지 않을까 하는 생각이 들었어. 그래서 상자 하나를 찾아서 테스트기와 그 존재의 부모가 되는 사람들의 물건 몇 가지를 챙겨 넣었어. 그중에 바로 다비드의 그 초록색 넥타이도 포함되어 있었던 거야. 그러고는 차를 몰고 다비드와 내가 휴가를 보냈던 리구리아의 텔라로까지 갔어. 그리고 그 상자를 바다에 던져버렸어. 지금까지 아무에게도 말한 적 없는 비밀이야. 이런 이야기를 당신한테 하고 있다는 게 정말 이해가 안 가. 당신 같은 인간한테. 그런데 지금부터가 진짜야. 왜냐하면 내 행동에 대한 책임은 온전히 나 혼자 다 지는 거라고만 생각했었거든. 그러다가 나도 모르는 사이에 내가 끔찍한 짓을 벌였다는 생각이 들었어. 깨달았을 땐 이미 늦은 뒤였고. 내 아이에게 줄 사랑뿐만 아니라 다비드에게 줄 사랑까지 모두 내친 꼴이 된 거거든. 어떻게 돌이킬 방법이 없었어. 난 다비드를 어루만지고, 끌어안고, 사랑을 나눴어. 하지만 아무런 느낌이 들지 않았어. 내 아이가 살아남기 위해 내 안에 들어앉아 파기 시작했던 움집이 텅 비어버린 느낌이었어. 너무 공허했어. 그리고 남편이 죽고 나서야 그 사람을 다시 사랑하기 시작한 거야."

산드라는 팔짱을 낀 채 더더욱 몸을 숙이고 오열하기 시작했다. 갑작스레 터져 나온 울음은 멈추지 않고 계속 이어졌다. 하지만 속이 후련해지고 있었다. 더 이상 멈출 수가 없었다. 그렇게 몇 분을 울고 난 뒤 눈물이 마르면서 자신이 우스워졌다. 맥이 팍 풀렸지만 이상하게 기분은 한결 나아졌다. 5분만, 딱 5분만 더 있어야지. 예레미아 스미트의 상체에 연결된 심장박동계의 규칙적인 신호음과 그의 생명을 유지해주는 자동 산소호흡기의 움직임이 그녀에게 최면효과를 불러일으키면서 심신이 편안해지는 느낌을 받았다. 산드라는 자신도 모르게 눈을 감고 잠 속으로 빠져들었다. 다비드의 얼굴이 보였다. 그의 미소도, 헝클어진 머리도, 선한 눈빛도. 우울해하거나 생각에 잠긴 아내를 놀라게 할 때 아랫입술을 깨물고 고개를 옆으로 기울인 채 짓는 찡그리는 표정도. 그런 다비드가 그녀를 끌어당기더니 그만의 비밀스런 기술로 긴 입맞춤을 해주었다. "다 괜찮아, 진저." 산드라는 안도의 기분이 들었다. 평화로운 기분까지도. 그러더니 남편은 손을 흔들어 작별인사를 하고는 탭댄스와 함께 둘만의 주제가를 부르며 멀어지기 시작했다. 〈칙 투 칙〉. 분명 다비드의 목소리였지만 산드라는 꿈속에서 그 목소리가 그의 것인지 아닌지는 구분할 수 없었다. 그리고 모든 게 현실인지 아닌지도 알 수 없었다.

하지만 그 방에 있던 누군가가 노래를 흥얼거리고 있었다.


**22시 17분**


카밀라 로카가 자기 아들의 심장을 이식 받은 소년의 가슴에 손을 얹는 모습을 지켜본 마르쿠스는 처음으로 자신에게도 보이지 않는 연민의 힘이 있음을 느꼈다. 광활한 우주에서 우리 인간은 너무나 미약한 존재들이라 신에게 편애를 받을 자격이 없어. 마르쿠스는 항상 그렇게 생각했었다. 그랬던 그가 생각을 바꾸고 있었다.

모든 것이 시작된 곳에서 만나는 거야.

드디어 라이벌의 정체를 밝힐 순간이 찾아왔다. 그리고 포상으로 라라의 생명을 구할 기회도 주어지는 것이다.

모든 것이 시작된 그곳. 그곳은 예레미아 스미트의 집이었다.

마르쿠스는 자신이 타고 온 판다를 현관 입구에 주차했다. 순찰조와 과학수사대 팀원들도 모두 철수한 뒤였다. 그곳은 은밀히 비밀을 품은 장소처럼 썰렁하고 음산했다. 마르쿠스는 건물로 향했다. 오직 보름달만이 어둠과 대적하고 있었다.

건물로 이어지는 길 주변의 나무들이 밤바람에 살랑거리고 있었다. 나뭇잎들은 비웃는 듯한 웃음소리를 내며 등 뒤로 사라져갔다. 정원을 지키고 있던 석상들은 멍한 시선으로 그를 바라보고 있는 것 같았다.

문과 창문은 여전히 폴리스 라인으로 출입이 제한되어 있었다. 문제의 사면관이 그곳에 직접 나와 있으리라고는 기대하지 않았다. 하지만 그가 전하는 메시지는 분명했다.

그렇게 되면 악마를 마주하게 될 거라고…….

마지막 관문인 셈이었다. 그 대가로 답을 얻게 되리라.

그에게 주어진 도전과제는 초자연적인 징후와 관련이 있는 걸까? 사면관들은 사탄의 존재에 별 관심이 없다. 그들은 성직자 중에서도 유일하게 사탄의 존재를 의심하는 사람들이다. 사면관들에게 사탄의 존재는 인간이 만들어낸 편리한 핑계에 불과했다. 자신의 잘못으로 인한 책임에서 벗어나고 자신의 본성에서 비롯된 허물에서 사함받기 위해 꾸며낸 것이라 생각했다.

사탄이 존재하는 건 인간이 사악하기 때문이지.

마르쿠스는 폴리스 라인을 뜯어내고 안으로 들어갔다. 환한 달빛도 그 안으로 들어올 엄두를 내지 못하는 듯했다. 게다가 어떤 소리도, 어떤 존재감도 느껴지지 않았다.

그는 주머니에서 손전등을 꺼내 짙은색 벽이 이어지는 통로를 비추며 앞으로 나아갔다. 처음 찾아왔던 날이 떠올랐다. 일련의 번호가 매겨진 그림을 찾아냈던 날. 그날 무언가를 놓치고 지나간 게 분명했다. 사면관이 다시 한 번 그의 발걸음을 예레미아 스미트의 집으로 이끌었기 때문이다. 마르쿠스는 죽어가던 집주인이 발견된 거실에 이르렀다.

사탄은 더 이상 여기 머물지 않아.

이전과 비교해 다소 달라진 분위기였다. 뒤집어진 테이블과 부서진 우유 잔, 흩어진 과자 부스러기 등은 과학수사대가 말끔히 치워놓았다. 멸균장갑, 거즈, 주사기, 노즐 등 응급구조대가 소생술에 사용했던 장비들도 정리된 뒤였다. 긴 시간 괴물의 외로움을 달래준 전리품들도 사라지고 없었다.

하지만 물건들이 사라진 그 자리에 의문은 여전히 남아 있었다.

편협하고 반사회적이며 매력이라고는 조금도 없는 중년의

예레미아 스미트가 어떻게 젊은 여성들에게 신뢰를 얻을 수 있었던 걸까? 피해자들을 살해하기 전, 한 달 동안 어디에 감금해놓았던 걸까? 라라는 지금 어디에 있을까?

마르쿠스는 라라의 생사여부를 굳이 의식하려하지 않았다. 최대한 자신을 다지며 주어진 임무에만 집중했다. 그렇기 때문에 다른 식의 결말은 받아들이지 않을 생각이었다.

그는 주변을 다시 한 번 살펴보았다. 이상 징후. 그건 초자연적 현상을 뜻하는 게 아니야. 그건 성직자만이 알아볼 수 있어. 이번만큼은 그도 자신이 가지고 있는지 의심스러운 힘을 빌려야 할 상황이었다.

그는 정상의 틀을 벗어난 무언가를 찾아 이리저리 훑어보았다. 다른 차원의 세계로 열려 있는 작은 균열 같은 흔적. 악이 사악한 기운을 퍼뜨리기 위해 이용하는 통로를.

"이 세상에는 빛의 세계가 어둠의 세계와 만나는 접점이 있습니다. 그리고 거기서 바로 모든 일들이 비롯됩니다. 혼란스럽고 불확실한 어둠의 세계에서 튀어나오는 일들 말입니다. 우린 그 경계선을 지키는 파수꾼입니다. 간혹 그 경계를 뚫고 반대편으로 넘어가는 존재들이 있습니다."

그의 시선은 창문에서 멈췄다. 유리창 너머로 달빛이 무언가를 가리키고 있었다.

천사 석상이 날개를 펴고 그를 부르고 있었던 것이다.

성경에 따르면 루치페로 역시 나락으로 떨어지기 전에는 천

사였다. 신의 가호를 받았던 천사. 마르쿠스는 밖으로 뛰쳐나
갔다.

그는 희미한 달빛을 받고 서 있는 커다란 석상 앞에 멈춰 섰다.
경찰은 아무것도 찾아내지 못한 거야. 그는 천사 석상 발치
를 뚫어지게 보며 생각했다. 이 아래 무언가가 있었다면 탐지
견들이 벌써 냄새를 맡았을 거라고. 그런데 며칠간 이어진 집
중호우 때문에 온갖 냄새가 뒤섞여서 개들의 후각을 끌어당기
지 못했던 거야.

마르쿠스는 석상 아랫부분에 손을 올리고 밀어보았다. 천사
가 그의 힘에 밀려 스르르 움직이더니 위로 들어 올리는 철문
하나가 나타났다. 철문은 자물쇠로 잠겨 있지도 않았다.

내부가 들여다보이지 않을 정도로 캄캄했고 역한 숨결 같은
습기가 밀려 올라오고 있었다. 마르쿠스는 손전등을 들이댔
다. 심연으로 이어지는 여섯 칸의 계단이 나타났다. 어떤 소리
도 들리지 않았다.

"라라!" 마르쿠스는 실종된 여대생의 이름을 불렀다.

아무런 대답도 들리지 않았다.

그는 아래로 내려갔다.

손전등 빛줄기가 좁고 낮은 복도를 이리저리 훑었다. 타일
깔린 바닥은 경사가 있는 듯 어느 지점부터 점점 깊어졌다. 아
마 전에는 수영장으로 사용된 공간이었을 텐데, 누군가가 비

밀장소로 개조해놓은 게 분명했다.

손전등 불빛은 인간의 형상을 찾아다녔다. 마르쿠스는 아무 반응 없는 몸뚱이를 발견하게 되는 건 아닌지 두려웠다. 하지만 라라의 모습은 보이지 않았다.

대신 의자 하나만 덩그러니 놓여 있었다.

그래서 개들이 아무 냄새도 맡지 못했던 거군. 그곳은 분명 예레미아 스미트가 피해자들을 살해하기 전까지 한 달 동안 감금해둔 음침하고 비밀스런 소굴이었다. 벽에 고정한 쇠사슬도, 가학적 고문도구도, 강간을 하기 위한 침상도 없었다. 마르쿠스는 피해자들에게서 가혹행위나 폭력의 흔적은 전혀 나타나지 않았다는 사실을 떠올렸다. 예레미아 스미트는 피해자들을 건드리지도 않았다. 모든 게 텅 빈 의자 하나로 압축되는 상황이었다. 그 옆에는 피해자들을 묶어두는 데 사용했던 긴 밧줄 하나와 그들의 목을 딸 때 사용했던 20센티미터 길이의 칼을 올려둔 접시가 남아 있었다. 그 괴물의 변태적인 환상과 관련된 모든 게 그 자리에 고스란히 남아 있었다.

마르쿠스는 의자에 올려놓은 봉투 하나를 발견했다. 봉인을 풀고 열어보니 안에는 라라가 살고 있던 아파트의 설계도가 들어 있었다. 설계도 옆에는 욕실 아래로 지하통로가 숨겨져 있다는 내용도 기록되어 있었다. 게다가 라라의 시간대별 이동경로까지 상세히 적혀 있었다. 설탕 속에 마취약을 숨겨둔 내용도, 마지막으로 활짝 웃고 있는 라라의 사진도 있었다. 그녀의 얼굴에는 빨간색 물음표가 그려져 있었다. 날 가지고 놀겠다는 건가? 마르쿠스는 수수께끼의 사면관에게 그 말을 해주고 싶었다.

라라의 흔적은 어디에도 보이지 않았다. 마르쿠스를 그 자리로 다시 불러들인 정체불명의 사면관도.

분노가 치밀어 올랐다. 마르쿠스는 그자와 자신에게 저주를 퍼부었다. 속임수는 이제 신물이 날 지경이었다. 그가 자리를 박차고 나가려고 뒤로 돈 순간, 들고 있던 손전등이 바닥으로 떨어졌다. 낙하하던 빛줄기는 그의 뒤에 있던 존재를 드러냈다.

한쪽 구석에 누군가가 서 있었던 것이다.

마르쿠스는 굳은 채로 그쪽을 바라보았다. 손전등이 비추는 부분은 분명 길게 늘어진 팔이었다. 손을 가릴 정도로 길고 검은 의상. 마르쿠스는 서서히 자세를 낮춰 손전등을 주워들은 다음 낯선 상대를 비춰보았다.

낯선 상대는 사람이 아니라 옷걸이에 걸린 사제복이었다.

순간 모든 수수께끼가 풀렸다. 예레미아 스미트가 피해자들에게 접근했던 방식. 젊은 여성들이 그의 접근을 위협으로 여기지 않았던 이유. 그건 바로 그 괴물이 성직자로 보였기 때문이었다.

수단(가톨릭 성직자가 평상시에 입는 제복—옮긴이)의 주머니 한쪽이 부풀어 있었다. 마르쿠스는 그 안에서 약병 하나와 피하주사기 하나를 찾아냈다. 석시닐콜린.

그의 예상은 빗나가지 않았다. 하지만 그 물건들이 바로 그 주머니에서 발견되었다는 건 전혀 예측하지 못한 다른 차원의 이야기가 진행되고 있다는 말이었다.

모든 건 예레미아 스미트 혼자 벌인 일이었어.

그는 피해여성의 쌍둥이 언니가 그날 밤 병원 당직의사라는 사실을 사전에 알고 있었던 것이다. 그리고 비상시 당직의사가 구조대와 동행한다는 것도 알고 있었다. 그래서 심장마비 증상을 호소하며 응급상황실에 전화를 걸었고, 그들이 도착하기 바로 직전, 자신의 몸에 석시닐콜린을 주입했던 것이다. 사용한 주사기는 거실 구석이나 가구 밑에 던져 넣었을 것이다. 환자 상태를 발견하고 당황한 구조대원들의 눈에 그 주사기가 들어 올리는 만무했을 테니까. 과학수사대의 감식반원이 발견하더라도 응급처치에 사용된 주사기라 생각하고 크게 의심하지 않을 테니까.

사제로 위장한 게 아니었어.

그가 바로 사제였던 거야.

그의 계획이 실행된 건 일주일 전으로 거슬러 올라갔다. 바로 발레리아 알티에리 살인사건에 연루된 인물들에게 익명의 편지를 보내기 시작하면서였다. 그 뒤로 피에트로 치니에게 피가로 사건과 관련된 이메일을 보냈고 카밀라 로카에게 전화를 걸어 며칠 뒤 아스토르 고야시가 엑세드라 호텔에 머물게 될 거라는 소식을 전해주었던 것이다.

이자였어.

정체불명의 사면관.

실체는 모르고 있었지만, 그간의 사건이 일어나는 동안 일을 벌인 장본인은 언제나 그 자리에 있었던 것이다. 외과의사 알베르토 카네스트라리의 경우와 마찬가지로, 예레미아 스미트 역시 석시닐콜린을 이용해 죽어가는 상황을 연출했던 것이다. 독극물 검사로도 잡아낼 수 없는 약물. 하지만 1밀리그램만으로도 수 분만에 호흡기 근육을 마비시킬 수 있을 만큼 강력한 효력을 지닌 약물. 카네스트라리처럼. 순간적으로 신체를 마비시키기 때문에 일단 주입이 된 뒤에는 결정을 되돌릴 틈조차 주지 않는다.

하지만 카네스트라리는 자신을 도와줄 응급구조대를 계산에 넣지 않았던 반면, 이 자는 그 점을 처음부터 정확히 계산하고 있었어.

경찰은 어떤 생각을 했을까? 더 이상 위험인물로 볼 수 없는 연쇄살인범이라고 생각했을 것이다. 의사들은? 단지 코마 상태로 누워 있는 중년의 환자. 나는?

이상 징후.

석시닐콜린의 약효는 조만간 깨끗이 사라질 터였다. 그리고 예레미아 스미트는 당장에라도 침대에서 일어날 수 있었다.

스르륵. 턱. 쓰으윽. 스르륵. 턱. 쓰으윽.

집중치료실 병동의 대기실에서 강박적으로 어떤 소리가 반복되고 있었다. 마르쿠스는 주변을 살펴보았다. 아무도 보이지 않았다. 그는 조심스레 소리의 진원지로 다가갔다.

안으로 이어지는 자동 보안문이 스르륵 하고 열리다가 턱 하고 멈춘 뒤 다시 쓰으윽 제자리로 돌아가는 동작을 반복하고 있었다. 경비를 서고 있던 경관이 자동문 바닥에 엎드려 있어 문이 닫히지 못하는 것이었다. 마르쿠스는 그의 옆에 무릎을 꿇고 앉아 상태를 확인해보았다. 손, 파란 경찰제복, 고무 밑창이 달린 운동화. 큰 이상은 없어 보였지만 그의 신체 부위 하나가 비정상적으로 보였다. 바로 머리였다. 총구와 밀착된 상태로 총에 맞아 머리가 통째로 날아가버렸던 것이다.

이건 시작에 불과한 거야.

그는 경관이 차고 있던 총이 없다는 사실을 확인했다. 그러고는 재빠르게 성호를 긋고 자리에서 일어났다. 마르쿠스는 일정한 보폭으로 통로를 걸어가며 회복실 좌우를 살폈다. 환자들은 모두 깊은 잠에 빠져 있었다. 호흡은 의료장비가 대신해주고 있었다. 모든 게 이전과 다를 바 없이 그대로였다.

하지만 비현실적인 적막감이 감돌았다. 지옥이 바로 이런 분위기일 거야. 삶과 죽음이 불안한 균형을 억지로 유지하는 곳.

오직 희망만이 마법의 힘처럼 그 불안한 균형을 간신히 붙잡고 있을 뿐. 허상의 본질은 그런 환자들을 바라보며 떠올리는 생각일 것이다. 그들은 지금 어느 세계에 있을까? 저 자리에 있지만 거기에는 없을 것이다.

직원실에 다다르자 자신들이 돌보던 환자만큼의 운도 없었던 세 사람이 눈에 들어왔다. 아니, 보는 관점에 따라서는 그들보다 더 운이 좋다고 할 수도 있었다.

첫 번째 간호사는 목 부위에 깊은 총상을 입고 기계장비 위에 엎어진 상태였다. 모니터 화면은 피로 얼룩져 있었다. 두 번째 간호사는 가슴에 구멍이 난 채 문 옆에 쓰러져 있었다. 도망가려 했지만 빠져나갈 수 없었던 것이다. 직원실 가장 끝으로 하늘색 가운을 입은 남자가 의자에 널브러진 채 앉아 있었다. 양팔은 아래로 늘어뜨리고 마치 천장의 어느 지점을 응시하듯 고개는 뒤로 젖힌 상태였다.

예레미아 스미트의 회복실은 마지막 방이었다. 마르쿠스는 침대가 비어 있을 거라 예상하고 그쪽으로 향했다.

"들어오지 그러나." 걸쭉하게 쉰 목소리가 그에게 말을 걸었다.

"자네도 내사원 소속 사면관이겠지?"

마르쿠스는 몇 초간 움직일 수조차 없었다. 그러다가 그를 맞이하듯 열린 문으로 서서히 발걸음을 옮겼다. 칸막이 유리 앞으로 다가가보니 커튼이 모두 젖혀져 있었다. 그리고 회복실 중앙에 그림자 하나가 보였다. 그는 문 옆에 있는 벽에 붙어 섰다.

"들어오라고. 두려워하지 말고."

"당신은 무장한 상태야." 마르쿠스가 대답했다.

"경비를 서고 있던 경관의 총이 보이지 않거든."

침묵이 이어졌다. 잠시 뒤 무언가가 그의 발치로 미끄러져 오는 게 보였다. 권총이었다.

"확인해봐. 장전된 총이야."

마르쿠스는 어리둥절했다. 왜 순순히 무기를 내놓는 걸까? 그렇다고 투항하려는 건 아닐 터였다. 놈이 벌인 게임이야. 마르쿠스는 그 사실을 잊지 않았다. 나에겐 선택권이 없어. 일단 규칙에 따라야 하는 거라고.

"당신한테 무기가 없다는 걸 뜻하는 건가?"

귀가 먹먹할 정도의 총성이 울려 퍼졌다. 대답은 분명했다.

"내가 문턱을 넘어서자마자 총알이 날아들지 않을 거라고 누가 장담하지?"

"여자를 살릴 수 있는 유일한 방법이니까."

"라라는 어디 있지?"

"난 그 여자를 말하는 게 아닌데?" 상대는 껄껄거리며 웃었다.

마르쿠스는 온몸이 얼어붙는 듯했다. 누굴 인질로 잡고 있는 걸까? 그는 확인하기 위해 머리를 살짝 들이밀었다.

예레미아 스미트는 침대에 앉아 있었다. 그에게 병원복은 짧아 보였다. 듬성듬성한 머리가 삐죽삐죽 위로 솟은, 마치 방금 잠에서 깨어난 사람처럼 우스꽝스러운 모습이었다. 한쪽 손으로 넓적다리를 긁적이고 있었지만 권총을 든 다른 손은 자신의 앞에 무릎을 꿇고 있는 여성의 목덜미를 겨냥하고 있었다.

여형사.

마르쿠스는 두 번째 총의 정체를 깨달았다. 그리고 안으로 들어갔다.


산드라는 손목에 수갑을 찬 상태였다. 경비를 서던 경찰의 수갑이었다. 산드라는 잠이 들어버렸던 것이다. 멍청하게도.

그녀는 이어지는 세 차례의 총성을 듣고 화들짝 잠에서 깨어나 허리춤의 권총을 더듬거렸다. 하지만 권총은 그 자리에 없었다. 그리고 자신의 앞에 있는 침대도 비어 있음을 발견했다.

네 번째 총성이 울릴 때 벌어진 장면은 마치 범죄현장에서 사진을 찍듯 두 눈으로 똑똑히 지켜보았다. 예레미아 스미트는 침대에서 일어나 그녀의 권총을 몰래 가져갔던 것이다. 그리고는 직원실로 향해 간호사 둘과 당직의사를 살해했다. 경비를 서던 경관은 총성을 듣고 자동문을 열려고 했을 것이다. 하지만 예레미아 스미트는 이미 그를 표적으로 삼은 뒤였다. 문이 열리자마자 그는 날아오는 총알을 피할 수 없었던 것이다. 산드라는 비록 무장 해제된 상태였지만 그를 멈출 수 있을 거란 희망으로 뛰쳐나갔다. 아무런 소용없는 행동이었지만 경계를 풀고 피곤에 백기를 든 채 그렇게 잠이 든 자신에게도 책임이 있다는 생각이 앞섰기 때문이다. 하지만 또 다른 생각이 머릿속을 혼란스럽게 했다.

왜 난 살려두는 거지?

회복실 통로로 나왔지만 그의 모습은 보이지 않았다. 출구로 달려가다 보니 조제실에 있는 그가 눈에 들어왔다. 스미트는 그녀를 보고 미소를 지었다. 그러고는 총을 겨누면서 그녀에게 수갑을 던졌다.

"그걸 차고 있어. 이제부터 좀 제대로 놀아보자고."

산드라는 순순히 따랐다. 기다림은 그렇게 시작되었던 것이다. 마르쿠스가 나타날 때까지.

산드라는 관자놀이에 흉터가 있는 사제에게 자신은 괜찮으니 걱정하지 말라는 뜻을 눈빛으로 알렸다. 그는 고개를 끄덕이며 그녀의 메시지를 알아들었다.


"자, 어떤가?" 예레미아 스미트는 껄껄거리며 물었다.

"날 만나니 반갑긴 한가? 예전부터 다른 사면관을 만나는 날만 손꼽아 기다려왔지. 한동안 그 일을 하는 게 나 혼자라고만 생각했었거든. 자네도 마찬가지였을 거야. 자네 이름은 뭐지?"

마르쿠스는 뒤로 물러설 생각이 전혀 없었다.

"자, 그러지 말고 대답을 해봐." 예레미아 스미트는 재차 물었다.

"자넨 내 이름을 알잖아. 그러니 내 정체를 밝혀낸 유능한 사면관 이름 정도는 나도 알아야 하지 않겠어?"

"마르쿠스." 그는 쓰린 속을 달래며 대답했다.

"저 여자는 놔줘."

"미안한데 말이야, 마르쿠스. 이 여자도 계획의 일부라서 말이야."

"무슨 계획?"

"이 여자가 찾아온 건 뜻밖의 선물이었어. 원래는 간호사 하나를 인질로 삼을 생각이었는데 이 여자가 떡하니 찾아와줬지 뭔가……. 이런 경우를 뭐라고 불렀더라? 아, 그래, 이상 징후! 이 여자의 등장은 이론이 정확하다는 걸 입증하는 거야."

"무슨 이론?"

"악은 악을 낳는다는 말 말이야. 아무도 그런 얘기를 해주지 않았던가?" 예레미아 스미트는 그럴 리 없다는 듯 인상을 쓰며 되물었다.

"자넨 모르겠지만, 난 이 여자를 만날 생각도 한 적 없어. 오래 전이지만 남편은 좀 알았지."

산드라는 고개를 뒤로 돌렸다.

"다비드 레오니란 사람은 쓸 만한 르포 사진기자였어." 예레미아 스미트는 설명을 이어나갔다.

"그런데 그 친구가 내사원 사면관의 존재를 밝혀냈던 거야.

그래서 난 거리를 두고 그 친구를 따라다녔지. 그 친구에 대해서 많은 걸 알아보기도 했고. 뭐랄까……. 그 친구 사생활을 속속들이 파고드는 일은 나름 쓸모가 있긴 했지. 당신 남편이 로마에 있는 동안 난 밀라노로 내려가 당신에 대해 알아봤어."

그는 대화의 상대를 산드라로 돌렸다.

"당신네 집에 들어가 물건들을 다 뒤져봤는데 당신은 전혀 눈치를 채지 못하더군."

산드라는 다비드의 보이스 레코더에 녹음된 노랫소리를 떠올렸다. 〈칙 투 칙〉. 당시 살인범이 어떻게 그들의 은밀한 사생활까지 파악하고 있었는지 의문스러웠었다. 예레미아 스미트는 그녀가 가지고 있던 의문을 풀어주었다.

"맞아. 공사가 중단된 건물에서 당신 남편을 만나기로 한 건 나였어. 멍청한 친구, 소심할 정도로 조심스레 나오긴 했지만 날 믿긴 믿더라고. 왜냐고? 그 친구는 사제라면 다 좋은 사람이라고 생각했으니까. 아마 바닥에 떨어지기 직전에는 생각을 고쳐먹었을 거야."

산드라는 샬버를 의심하고 있었다. 그런데 진실은 충격적이었다. 수수께끼 속에 갇혀 있던 남편의 죽음이 그런 역설적인 상황에서 발생했다는 사실을 귀로 듣는 순간 산드라의 마음속에 분노가 끓어올랐다. 방금 전, 너무나도 사적이고 은밀한 이야기들을 남편의 살인범에게 털어놓았던 그녀였다. 그는 이미 혼수상태에서 깨어난 뒤였다. 그리고 낙태를 선택했던 사연과 그녀가 느낀 양심의 가책에 대한 독백을 고스란히 듣고 있었던 것이다. 그리고 지금, 남편이 남긴 모든 걸 가져가놓고서 그녀의 목숨까지 거머쥐고 있었다.

"그 친구, 내사원 기록 보관실의 존재를 알아냈어. 자넨 이해하겠지, 마르쿠스? 그 친구는 살려둘 수 없었던 거라고." 예레미아 스미트는 자신의 행동을 정당화하려 했다.

산드라는 그제야 살인동기를 알 수 있었다. 만약 자신의 뒷덜미에 총구를 들이댄 남자가 진짜 사면관이라면 샬버의 말이 옳았던 것이다. 그들 중 하나가 다비드를 살해했다는 것. 시간이 흐르면서 가슴속에 자리 잡은 사악한 기운이 그들의 영혼을 갉아먹었던 것이다. 하지만 그녀는 그 말을 믿지 않았었다.

"아무튼 그 아내라는 사람이 복수의 일념으로 로마까지 찾아와준 거야. 하지만 그 여자는 내가 그럴 수밖에 없었다는 거, 인정하지 않겠지? 안 그래, 산드라?"

산드라는 증오에 가득 찬 눈빛으로 상대를 쏘아보았다.

"그냥 단순한 사고라고 믿게 해서 묻어둘 수도 있었어. 하지만 난 당신한테 진실을 밝히고 날 찾아낼 기회를 준 거라고."

"라라는 어디 있지?" 마르쿠스가 두 사람 대화에 끼어들었다.

"상태는 괜찮나? 아직 살아 있나?"

"모든 걸 계획해놓은 다음에 생각을 해봤어. 자네가 내 정원에 숨겨진 비밀장소를 발견하고 나면 나를 찾아와 분명히 그 질문을 할 거라고 말이야. 왜냐하면 그 여대생이 어디 있는지 알고 있는 건 나밖에 없으니까." 그는 씩 웃으며 대답했다.

"그럼, 어서 말해."

"일이라는 건 순서가 있는 법이라고, 친구. 자네가 오늘 밤까지 내 계획을 알아내지 못했다면 난 그냥 여기서 일어나 영원히 숨어버릴 생각이었어."

"당신 계획은 다 간파했어. 나도 그만큼은 되니까. 그러니까 저 여자도 놔주고, 라라도 돌려주는 게 어때?"

"그게 그렇게 간단한 문제가 아니라고. 자네한텐 딱 하나의 선택권이 있어."

"무슨 말이지?"

"나도 권총이 있고, 자네도 권총이 있는 거야. 자넨 오늘 밤, 누가 죽어야 하는지 결정해야 해." 그는 총구로 산드라의 머리를 쓰다듬으며 말했다.

"난 이 여형사를 쏠 생각이야. 만약 자네가 그렇게 하게 해주면, 라라가 어디 있는지 알려주겠어. 자네가 날 죽이면 이 여형사 목숨은 구할 수 있겠지만 대신 여대생은 구할 수 없는 거지."

"왜 내가 당신을 죽여주길 바라는 거지?"

"아직도 이해 못 한 건가, 마르쿠스?"

그렇게 되묻고 있는 예레미아 스미트의 말투와 눈빛에서는 예상 밖의 혼란이 엿보였다. 마치 그 사실을 당연히 알고 있어야 한다는 듯이.

“직접 말해봐.”

“데복 사제, 그 미치광이 노인네는 사면관들을 자기 식대로 가르쳤다고. 그 인간은 악을 다스릴 수 있는 유일한 방법은 바로 악 그 자체라고 생각했던 거야. 주제넘은 생각이지. 안 그런가? 그 악을 만나기 위해선 어둠의 영역으로 깊숙이 들어가 악의 내부를 살펴보고 뒤섞여야 했어. 그런데 우리 중에는 그렇게 들어갔다 빠져나오는 길을 잃어버린 사람들이 있었다고.”

“그게 당신 경우지.”

“내 전에도 있었어. 데복 사제가 날 발탁했던 날이 생각나는군. 우리 부모님은 독실한 신자였지. 내 소명의식도 거기서 비롯된 거고. 난 열여덟 살 때부터 신학원을 들락거렸어. 데복 사제는 날 품어줬고 악의 눈으로 세상을 바라보는 법을 가르쳐줬지. 그러고는 내 과거, 내 정체성을 감쪽같이 지워버린 뒤 거대한 어둠의 바닥 속에 영영 밀어 넣어버렸던 거라고.”

갑자기 그의 얼굴에 눈물 한 줄기가 주르륵 흘러내렸다.

“왜 살인을 시작하게 된 거지?”

“난 언제나 선한 사람들의 편에 서 있다고 생각해왔어. 그런 생각이 나를 남보다 나은 사람이라고 여기게 해줬으니까.” 그는 갑자기 신랄한 어조로 설명을 늘어놓기 시작했다.

“그런데 어느 순간, 그게 단순한 생각만으로 머물러 있지 않다는 걸 입증해야 한다는 필요성을 느꼈어. 유일한 방법은 나 자신을 시험에 빠뜨리는 길이었지. 그래서 처음으로 젊은 여자를 납치한 뒤 비밀장소로 데려갔어. 자네도 직접 봤으니 알 거야. 거긴 고문도구나 가학적인 도구도, 아무것도 없다는 걸. 난 그 여자를 일단 살려두면서 되돌려 보내야 할 적절한 이유를 찾아보았지. 그런데 하루하루 생각은 점점 반대로 향해갔어. 그 여자는 절망에 빠져서 울기만 하고 제발 살려달라고 애원하더라고. 결심을 굳히기까지 꼬박 한 달이 걸렸어. 결국 나한테는 일말의 동정심이라곤 찾아볼 수 없다는 걸 깨달은 순간, 죽여버렸던 거야."

그게 바로 테레자였다. 모니카의 쌍둥이 여동생. 그의 목숨을 구해준 그 여의사. 산드라는 두 자매를 떠올렸다.

"그런데도 만족스럽지 않았어. 난 계속해서 내사원 사면관 임무를 이어갔고 범죄사건의 진범들을 찾아내는 일도 계속했어. 데복 사제의 의심을 교묘히 피해가면서 말이야. 동시에 두 사람 역할을 수행했던 거지. 의인과 악인의 역할을. 어느 순간이 되자 또다시 나 자신을 시험해보고 싶다는 생각이 들었어. 그렇게 두 번째, 세 번째, 그다음 네 번째까지 이르게 된 거야. 난 그들의 물건을 하나씩 챙겼어. 일종의 기념품 같은 거라고 생각하면 될 거야. 그것들이 훗날 시간이 흐른 뒤, 내가 얼마나 큰 실수를 저질렀는지 깨닫게 해주기를 바라는 마음이었지. 하지만 결과는 언제나 마찬가지였어. 동정심이라는 감정을 단 한 번도 느껴볼 수 없었다는 거. 얼마나 악의 세상에 익숙해졌는지, 조사하는 과정에서 내가 접하게 된 악의 기운과

나 자신이 직접 행하는 사악한 행위 사이에 어떤 차이가 있는지 구분할 수조차 없게 되더라고. 이 말도 안 되는 사연의 결론이 궁금한가? 사악한 행위를 하면 할수록, 사악한 범죄자를 쫓는 게 훨씬 쉬워진다는 거야. 그 덕에 내가 목숨을 구해준 사람이 수십 명이 넘고, 그렇게 내가 직접 막아낸 사건도 여러 건이거든."

"그러니까 내가 당신을 죽이면 이 여형사를 살리는 대신 라라를 잃게 된다는 거고, 당신을 죽이지 않으면 라라의 위치를 알려준 다음 여형사에게 방아쇠를 당기겠다는 거군. 어떤 선택을 하건 난 지는 거고. 결국은 당신이 선택한 피해자는 내가 되는 거군. 사실 양쪽 모두 결과는 같은데 말이야……. 당신은 악행을 저지르면서 선한 일을 할 수 없다는 걸 증명하려는 거야."

"선한 일에는 대가가 따라, 마르쿠스. 하지만 악은 공짜거든."

산드라는 도저히 참을 수 없었다. 그 상황에서 단순한 구경꾼으로 전락한 자신을 견딜 수 없었던 것이다.

"이 개자식한테 날 죽이라고 해요." 산드라는 마르쿠스를 향해 말했다. "그리고 라라를 살려요. 라라는 임신 중이란 말이에요."

예레미아는 권총 손잡이로 그녀를 내리쳤다.

"그 여자, 건드리지 마!" 마르쿠스는 위협적으로 말했다.

"오호라, 그래! 이제야 마음에 드는구만. 분노가 바로 첫 단계거든."

마르쿠스는 라라가 임신한 사실을 전혀 모르고 있었다. 그 사실을 알게 되자 동요하기 시작했다. 예레미아는 그 감정 변화를 포착했다.

"눈앞에서 살해당하는 걸 지켜보는 게 더 괴로울까, 아니면 여기서 멀리 떨어진 곳에서 누군가가 죽어가고 있다는 사실을 알면서도 손을 쓸 수 없다는 게 더 괴로울까? 선택은 자네 몫이야."

마르쿠스는 시간을 벌고 싶었지만 경찰이 들이닥칠 걸 기대조차 할 수 없는 상황이었다. 설사 그런 일이 벌어지더라도 상대가 무슨 짓을 할지 알 수 없었다. 어쨌든 예레미아 스미트로서는 더 이상 잃을 것도 없었기 때문이다.

"만약 저 형사를 살해하도록 내버려둔다고 해도 라라의 소재를 알려준다고 뭐로 장담하지? 당신은 둘 다 죽일 수 있는 입장인데. 내 분노를 자극해 결국 복수를 하게 만들 생각이었다면 당신이 이미 이긴 셈이야."

"내가 벌인 일이지만 정말 완벽하지 않나? 안 그래?" 예레미아 스미트는 마르쿠스에게 윙크까지 하며 받아쳤다.

"그게 무슨 뜻이지?"

"생각해보라고, 마르쿠스. 자넨 어떻게 나한테까지 오게 된 거지?"

"석시닐콜린. 알베르토 카네스트라리가 자살할 때 사용한 약물이지. 당신은 그걸 흉내 낸 거고."

"과연 그게 다였을까? 확신하는 거야? 날 실망시키지 말라고. 내 가슴에 뭐라고 쓰여 있었는지 잘 생각해봐."

날 죽여라. 무슨 뜻을 전하려고 했던 걸까? 마르쿠스는 그 뜻을 생각해보았다.

"힌트를 하나 주지. 얼마 전에 난 우리 기록 보관실에 관한 비밀을 공식적으로는 미제사건의 피해자 가족한테 알리기로 마음먹었었어. 그런데 그 사건을 내가 직접 해결하고 말았지. 그래서 내사원에 보관되어 있던 모든 수사 자료를 빼내서 그 유가족에게 넘겨줬어. 그런데 나도 같은 범죄자인 마당에 차라리 내가 아프게 했던 사람들에게도 똑같은 기회를 줘야겠다는 생각을 하게 된 거야. 그래서 심근경색 증상을 일으켜 구급차가 출동해야 할 상황을 연출했던 거라고. 만약 젊은 여의사가 날 죽게 내버려뒀다면 난 내 빚을 갚은 셈이 되는 거였어. 하지만 테레자의 언니는 날 살려두는 쪽을 택하고 말았지."

산드라는 모니카의 결정이 잘못된 선택이었다고 생각했다. 모니카가 피해간 악의 기운이 결국 또 다른 형태로 발현한 셈이었기 때문이다. 그들이 그 자리에 모여 있는 이유는 바로 젊은 여의사가 선의를 베풀었기 때문이었다. 논리적, 이성적으로도 어떻게 형언할 수 없는 모순된 상황이었다.

"물론, 모든 걸 미리 계산에 넣어두었던 건 사실이야. 애매한 상황을 피하기 위해 가슴에 문신까지 새겨 넣은 거니까. 그런데 아무도 그 뜻을 파악하지 못하고 있다니 말이야⋯⋯. 뭐 생각나는 거 없나?"

"발레리아 알티에리 살인사건. 침대 머리맡에 피로 쓴 EVIL."

"대단해! 사람들은 다들 그걸 'EVIL'로만 생각하더라고. 악이라고 말이야. 그런데 그건 'LIVE'였어. 카펫에 찍힌 점 세 개 때문에 다들 오컬트와 관련된 쪽으로만 생각했지. 그 누구도 그게 비디오카메라 삼각대가 남긴 흔적이라고 생각하지 못하는 거야. 답은 언제나 바로 눈앞에 있었는데도 말이야. '날 죽여라'도 마찬가지였어. 아무도 그걸 보지 않고, 보려고도 하지 않는다고."

마르쿠스는 말도 안 되는 그 계획의 시발점이 된 그림을 떠올렸다.

"페데리코 노니의 사건이었군. 사람들은 휠체어를 탄 청년만을 생각했을 뿐, 그가 여동생을 죽이고 멀쩡히 걸어 다닐 수도 있다고는 상상도 하지 못했던 거야. 당신도 마찬가지지. 겉보기만으로는 절대 위험할 것 같지 않은 코마 상태의 중년 환자. 그래서 경비를 담당한 경관도 한 명이었고. 가장 의심스러웠던 심근경색의 가능성을 제외한 의사들은 도대체 당신한테 무슨 병이 있었던 건지 알 수 없어 헤매고 있었고. 그런데 당신은 단지 약에 취해 있었을 뿐이었지."

“우리가 무언가를 잃는 건 바로 그 연민의 정 때문이라고, 마르쿠스. 피에트로 치니가 페데리코 노니에게 그런 감정을 느끼지 않았다면 당장에라도 잡아들일 수 있었을 거야. 이 여형사 역시 나한테 그런 감정을 품지 않았었다면 자신의 낙태경험까지 털어놓지는 않았을 거고. 그런데 지금 이 여자는 라라가 임신을 했다고 걱정을 하고 있다니까?” 그는 경멸 섞인 비웃음을 흘리며 조롱했다.

“개자식! 당신 같은 인간한테는 일말의 동정심도 없어!”

무릎을 꿇은 자세에 등까지 쑤셨지만 산드라는 그 상황에서 벗어날 방법만을 찾고 있었다. 예레미아 스미트의 감시가 조금이라도 소홀한 틈이 발생하면 그를 향해 몸을 던질 생각이었다. 그렇게만 된다면 마르쿠스—사악한 사면관 덕에 이름을 알게 된 그 사람—가 즉시 총을 빼앗을 수 있을 것 같았다. 그러고 나서 라라의 위치를 불 때까지 흠씬 두들겨주면 되리라 생각했다.


“난 당신한테 배운 게 없어.” 마르쿠스가 받아쳤다.

“너도 무의식중에 잘 배워서 나한테까지 거슬러 올라온 거야. 계속하고 싶다면 선택은 네가 해. 날 죽여.”

“난 살인범이 아니야.”

“확신할 수 있나? 사악한 기운을 감지하는 법은 그 악을 내재하고 있어야지만 알 수 있는 거야. 자네도 나와 다를 바 없어. 자신의 내면을 들여다보면 이해할 수 있을 거야.”

예레미아 스미트는 총구를 정확히 산드라의 뒤통수에 조준한 뒤 다른 손은 뒷짐 지듯 등 뒤로 가져갔다. 처형의 순간이 임박했던 것이다.

“셋까지 세겠어. 자네에게 남은 시간은 별로 없어.”

마르쿠스는 예레미아를 향해 총을 들어올렸다. 그는 완벽한 표적이었다. 빗나갈 가능성은 제로였다. 그때 먼저 무릎을 꿇고 있는 여형사의 얼굴로 시선이 다시 돌아갔다. 그녀는 당장에라도 그 상태에서 벗어날 준비가 되어 있었다. 마르쿠스로서는 기다리고 있다가 죽이지 않고 부상만 입히면 될 것 같았다.

“하나.”


산드라는 상대에게 숫자 셀 틈을 주지 않았다. 그녀는 단번에 몸을 일으켜 반동을 받은 어깨로 총을 쥔 예레미아의 손을 쳤다. 그리고 그 즉시 마르쿠스 쪽으로 발걸음을 옮기려던 순간 등에서 통증 비슷한 경련을 느꼈다. 총알을 한 방 맞은 듯한 느낌이었다. 하지만 마르쿠스가 서 있던 자리까지는 올 수 있었다. 생각해보니 총성을 들은 기억이 전혀 없었다. 산드라는 등 뒤로 손을 뻗어 더듬거렸다. 척추 사이에 무언가가 꽂혀 있었다.

“세상에.”

주사기였다.

예레미아는 목청이 터져라 껄껄거리며 웃었다.

"그게 바로 석시닐콜린이라는 거지!" 그는 큰 소리로 외쳤다.

마르쿠스는 그가 등 뒤에서 갑자기 꺼낸 다른 손을 쳐다보았다. 그는 여형사의 기습까지 이미 예상하고 있었던 것이다.

"놀랍지 않나? 병원에는 정말 별 게 다 있단 말이야. 그렇지 않나?"

예레미아 스미트는 경비를 서고 있던 경관을 살해한 뒤 미리 모든 상황에 대비한 준비를 끝마쳤던 것이다. 그가 돌아오는 길에 조제실에 들른 이유는 바로 이것 때문이었다. 산드라는 뒤늦게 그 사실을 깨달았다. 갑자기 팔다리가 뻣뻣해지더니 목이 말을 듣지 않았다. 고개를 돌릴 수도, 발걸음을 옮길 수도 없었다. 그녀는 그렇게 바닥에 고꾸라졌다. 경련으로 몸이 부들부들 떨렸다. 아무리 애를 써도 자신의 몸을 통제할 수 없었다. 뒤이어 숨쉬기가 힘들어졌다. 진짜 어항에 갇혀버린 것 같아. 그런 생각이 스치고 지나갔다. 하지만 그녀의 주변에는 물이라고는 보이지 않았다. 그런데도 산소를 들이마실 수가 없었다.

마르쿠스는 쓰러지는 여형사를 부축했다. 숨을 못 쉬고 벌써부터 카타토니 반응을 보이기 시작했다. 어떻게 도와야 할지 방법을 알 수 없었다.

예레미아는 침대 옆에 붙어 있던 고무 튜브를 가리키며 말했다.

"그 여자를 살리려면 이걸 입 속으로 밀어 넣어야 하지. 아니면 비상벨을 누르거나. 하지만 둘 중 무언가를 하려면 일단 나부터 죽여야 해. 내가 가만있지 않을 테니까."

마르쿠스는 산드라를 부축하느라 바닥에 내려놓았던 권총을 쳐다보았다.

"그 여자한테 남은 시간은 4분이야. 길어봐야 5분일 거고. 3분이 넘어가면 뇌가 치명적인 손상을 입게 되지. 이걸 기억하라고 마르쿠스. 선과 악의 경계에는 언제나 거울이 하나 있다는 걸 말이야. 그 거울을 바라보면 자넨 진실을 알아낼 수 있어. 왜냐하면 자네 역시……."

총성이 그의 말을 끊어버렸다. 예레미아는 그대로 뒤로 넘어갔다. 두 팔은 축 늘어뜨리고 고개는 침대 반대편으로 떨군 채로.

마르쿠스는 방금 전 자신이 직접 방아쇠를 당긴 권총과 그 총에 맞은 상대는 아랑곳하지 않고 여형사의 상태에 집중했다.

"좀 견뎌봐요. 제발 좀 견뎌보라고요."

그는 문으로 뛰어가 화재경보기를 작동시켰다. 최단 시간 내에 도움을 받을 수 있는 유일한 방법이었다.

산드라는 자신에게 무슨 일이 벌어지고 있는지 이해할 틈도 없었다. 순식간에 의식의 반이 사라지고 있었다. 폐가 타들어가는 듯했고 몸도 움직일 수 없었다. 그렇다고 고함을 지를 수 있는 것도 아니었다. 모든 게 머릿속으로만 일어날 뿐이었다.

마르쿠스는 무릎을 꿇고 그녀의 손을 꽉 쥐었다. 그는 무력하게 여형사의 사투를 지켜볼 수밖에 없었다.

"비켜보세요."

등 뒤에서 단호한 목소리가 들려왔다. 그는 시키는 대로 자리를 비키고 금발머리의 젊은 여성이 산드라를 한 팔로 부축해 빈 침대 위로 데려가는 장면을 멍하니 지켜보고 있었다. 그러다가 그녀를 도와 산드라의 발을 들어 같이 침대에 뉘었다.

젊은 여성은 카트에 놓인 후두경을 집어 들고 산드라의 목에 밀어 넣은 뒤 침착하게 튜브를 끼워 넣고 산소호흡기와 연결했다. 그러고는 청진기로 가슴을 진찰했다.

"심박이 정상으로 돌아오고 있어요." 그녀가 말했다.

"제때 응급처치를 잘 한 것 같아요."

그녀는 예레미아 스미트의 시체 쪽으로 몸을 돌렸다. 그러고는 관자놀이에 생긴 구멍을 들여다보았다. 그러다가 똑같은 부위에 생긴 마르쿠스의 흉터로 눈이 돌아갔다. 순간 너무나 닮은꼴의 흉터에 화들짝 놀란 표정을 지었다.

그제야 금발머리의 여성이 누군지 알 수 있었다. 테레자의 쌍둥이 언니, 모니카였다. 이번에는 그녀가 여형사의 목숨을 구해주었던 것이다.

“가세요.” 그녀는 명령하듯 말했다.

마르쿠스는 어리둥절할 뿐이었다.

“얼른 가세요!” 그녀는 같을 말을 반복했다.

“당신이 여기서 저 인간에게 총을 쏜 이유를 이해할 수 있는 사람은 없을 거예요.”

마르쿠스는 머뭇거렸다.

“전 알아요. 왜 그랬는지.” 그녀가 한마디를 덧붙였다.

마르쿠스는 정상혈색을 되찾아가는 여형사를 쳐다보았다. 크게 뜬 그녀의 두 눈에서 한 줄기 빛이 느껴졌다. 그녀 역시 모니카의 생각에 동의했다. 마르쿠스는 산드라의 몸에 살짝 손을 올리고 그대로 멀어져갔다.

# 1년 전 프리피야트

　황혼은 체르노빌 위로 보이는 지평선을 치유하듯 감싸 안고
있었다.

　평온한 모습으로 강 주변을 차지하고 있는 원전은 휴화산처
럼 보였다. 하지만 작동을 멈추고 무해해 보이는 이면에는 그
어느 때보다 힘차게 움직이며 치명적인 활동을 하는 무언가가
숨어 있었다. 그리고 그것은 앞으로도 수천 년 동안 죽음과 기
형을 퍼트리게 될 터였다.

　추격자는 큰길을 지나며 역사상 최악의 원전사고를 초래한
4번 원자로를 바라보았다. 사고 후에 원자로를 뒤덮은 납과 콘
크리트 방호벽이 마치 빈약한 석관처럼 느껴졌다.

　아스팔트 도로 도처가 뒤틀리고 어긋난 상태였기에 덜컹거
릴 때마다 낡은 볼보 승용차의 서스펜션에서 끼긱거리는 소리
가 났다. 그는 울창하다는 말이 어울릴 정도로 잎이 무성한 나

무를 따라 차를 몰았다. 원전사고 뒤 이어진 방사능 여파로 인해 나무의 색이 변한 상태였다. 인근 주민들은 그곳을 '붉은 숲'이라고 불렀다.

소리 없는 대재앙은 1986년 4월 24일, 새벽 1시 23분에 시작되었다. 사건 초기 관계당국은 순진하게도 사실을 은폐할 수 있으리라는 믿음으로 사건 축소에 급급해하며 소극적인 대처로 일관했다. 국민의 안전을 걱정하기보다는 오로지 소문이 퍼지지 않도록 철저한 입단속에만 치중한 것이다. 결국 대피령이 떨어진 건 사고 발생 후 36시간이 지나서였다.

프리피야트는 원자로에 인접한 마을이었다. 원전 건설과 시기를 같이한 거대한 콘크리트 건물들이 눈에 들어왔지만 불빛이나 생명의 신호는 전혀 감지되지 않았다. 참사가 벌어진 그해, 프리피야트에는 4만7천 명의 주민이 살고 있었다. 카페와 식당, 영화관과 극장, 스포츠 센터를 비롯해 병원이 두 곳이나 들어선 최첨단 현대도시였다. 생활 수준 역시 우크라이나의 다른 도시들에 비해 월등히 높았다.

하지만 지금은 단지 흑백 우편엽서 속의 도시에 지나지 않았다.

작은 여우 한 마리가 갑자기 튀어나와 도로를 가로지르는 바람에 추격자는 차로 칠 뻔했다. 자연은 인간이 사라진 환경을 철저하게 활용했다. 그 덕에 수많은 동식물이 그곳에 적응할 수 있었고, 역설적으로 그곳은 동식물을 위한 지상낙원으로 뒤바뀌어 있었다. 하지만 지독한 방사능 오염 후유증 때문에 미래에 또 어떤 일이 일어날지는 아무도 속단할 수 없었다.

추격자가 조수석에 얹어놓은 가이거 측정기(방사선 검출기―옮긴이)에서는 규칙적인 전자음이 들려오고 있었다. 계속해서 듣고 있노라면 마치 다른 차원의 세상에서 넘어오는 소리처럼 들렸다. 그에게 남은 시간은 얼마 없었다. 그는 우크라이나 공무원 하나를 매수해 제한구역을 드나들 수 있는 통행증을 얻어냈다. 출입이 제한되는 통제구역은 원전을 중심으로 대략 직경 30킬로미터에 달하는 지역이었다. 추격자는 황혼을 틈타 자신의 조사를 마칠 계획이었다. 조만간 어둠이 내려앉을 터였다.

그는 도로변에 그대로 버려진 군용 운송수단을 만날 수 있었다. 보이는 것만도 수백여 대였다. 그곳은 수송트럭, 헬리콥터, 전차를 비롯한 각종 차량의 무덤과도 같았다. 사태가 발생했을 당시 개입한 군 병력이 사용한 장비들이었지만 작전이 끝난 뒤 방사능 오염 정도가 너무 심해 그대로 현장에 방치해둔 것들이었다.

녹슨 이정표에는 키릴자모로 원전 기술자들의 주거지역에 온 것을 환영한다는 문구가 쓰여 있다.

사고 다음 날까지 어린이들이 뛰어놀았던 놀이동산이 눈에 들어왔다. 방사능 구름이 가장 먼저 덮친 곳이었다. 대관람차는 산성비로 녹이 슨 상태였지만 여전히 그 자리에 버티고 있었다.

길 가운데에는 프리피야트로 들어가는 출입로를 차단하기 위해 곳곳에 콘크리트 블록과 위험을 알리는 표지판들이 세워져 있었다. 추격자는 한곳에 차를 세웠다. 그러고는 트렁크에서 가방 하나를 꺼내 어깨에 걸쳤다. 한 손에 가이거 측정기를 들고 그는 유령의 도시 안으로 걸어 들어갔다.

그의 방문을 반긴 것은 새들이 지저귀는 소리였다. 건물들로 둘러싸인 도로 위에 울리는 그의 발소리와 새소리는 아득히 먼 곳까지 메아리가 되어 퍼져나갔다. 날은 점점 더 어둑어둑해지고 쌀쌀해졌다. 썰렁한 도로 쪽에서 간간히 사람 목소리가 들리는 것 같기도 했다. 환청이 아니었으면 오래 전에 시간이 멈춘 곳에 갇혀 있다 튀어나온 소리일 수도 있었다.

폐허가 된 곳은 늑대들의 소굴이 되어 있었다. 울음이 들리거나 잿빛 형체가 순간순간 눈에 보이기도 했다. 아직은 동태를 파악하기 위해 거리를 두고 그를 지켜보는 분위기였다.

추격자는 자신이 가지고 온 지도를 들여다보았다. 각 건물의 측면에는 흰 페인트로 동 번호가 쓰여 있었다. 그의 관심을 끄는 건물은 109동 건물이었다.

과거, 디마 카롤리친이라는 아이가 부모와 함께 살았던 집은 109동 12층이었다.

추격자들은 알고 있었다. 수사의 시작은 마지막 사건이 아

234

니라 최초의 범죄부터 다뤄야 한다는 사실을. 왜냐하면 살인범이 경험미숙의 상태로 실수를 저질렀을 가능성이 매우 높기 때문이다. 최초의 피해자는 일종의 '표본 0번'에 해당했다. 그것은 연쇄파괴본능의 시발점이자 연쇄살인범에 대해 많은 걸 알려주는 단서가 되기도 했다.

추격자가 조사한 바에 따르면 디마는 카멜레온 킬러가 여덟 살 나이로 키예프에 있는 고아원에 수용되기 전에 환생의 대상으로 삼은 첫 번째 피해자였다.

12층까지는 계단으로 이동해야 했다. 전기가 들어오지 않아서였다. 하지만 역설적으로 그곳은 방사능으로 인한 전자파가 차고 넘치는 곳이었다. 가이거 측정기가 또다시 최고점을 알리는 경고음을 뿜어냈다. 추격자는 건물 외부에 비해 내부가 훨씬 위험하다는 사실을 잘 알고 있었다. 방사능이 물건들 속에 스며들어 농축되기 때문이었다.

그는 계단을 올라가면서 텅 빈 집을 지나쳐갔다. 자칼 같은 방사능 바람이 휩쓸고 지나간 뒤에도 살아남은 집기들은 대피령이 떨어졌을 당시의 모습을 고스란히 간직하고 있었다. 식사 도중 그대로 버려진 음식과 식기들. 영원히 끝낼 수 없는 체스판. 헝클어진 침대. 사진첩. 도시 전체가 거대한 기억 저장소 같았다. 모든 것들이 절대 돌아오지 않을 주인을 막연히 기다리는 모습이었다. 공연이 끝난 뒤 배우마저 다 떠난 텅 빈 무대처럼. 그곳에 있었던, 그리고 더 이상 그곳에 있지 않을 사람들이 남겨놓은 슬픈 이야기.

전문가들은 앞으로 수십 만 년이 지나기 전에는 인간이 다시 프리피야트에 발을 들일 수 없을 거라고 판단했다.

추격자는 카롤리친 일가의 집으로 들어가면서 그곳만큼은 전혀 흐트러진 흔적이 없다는 점을 발견했다. 좁은 통로는 방 세 개와 부엌, 그리고 욕실로 연결되어 있었다. 벽지는 틈새로 스며들어간 습기 때문에 너덜너덜하게 떨어져 있었고 먼지는 마치 수의처럼 사방을 뒤덮고 있었다.

콘스탄틴과 안냐의 침실은 말끔하게 정리된 상태였다. 옷가지들도 옷장 속에 그대로 걸려 있었다. 디마가 사용했던 작은 방에는 침대 옆에 접이식 침대 하나가 더 놓여 있었다. 부엌 식탁 위에는 네 명을 위해 상이 차려져 있었다. 거실에는 빈 보드카 병 여러 개가 눈에 띄었다. 사고 소식이 그곳까지 전해졌을 때 보건당국은 술이 방사능 오염을 낮춰준다는 거짓 정보를 흘렸었다. 하지만 실제 의도는 시민들의 판단력을 흐리게 하고 항의나 시위하려는 의지를 약화하려는 고도의 전략이었던 것이다. 곁탁자 위에 남아 있던 컵 역시 네 개였다. 모든 정황이 한 가지 사실을 말해주고 있었다.

카롤리친 일가 세 식구 외에도 손님이 한 명 더 있었다는 것.

추격자는 가족사진을 올려놓은 가구로 향했다. 엄마와 아빠, 그리고 아이 한 명.

하지만 아이의 얼굴은 지워져 있었다.

현관에서 본 신발도 네 켤레였다. 성인 남성 신발 하나, 성인 여성 신발 하나. 그리고 아이 신발 둘.

원전사고가 발생한 뒤에 카멜레온이 카롤리친 일가로 숨어 들었던 것이다. 세 식구는 누군지 모를 아이를 받아주었다. 두려움과 동요의 순간, 그들은 홀로 당국의 통제 속에서 두려움에 떨던 길 잃은 아이를 기꺼이 거두어주었다.

그들은 자신들이 얼마나 무서운 괴물을 집 안으로 불러들였는지 상상도 하지 못했다. 그래서 아이에게 따뜻한 밥과 디마의 방에 편한 잠자리까지 제공해주었던 것이다. 사건은 그 와중에 발생한 것이 분명했다. 아마 야밤을 틈탔을 것이다. 카롤리친 일가는 흔적도 없이 증발해버렸고 카멜레온은 디마의 빈자리를 자신의 것으로 만들어버렸다.

시체는 어디에 유기했을까? 아니, 그것보다 도대체 그 아이의 정체는 뭐였을까? 그리고 어디서 나타난 걸까?

밤이 내려앉았다. 추격자는 건물을 떠나기로 마음먹고 손전등을 꺼내 들었다. 다음날, 같은 시각에 다시 찾아올 계획이었다. 그곳에서 밤을 보내고 싶지는 않았기 때문이다.

왜 카롤리친 일가를 대상으로 삼았던 걸까?

전에는 그런 생각을 한 번도 해본 적이 없었다. 카멜레온은 되는 대로 희생양을 고르지 않았을 것이다.

추격자는 손전등으로 옆집 현관을 비춰보았다. 잠겨 있었다.

문패에 아나톨리 페트로프라는 이름이 쓰여 있었다.

시계를 들여다보았다. 밖은 컴컴해졌지만 제한구역 밖에서 경비를 서고 있는 우크라이나 경찰들의 감시를 피하기 위해서는 아무런 불빛도 없이 이동하는 편이 유리했다. 추격자는 조금 더 기다리는 게 낫겠다고 판단했다. 게다가 의문이 풀리기 직전이라는 생각에 흥분을 감출 수 없었다. 가장 기본적인 철칙까지 망각할 정도로 설렜다.

그는 아나톨리 페트로프에 대한 자신의 직감이 적중하기를 바랐다.

# 어제

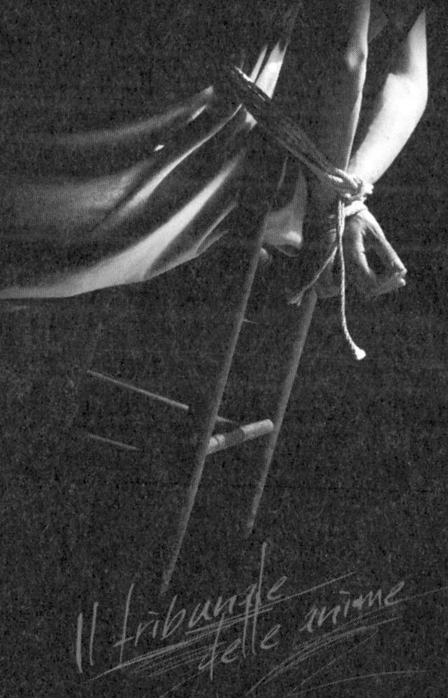

사지를 헤매던 남자는 울기 시작했다.

이번에는 침대 옆에 놓인 스탠드를 켜지 않았다. 세르펜티가의 다락방 벽에 메모를 하기 위해서 매직펜을 집어 들지도 않았다. 그는 어둠 속에 누운 채 자신이 꿈속에서 지켜본 장면이 과연 무엇을 의미하는지 알아내기 위해 애를 쓰고 있었다.

그는 꿈속에서 끄집어낸 프라하 호텔방 사건의 마지막 단서들을 시간 순으로 배치해보았다.

깨진 유리. 세 발의 총성. 왼손잡이.

그 순서를 앞뒤로 이리저리 재배치하는 과정에서 미스터리를 푸는 열쇠를 발견했다.

예레미아 스미트가 마지막으로 남긴 말은 다음과 같았다.

"선과 악의 경계에는 언제나 거울이 하나 있다는 걸 말이야. 그 거울을 바라보면 자넨 진실을 알아낼 수 있어."

마르쿠스는 그제야 자신이 왜 거울 속에 비친 자신의 모습을 그토록 싫어하는지 그 이유를 깨닫게 되었다. 그와 데복 사제를 향해 각각 한 발의 총알이 날아들었다. 하지만 거울에 비친 건 제3의 인물이 아니었다. 거울은 그의 모습을 비추고 있었던 것이다. 첫 번째 총성은 바로 그 거울을 깨버리는 소리였다.

제3의 인물은 어디에도 있지 않았다. 단둘뿐이었다.

제멜리 종합병원 집중치료실에서 일말의 주저함 없이 방아쇠를 당긴 뒤 직감이 발동했다. 그리고 확신은 꿈과 함께 찾아왔다. 마지막 장면을 돌이켜보면서. 하지만 도대체 무슨 이유로 그가 자신의 멘토와 함께 프라하 호텔방에 있었는지는 알 수 없었다. 그리고 자신이 그와 어떤 말투로, 어떤 대화를 나눴는지도 기억나지 않았다.

마르쿠스는 단지 몇 시간 전, 자신이 예레미아 스미트를 살해했다는 사실만 알고 있었다. 하지만 그전에, 그는 데복 사제 역시 살해했던 것이다.


새벽녘이 되자 로마 시내 위로 비가 퍼붓기 시작했다.

레골라 인근을 걷고 있던 마르쿠스는 눈에 보이는 처마 밑에서 일단 비를 피했다. 하늘을 올려다보니 쉽사리 그칠 기미가 보이지 않았다. 그는 비옷에 달린 깃을 치켜세우고 다시 발걸음을 재촉했다.

지울리아 가에 이른 마르쿠스는 성당 안으로 들어갔다. 그곳에 발을 들인 건 처음이었다. 그곳에 있는 납골당에서 클레멘테와 만나기로 약속했기 때문이었다. 돌계단을 걸어 내려가던 그는 그 납골당이 얼마나 특별한 곳인지 깨달았다. 그가 찾은 성당은 조금 남다른 면을 지니고 있었다. 촛대를 비롯한 장식물과 조각상들이 전부 인간의 뼈로 만들어진 곳이었다. 성당에 들어선 뒤 성수반에 손가락을 적시는 신도들을 맞이하는 건 촘촘하게 벽에 박혀 있는 해골 장식물이었다. 뼛조각은 크기와 형태에 따라 순서대로 구분되어 있었다. 아마 수천 개는 넘어 보였다. 그것은 무섭다기보다는 기괴하다는 느낌에 가까웠다.

클레멘테는 뒷짐을 진 채 상체를 숙이고 두개골 더미 위에 쓰여 있는 무언가를 읽고 있었다.

"왜 여기를 고른 거지?"

"전날, 당신이 남긴 메시지를 듣고 난 뒤 여기서 만나는 게 가장 어울릴 것 같다는 느낌이 들어서요."

"여긴 어디지?" 마르쿠스는 주변을 살피면서 물었다.

"16세기 말쯤에 산타 마리아 델로라지오네 에 모르테 수도회는 자비로운 일을 행하기 시작했어요. 수도회 목적은 로마의 거리나 인근 지방, 혹은 테베레 강으로 떠내려 온 이름 없는 시신들이 편히 쉴 수 있는 묘지를 만들어주는 거였어요. 자살자, 살해당한 피해자, 아니면 단순히 굶어죽은 사람들을 위한 공간이요. 아마 여기에 안식처를 찾은 사람 수가 8천여 명은 될 거예요."

클레멘테는 너무나 침착한 모습이었다. 마르쿠스는 메시지를 통해 그 전날 있었던 일을 간단히 설명해뒀지만, 동료는 그가 말해준 결론에 그다지 놀라는 눈치가 아니었다.

"왜 내가 하려는 말이 자네한테는 그다지 관심 없는 문제처럼 보인다는 생각이 드는 거지?"

"왜냐하면 우리는 이미 다 알고 있으니까요."

상대의 건방진 말투가 그의 신경을 날카롭게 긁고 지나갔다.

"누구라고? 자네 지금 '우리'라고 말하는데, 그 '우리'라는 게 도대체 누굴 뜻하는 거야? 자네 위에는 누가 있는 거지? 이제 나도 알 권리가 있는 거 아닌가?"

"말할 수 없다는 거 잘 알잖아요. 하지만 그분들은 당신이 한 일에 대해 상당히 만족해하십니다."

"만족? 뭐가 만족스럽다는 건데?" 마르쿠스는 답답한 듯 다그쳐 물었다.

"난 예레미아 스미트를 죽일 수밖에 없었어. 라라는 여전히 실종 상태이고. 그날 밤은 1년이 넘도록 잠겨 있었던 기억의 봉인이 풀리면서 내 첫 기억을 떠올릴 수 있었는데……. 데복 사제를 죽인 게 나라는 사실이었어."

"경비가 삼엄한 어느 교도소에 사형을 선고 받은 재소자 한 명이 있어요. 끔찍한 범죄를 저지르고 형이 집행되기만을 기다린 게 벌써 20년째예요. 그러다 5년 전, 뇌종양 판정을 받았어요. 그리고 종양제거수술을 받은 뒤, 그는 기억을 잃었어요. 모든 걸 하나부터 열까지 다시 배워야 했지요. 그런데 웃기는 건 수술이 끝난 뒤 의식을 회복한 그는 자신이 저지른 기억도 없는 범죄 때문에 억울하게 감방에 갇혀 있다는 생각만 한다는 거예요. 그리고 지금은 자신이 남을 해칠 사람이 아니라고, 자신은 누가 됐든, 뭐가 됐든 살생을 했을 리 없다면서 특별사면을 요구하고 무죄를 주장했어요. 심리상담의들은 그의 주장에 진정성이 엿보이고 단지 사형을 면하기 위한 구실 찾기와는 차원이 다르다는 결론을 내놓았어요. 하지만 문제는 거기에 있지 않았죠. 만약 한 개인의 행동에 대한 책임이 그 행위를 일으킨 본인에게 있다면, 과연 그 잘못은 어디서 기인된 걸까요? 육신에 내제된 죄일까요? 아니면 영혼에, 그것도 아니면 정체성에 내제된 탓이었을까요?”

갑자기 마르쿠스의 머릿속에 모든 게 명확히 그려지기 시작했다.

“다들 내가 프라하에서 무슨 짓을 했는지 알고 있었던 거군.”

“맞아요.” 클레멘테는 순순히 인정했다.

“당신은 데복 사제를 죽이고 살인죄를 지었어요. 그런데 그 사실을 기억하지 못해서 고해성사를 할 수가 없었던 거예요. 고해성사를 할 수 없으면 사면을 받을 수 없어요. 상황만 놓고 보면 당신은 죄를 짓지 않은 거나 마찬가지인 거고요. 당신이 사면된 건 그런 이유 때문이었어요.”

"그래서 자네가 날 숨겨놓았던 거고."

"사면관들이 언제나 잊어선 안 되는 게 뭐였죠?"

마르쿠스는 자신이 신도송처럼 외우고 부르는 그 말을 떠올렸다.

"이 세상에는 빛의 세계가 어둠의 세계와 만나는 접점이 있습니다. 그리고 바로 거기서 모든 일들이 비롯됩니다. 혼란스럽고 불확실한 어둠의 세계에서 튀어나오는 일들 말입니다. 우린 그 경계선을 지키는 파수꾼입니다. 간혹 그 경계를 뚫고 반대편으로 넘어가는 존재들이 있습니다. 저희는 그 존재들을 다시 어둠의 세계로 돌려보내는 일을 합니다."

"아슬아슬하게 균형이 유지되는 그 경계선에서 몇몇 사면관들은 치명적인 한 발을 내딛기도 해요. 자신들이 경계대상으로 삼아야 하는 그 어둠 속에 빨려 들어가서는 다시 되돌아 나오지 못하는 거죠."

"그 말은 예레미아 스미트보다 먼저 내가 그런 경험을 했는데, 내가 기억하지 못한다는 말인가?"

"당신이 아니라, 데복 사제가 그랬어요."

마르쿠스는 할 말을 잃고 말았다.

"그 호텔방에 권총을 가지고 찾아간 건 데복 사제였어요. 당신은 그 사람에게서 총을 빼앗으려고 했던 거고요. 그렇게 몸싸움을 벌이던 중, 총이 발사된 겁니다."

"그걸 어떻게 알고 있는 거지? 그 장면을 본 사람도 없잖아?" 마르쿠스는 항변하듯 물었다.

"프라하에 가기 전에 데복 사제는 고해성사를 받았어요. Culpa gravis 785-34-15. 교황령에 불복종한 죄와 이교행위에 대해서요. 그는 고해성사를 통해 음지에서 활동하고 있던 사면관들의 존재를 밝혔어요. 하지만 성사를 받는 당시에도 이미 그들의 일부가 문제를 일으키고 있다는 사실을 감지하고 있었던 거예요. 기록 보관실의 자료들이 유출되는 일이 있었고 여성 네 명이 납치된 뒤 목이 잘려 살해되는 일, 계속해서 관련 수사가 난항을 겪는 일을 보면서요. 그래서 데복 사제는 자신이 거느리는 사면관들을 의심하게 되었던 거고요."

"사면관들은 몇 명이나 있는 거지?"

"그건 우리도 몰라요." 클레멘테는 한숨을 내쉬며 말했다.

"다만 또 다른 누군가가 자신의 정체를 밝히고 나타나주기를 기다릴 뿐이에요. 데복 사제는 고해성사에서 끝내 그 명단을 밝히지 않았거든요. 그냥 이런 말만 남겼어요. '나는 커다란 실수를 했습니다. 그래서 그 실수를 바로잡아야 합니다'라고요."

"그런데 왜 나를 찾아왔던 거지?"

"우리 추측으로는 아마 사면관들을 모두 죽이려 했던 것 같아요. 당신을 필두로요."

"데복 사제가 날 죽이려 했다고?"

마르쿠스는 그 말을 믿을 수 없었다. 클레멘테는 그의 어깨에 살짝 손을 얹으며 말했다.

"미안해요. 그 사실만큼은 평생 모르고 지나가기를 바랐는데……."

마르쿠스는 납골당을 장식하고 있는 수많은 해골의 텅 빈 눈을 들여다보았다. 저 사람은 누구였을까? 이름은? 얼굴은? 저 사람을 사랑하던 사람은 있었을까? 어떻게 죽은 걸까? 그리고 왜 죽은 걸까? 착한 사람이었을까, 나쁜 사람이었을까?

만약 데복 사제가 그를 죽였다면 다른 사람들도 그의 시신을 보며 그런 생각을 했었을 것이다. 왜냐하면 모든 사면관들과 마찬가지로 그에게는 신원이 없었기 때문이다.

난 이 세상에 존재하지 않는 사람이니까.

"예레미아 스미트는 죽기 전에 이런 말을 했어. 사악한 행위를 하면 할수록, 사악한 범죄자를 쫓는 게 훨씬 쉬워졌다고. 그 말을 듣고 난 이런 생각을 했어. 난 어머니 목소리를 기억하지 못하지만 악행을 쫓아다니는 능력만큼은 간직하고 있어. 왜 그런 걸까? 왜 모든 걸 다 잊고 있는데 그 능력만큼은 사라지지 않는 걸까? 선과 악은 천성에 의한 걸까? 아니면 각자의 경험에 따라 달라질 수 있는 걸까? 난 선한 사람일까, 악한 사람일까?" 마르쿠스는 답을 구하는 듯한 표정으로 동료를 바라보며 말했다.

"당신은 이제 당신 자신이 데복 사제와 예레미아 스미트를 살해하면서 살인죄를 지었다는 사실을 알고 있어요. 그러니까 고해성사를 하고 영혼의 심판에 따른 판결에 따르도록 하세요. 하지만 당신은 분명 사면을 받을 수 있을 거라고 확신해요. 왜냐하면 악의 세력을 관리하다보면 우리 자신도 더러워질 수 있기 때문이에요."

"그럼 라라는? 예레미아 스미트는 그 비밀을 가지고 영영 떠나버렸어. 그 불쌍한 여대생은 어떻게 되는 건데?"

"당신이 할 일은 여기까지예요, 마르쿠스."

"그 여대생, 임신한 상태라고."

"그렇다고 해도 우리가 구할 수는 없어요."

"그 아이는 태어날 기회조차 빼앗기는 꼴이야. 아니, 난 그렇게는 못 해."

"이 뼈들을 잘 보세요." 클레멘테가 말했다.

"이곳이 존재하는 이유는 바로 연민 때문이에요. 이름 없는 사람에게 그리스도교 식의 묘지라도 하나 만들어주자는 연민의 정 때문에요. 그 사람이 누구였건, 생전에 무슨 짓을 했건, 그런 거와 아무 상관없이 말이에요. 여기서 만나자고 했던 건 당신이 당신 자신에게 그런 연민의 정을 가져주길 바라는 마음에서였어요. 라라는 죽을지도 몰라요. 하지만 그건 당신 잘못이 아니에요. 자신을 그만 괴롭히세요. 당신 자신을 용서하지 않으면 영혼의 심판을 통해 사면을 받아도 아무 소용이 없어요."

"그렇다면 난 자유의 몸이 된 건가? 자유의 몸이 된다는 게 이런 거라고는 정말 상상도 못 했는데……. 생각했던 것과는 달리 기분은 별로군."

"당신한테 맡길 일이 하나 더 있어요." 클레멘테는 웃으며 말했다.

"아마 당신한테 많은 도움이 될 거예요."

그는 서류를 건넸다. 마르쿠스는 겉표지를 들여다보았다. c.g. 294-21-12.

"라라는 구하지 못했지만, 이 여자아이는 구할 수 있을 거예요."


**09시 02분**


집중치료실에서는 초현실적인 분위기가 연출되고 있었다. 경찰들과 과학수사대 감식반원들이 다중살인의 정황을 파악하기 위해 증거수집에 몰두하고 있었다. 그들은 혼수상태의 환자들 사이를 오가며 일을 하고 있었다. 다른 병동으로 환자들을 이송하는 문제가 훨씬 복잡했기 때문이다. 게다가 환자들이 수사나 증거수집에 방해될 일을 할 수 있는 처지도 아니었기에 그 상태로 진행하기로 했던 것이다. 그러다 보니 감식반원들은 자신도 모르게 살금살금 움직이고 낮은 소리로 속삭이며 작업에 열중하고 있었다.

복도에 놓인 의자에 앉아 동료들의 모습을 지켜보고 있던 산드라는 이런 장면을 멍청하다고 느낄 사람이 자신밖에 없는

250

건가 하는 생각으로 고개를 절레절레 흔들었다. 의사들은 좀 더 안정을 취하고 상황을 지켜봐야 한다고 강요했지만 산드라는 극구 거부하고 의료진에게는 아무런 책임이 없다는 서류에 서명을 했다. 그녀는 밀라노로 돌아가고 싶은 마음밖에 없었다. 한시라도 빨리 자신의 일상을 되찾고 싶었고, 모든 걸 새롭게 다시 시작하고 싶었다.

그녀는 관자놀이에 흉터를 가진 사제, 마르쿠스를 떠올렸다. 마지막으로 딱 한 번만 더 만나보고 싶었다. 그를 이해하고 싶어서. 호흡곤란으로 죽음의 문턱에 다다랐을 때, 그녀에게 버틸 수 있는 용기를 준 건 바로 스치듯 지나갔던 마르쿠스의 손길이었다. 그 사실을 알아주었으면 하는 마음이었다.

예레미아 스미트는 시커먼 시체운반부대에 실려 나갔다. 그 남자의 시신이 눈앞으로 지나갈 때, 산드라는 자신이 아무런 감정도 느끼지 않고 있다는 사실을 깨달았다. 전날 밤, 산드라는 죽음의 문턱에 아주 가까이 다가가 그 세상을 경험하고 돌아왔다. 그 경험만으로도 증오나 앙심, 복수심에서 자유로워질 수 있었다. 다비드에게 훨씬 가까이 다가갔다 온 느낌이 들었기 때문이다.

모니카는 의사로서 단호한 결정을 내리며 산드라의 목숨을 구해주었다. 그러고는 경찰들 앞에서 마르쿠스의 역할을 대신해 당시의 상황을 차분히 설명해주었다. 예레미아에게 총을 쏜 건 자신이라고 진술했다. 그녀는 사전에 마르쿠스의 지문을 깨끗이 지우고 자신이 총을 직접 쥐어 지문을 남겼다. 복수심 때문이 아니라 당시의 정황상 어쩔 수 없는 정당방위라고 주장했다. 그리고 경찰은 그녀의 말을 믿었다.

산드라는 끝없는 질문공세에 시달리다 복도로 나온 모니카와 마주쳤다. 그다지 힘들거나 괴로워하는 표정은 아니었다. 오히려 기뻐하는 얼굴이었다.

"어때요? 괜찮아요?"

"그런 것 같아요." 산드라가 대답했다.

삽관으로 인해 목이 쉰 데다 숨을 쉴 때마다 온몸의 근육이 쑤실 듯 아팠다. 하지만 적어도 질식해 죽을 것 같은 그 끔찍한 기분은 들지 않았다. 마취전문의가 석시닐콜린 약효가 서서히 사라지도록 처방해주었기 때문이다. 산드라는 마치 죽다 다시 살아난 기분이 들었다.

"맞으면서 크는 거라고 누구 아버지가 그러시지 않았었나요?"

두 사람은 깔깔거리며 웃었다. 전날 저녁, 모니카는 저녁 회진을 마치고 우연히 집중치료실에 들렀던 것이다.

"아마 우리가 나눴던 대화 때문이었던 것 같기도 하고, 잘 모르겠어요. 왜 다시 여기에 들렀던 건지."

산드라는 모니카에게 고맙다는 말을 해야 하는 건지, 운명에게 그래야 하는 건지, 아니, 가끔씩 세상일을 정리하는 저 위에 계신 분에게 고마워해야 하는 건지 혼란스러웠다. 저 위에 계신 분이 신이었는지, 남편이었는지, 그런 건 아무래도 좋았다.

모니카는 앉아 있는 산드라를 두 팔로 꼭 끌어안았다. 더 이상 말이 필요 없었기 때문이다. 두 사람은 몇 초간 그대로 있었다. 그런 뒤 여의사는 양 볼을 부비는 작별인사를 하고 자신의 자리로 돌아갔다.

산드라는 카무소 형사가 자신의 옆에 와 있는 것도 모르고 있었다.

"정말 괜찮은 여자 같네요." 그가 말했다.

그는 온통 하늘색으로 차려 입고 있었다. 상의, 바지, 셔츠, 넥타이까지 똑같은 색이었다. 산드라는 쳐다보기도 전에 신발까지 똑같이 맞춰 신은 건 아닌지 생각했지만 신발만큼은 하얀 모카신이었다. 만약 신발까지 하늘색 일색이었다면 아마 카멜레온처럼 집중치료실의 벽과 집기에 섞여서 찾기도 힘들었을 것이다.

"그쪽 상관이신 데 미켈리스 반장님하고 얘기를 했습니다. 밀라노에서 당신을 만나러 오신답니다."

"왜 말리지 않으셨어요? 전 오늘 밤 기차로 올라갈 생각이었는데."

"당신에 관한 재미난 이야기를 하나 들려주시더군요. 베가 형사의 추측이 백퍼센트 적중한 사건 말입니다. 대단합니다."

"무슨 말씀 하시는 거예요?" 산드라는 어안이 벙벙한 표정으로 물었다.

“일산화탄소 중독에 관한 사건 말입니다. 남편이 샤워를 하다 말고 나와 아내와 아들을 살해하고 욕실로 돌아가다 미끄러져 머리를 개수대에 부딪치고 사망한 사건 말입니다.”

사건발생 정황은 확실해 보였지만 결론을 모르고 있었다.

“부검의가 제 의견을 참고했다던가요?”

“참고만 한 게 아니라 사실이라고 확인까지 해주었습니다.”

산드라는 귀로 듣고도 믿을 수 없었다. 비록 비극적인 결과가 달라질 일은 없지만 진실을 안다는 건 일종의 위로가 되었다. 다비드의 경우처럼. 산드라는 그 사실을 마음속에 새겨 넣었다. 이제 누가 그를 살해했는지 알게 되었다. 그리고 이제는 편하게 그를 놓아줄 수 있을 것 같았다.

“이 병원 각 병동에 보안용 감시카메라가 달려 있다는 건 알고 계시겠지요?”

카무소 형사가 아무 뜻도 없이 내뱉은 그 말에 산드라는 가슴이 철렁 내려앉는 것 같았다. 그 점은 미처 생각지도 못했기 때문이다. 모니카가 진술하고 자신이 확인까지 해주었던 내용이 당장 거짓말로 드러날 판국이었다. 게다가 마르쿠스까지 위험한 상황에 놓일 터였다.

“영상은 확인해보셨어요?”

형사는 인상을 찌푸리며 대답했다.

“요 며칠 내린 폭우 때문이었는지 이쪽 병동 카메라만 고장이 났더라고요. 간밤에 벌어졌던 일도 전혀 녹화되지 않았습니다. 손쉽게 확보할 수 있는 물증인데, 정말 운도 없지 않습니까?"

산드라는 안도하는 모습을 보이지 않으려 애썼다. 하지만 카무소 형사의 말은 끝나지 않았다.

"제멜리 종합병원이 바티칸 소속인 건 알고 계셨습니까?"

그것은 단순히 그녀가 알고 있는지를 궁금해하는 질문이 아니었다. 산드라도 이해할 수 없는 묘한 뉘앙스가 숨어 있었다.

"왜 그런 걸 물어보시는데요?"

형사는 어깨를 들썩이고는 의미심장한 눈빛으로 그녀를 쳐다보고 설명을 이어나가려다 생각을 바꾼 듯 짧게 대답했다.

"그냥요."

"죄송하지만 경관 한 분만 동원해서 호텔까지 데려다주시면 안 될까요?" 산드라는 의자에서 일어나며 물었다.

"제가 해드리지요." 카무소 형사가 자청하고 나섰다.

"여기서 딱히 할 일도 없는데요."

산드라는 실망감을 감추며 억지로 웃어 보였다.

"감사합니다. 그런데 그전에 어디 잠깐 들렀으면 해요."


카무소 형사의 차는 낡은 란치아 풀비아였다. 하지만 차 상태만큼은 훌륭했다. 차에 올라타니, 실내가 완전히 새것 같아 시간을 거슬러 올라간 기분이 들었다. 억수같은 비가 쏟아진 뒤였는데도 차체는 놀라우리만치 깨끗했다.

카무소 형사는 산드라가 알려준 주소지로 향했다. 가는 동안 라디오에서는 70년대 유행곡들이 흘러나왔다. 베네토 가에 접어들자 산드라는 마치 《라 돌체 비타(1960년대 로마를 배경으로 한 페데리코 펠리니 감독의 이탈리아 영화—옮긴이)》 시절로 돌아간 듯한 기분이 들었다.

차는 인터폴 사택이 있던 건물 앞에 멈춰 섰다.

산드라는 계단을 올라가며 진심으로 샬버를 다시 만날 수 있기를 바랐다. 물론 없을 게 뻔하다고는 생각했지만 그래도 마지막 시도는 해보고 싶었다. 그에게 들려주고 싶은 이야기가 한두 개가 아니었고, 그에게 직접 듣고 싶은 이야기도 있었기 때문이다. 예를 들면 비록 그녀를 따돌리고 도망간 건 미안한 일이지만 그런 우여곡절을 겪고도 무사해서 안심이라는 말. 만약 전날 밤, 샬버가 그녀의 뒤를 밟아 병원까지 따라왔다면 상황은 달라졌을 거라는 말. 자신은 진심으로 그녀를 보호해주고 싶었다는 그런 말.

하지만 무엇보다 더 듣고 싶었던 건 앞으로도 그녀를 만나고 싶다는 말이었다. 그들은 관계를 가진 사이였다. 그런데 그게 그리 나쁘지만은 않았다. 산드라는 그런 상대를 놓치고 싶지 않았다. 비록 아직까진 인정하고 싶지 않았지만 그 남자가 좋아질 것만 같았다.

산드라는 아파트 현관문이 열려 있는 것을 발견했다. 부엌에서는 무슨 소리가 들려왔다. 하지만 집 안으로 들어서자 낯선 남자가 모습을 드러냈다. 우아한 파란색 정장을 걸친 남자였다.

"안녕하세요." 산드라가 인사를 건넸다.

"남편분하고 같이 오시지 않으셨습니까?"

상대가 무슨 말을 하는 건지 알 수 없었던 산드라는 재빨리 상황정리에 나섰다.

"토마스 샬버 씨를 만나러 왔습니다."

"전에 사시던 분을 말씀하시는 건가요?"

"같은 일 하시는 동료분 아니신가요? 샬버 씨 모르세요?"

"제가 알기론, 이 집에 대한 매매를 관리하는 건 저희 부동산이 유일한 것 같은데요. 그런데 저희 사무실에는 그런 이름을 가진 직원이 없습니다."

"부동산에서 나오신 분이라고요?" 그제야 상황파악이 된 산드라가 물었다.

"문에 달린 광고판 못 보셨습니까? 파는 집이라고 붙여놓은 거 말입니다."

"언제 내놓으신 건데요?"

"집을 내놓은 게 벌써 6개월 전입니다."

산드라는 뭐라고 말을 해야 할지 난감했다. 도무지 이해할 수가 없었다.

"집 살 분을 기다리고 있었는데 뭐, 아무튼 괜찮으시다면 한 번 둘러보시는 것도……."

"아니요, 괜찮습니다." 산드라는 상대의 호의를 사양했다. "제가 잘못 알고 찾아온 것 같네요. 실례했습니다."

산드라가 돌아서 가려 하자 부동산 업자가 그녀를 붙잡으려 했다.

"가구가 마음에 안 드신다면 굳이 가구까지는 안 사셔도 됩니다. 대신에 가격을 깎아드리겠습니다."

산드라는 계단을 뛰어서 내려왔다. 얼마나 빨리 뛰어내려왔는지 1층에 내려오자 현기증이 일어 벽을 짚고 겨우 서 있을 정도였다. 그렇게 몇 분 정도 마음을 진정시킨 뒤 다시 차에 올라탔다.

"아니, 안색이 왜 그렇게 창백하신 겁니까? 병원으로 다시 모셔다드릴까요?"

"아니요, 괜찮아요."

화가 머리끝까지 치밀어 올랐다. 살버는 끝까지 그녀를 기만했다. 인터폴 형사라는 사람이 이렇게 하나부터 열까지 거짓말로 일관해도 되는 걸까? 그럼 관계를 맺었던 그날의 일들은? 그것도 거짓이란 말인가?

"누구 만나러 가셨던 겁니까?"

"인터폴 형사요. 그런데 어디로 갔는지 사라져버렸네요."

"원하신다면 제가 수소문해서 찾아드릴 순 있습니다. 인터폴 로마 지국에 아는 동료 형사가 몇 명 있으니 사람 찾는 건 일도 아닙니다."

산드라는 끝까지 가보고 싶었다. 의혹만 품은 채 밀라노로 돌아갈 순 없었다. 그녀가 샬버에게 느꼈던 감정을, 샬버 역시 조금이라도 공감은 하고 있었는지 꼭 알아내야만 할 것 같았다.

"대단히 중요한 일인데, 그래 주실 수 있다면 부탁 좀 드릴게요."


**13시 55분**


브루노 마르티니는 손수 작업실로 꾸며놓은 공간에 틀어박혀 있었다. 하루 종일 고장 난 전자제품을 고치거나 나무를 깎고, 기계들을 다루며 시간을 보내는 곳이었다. 마르쿠스가 그곳을 찾아갔을 때, 마르티니는 베스파의 엔진을 손보고 있었다.

알리스의 아빠는 즉시 그를 알아보았다.

"또 뭐가 필요한 겁니까?" 그는 툭하고 질문을 내뱉었다.

거구의 사내는 거칠고 모진 삶을 헤쳐 나가기 위해 단련된 단단한 근육을 가지고 있었다. 하지만 딸아이가 실종된 상황을 무력하게 지켜볼 수밖에 없었다. 거칠고 투박한 성격은 절망 속에 무너지지 않으려는 마지막 보루와도 같았다. 마르쿠스는 그런 그를 비난할 마음은 없었다.

"잠시 얘기 좀 할 수 있을까요?"

"들어오십쇼. 쫄딱 다 젖겠습니다."

마르티니는 그렇게 말하며 기름으로 얼룩진 옷에 손을 닦았다.

"오늘 아침에 카밀라 로카 씨와 전화통화를 했습니다." 브루노 마르티니가 먼저 말을 꺼냈다.

"격앙된 상태더군요. 이제 겨우 진실을 알게 되었는데 영영 정의를 바로잡을 수 없는 현실을 못내 받아들이지 못하는 것 같았습니다."

"그 이야기를 하러 온 게 아닙니다. 저도 안타깝지만 더 이상 그분을 위해 해드릴 수 있는 건 없습니다."

"가끔은 차라리 모르는 게 나을 때도 있는 법이지 않습니까."

마르쿠스는 그의 입에서 그런 말이 나오자 당황스러웠다. 기필코 자신의 딸을 찾아내겠다던 아버지, 경찰의 감시를 뒤에 달고 살 위험을 감수하면서까지 불법으로 무기를 구입해 정의의 사도처럼 자신의 울분을 쏟아낸 그 사람의 입에서……. 마르쿠스는 그를 찾아온 게 잘한 일인지 갑자기 의문이 들었다.

"선생께서는 어떠십니까? 지금도 알리스에게 어떤 일이 있었던 건지, 그 진실을 알고 싶으십니까?"

"난 3년 전부터 그 아이가 살아 있다고 생각하고 찾아다녔고, 죽은 것처럼 슬퍼하며 살았습니다."

"그건 대답이 아닙니다." 마르쿠스는 상대가 경계를 풀고 자신을 대하고 있다는 느낌에 조금 공격적으로 나갔다.

"죽을 수 없다는 게 무슨 의미인지 아십니까? 그건 계속 살아야 한다는 걸 의미합니다. 불멸의 삶을 사는 것처럼. 그래서 난, 난 알리스한테 무슨 일이 있었는지 알아내기 전까지는 절대 눈을 감을 수 없을 겁니다. 여기 이 자리에 서서 계속 아파할 겁니다."

"왜 그렇게 자신을 탓하십니까?"

"3년 전에는 담배를 피웠기 때문입니다."

마르쿠스는 상대의 말뜻을 이해할 수 없었다. 하지만 그의 말을 끊지 않았다.

"그날, 공원에서 담배를 피우러 아이를 잠깐 혼자 둔 사이에 아이가 사라졌던 겁니다. 애 엄마도 있었지만 알리스를 돌보고 지켜야 하는 건 내 몫이었습니다. 난 그 아이 아빠니까요. 그리고 그게 내 의무니까요. 하지만 난 바로 그 의무를 소홀히 했던 겁니다."

그 정도 답이면 충분했다. 마르쿠스는 주머니에서 클레멘테에게 받은 서류를 꺼내들었다.

c.g. 294-21-12.

"선생께 이걸 보여드리는 데에는 한 가지 조건이 따라붙습니다. 제가 이 사실을 어떻게 알고 있는 건지 절대 묻지 마시고 저한테 이 자료를 받았다는 사실을 그 누구에게도 말씀하지 않으셔야 합니다. 아시겠습니까?"

"알겠습니다." 마르티니는 희망에 가득 찬 목소리로 대답했다.

"듣게 되실 내용, 읽게 되실 내용 모두 썩 유쾌하진 않을 겁니다. 준비 되셨습니까?"

"됐습니다."

"3년 전, 어떤 남자가 알리스를 납치해 외국으로 데려갔습니다."

"어떻게 그런 일이!"

"그 남자는 사이코패스였습니다. 죽은 아내가 따님의 몸에 환생했다고 믿고 있었습니다. 그래서 납치를 했던 거고요."

"그러니까……."

마르티니는 믿을 수 없다는 표정을 지으며 말을 잇지 못했다.

"그렇습니다. 알리스는 살아 있습니다."

마르티니의 눈에 눈물이 고이기 시작했다. 산처럼 커다란 사내는 휘청거리며 쓰러지기 일보직전이었다. 마르쿠스는 종이 한 장을 그에게 내밀었다.

"따님을 되찾으시는 데 필요한 모든 정보가 여기 담겨 있습니다. 그런데 절대로 혼자 움직이거나 대응하시지 않겠다고 약속하셔야 합니다."

"약속드리겠습니다."

"아래쪽에 보시면 실종된 사람들, 특히 미아나 실종 청소년을 찾아내는 일을 전문으로 하는 형사 연락처가 나와 있습니다. 꽤나 유능한 형사로 명성이 자자한 것 같습니다. 밀라 바스케스라는 여형사입니다."

마르티니는 종이를 받아들고 아무런 말도 잇지 못했다.

"그럼 전 이만 가보겠습니다."

"잠깐만요."

마르쿠스는 발걸음을 멈췄지만 남자는 여전히 말을 잇지 못하고 있었다. 가슴에 묻어둔 오열이 터져 나올 듯 감정이 북받쳐 올랐기 때문이다. 그의 머릿속에는 오직 알리스 생각밖에 없었다. 마르티니는 3년 만에 처음으로 온 가족을 한 자리에 불러 모을 상상을 하고 있었다. 딸아이를 잃어버린 뒤 곁을 떠난 아내와 아들을 부를 수 있게 되었다. 그리고 전과 같이 모든 걸 다시 시작할 수 있을 것이다.

"카밀라 로카 씨가 이 사실을 모르게 해주셨으면 합니다. 적어도 어느 정도 시간이 지날 때까지는 비밀로 해주시기 바랍니다. 알리스에게 희망이 있다는 사실은 아마 그녀에겐 악몽과도 같을 겁니다. 필리포는 더 이상 돌아올 수 없는 마당에 말입니다."

"그분께 알려드릴 생각은 없습니다. 그리고 그분께서는 가족과 함께 잘 지내고 계시지 않습니까."

"가족이라니요?" 마르티니는 화들짝 놀라며 되물었다.

"남편은 2년 전에 그녀를 떠나 재혼한 뒤 아들까지 낳아 잘 지내고 있습니다. 우리가 가까워진 것도 그런 동병상련의 아픔 때문이었어요."

마르쿠스는 카밀라 로카의 집, 냉장고에 자석으로 고정해놓은 메모를 떠올렸다.

열흘 후에 봐. 사랑해, 여보.

그렇다면 그 메모지는 도대체 얼마 동안 그 자리를 지키고 있었던 걸까? 하지만 그보다 더 그를 혼란스럽게 만든 건 따로 있었다. 뭔지는 몰라도 마음 한 구석에 걸리는 게 있었다.

"정말 가봐야겠습니다." 마르쿠스는 황급히 작별인사를 건넸다.

마르티니가 고맙다는 말도 마치기 전에 마르쿠스는 이미 빗줄기를 뚫고 달려가고 있었다.


빗길 교통정체 때문에 오스티아까지는 거의 두 시간이 걸렸다. 버스를 타고 해안에 인접한 원형교차로 앞에서 내린 마르쿠스는 카밀라 로카의 집을 향해 걸어갔다.

도로변에 주차해놓는 그녀의 차가 보이지 않았다. 하지만 마르쿠스는 집이 확실히 비어 있는지 확인하기 위해 얼마간 밖에서 집을 지켜본 뒤에 아무도 없다는 확신이 들자 안으로 들어갔다.

전날과 달라진 건 전혀 없었다. 배를 연상시키는 가구들, 바닥에 밟히는 모래. 하지만 수도꼭지를 덜 잠갔는지 물이 뚝뚝 떨어지고 있었다. 물방울 소리는 빗소리와 뒤섞여 적막감 속으로 사라져갔다.

마르쿠스는 먼저 침실로 향했다. 각각의 베개에 가지런히 접혀 있던 잠옷도 그대로였다. 그가 본 게 틀리지는 않았다. 남성용 잠옷 한 벌, 여성용 잠옷 한 벌. 실내장식이나 다른 것들 역시 전과 마찬가지로 깔끔히 정돈되어 있었다. 처음에는 결벽증에 가까운 그런 생활습관이 아이를 잃어버렸다는 슬픔과 그로 인한 혼란에서 벗어나기 위한 일종의 도피구라고만 여기고 지나갔었다. 오히려 그게 바로 이상 징후였어. 그는 자신이 찾아내야 할 목표물을 떠올리며 그렇게 생각했다.

웃고 있는 필리포의 사진이 서랍장 위에서 그를 바라보고 있었다. 마르쿠스도 그 사진에 이끌려 갔다. 카밀라의 침대 머리맡 곁탁자에 놓인 아기 무전기. 그 무전기는 밤새 갓난아이가 잘 자는지, 울지는 않는지 확인하는 도구였다. 마르쿠스는 황급히 옆방으로 옮겨갔다.

필리포가 쓰던 방에서 그의 관심을 끄는 것은 기저귀 테이블과 산더미 같이 쌓인 봉제인형, 그리고 아기침대가 있는 공간이었다.

분명 존재감이 느껴졌었는데 아이는 어디로 간 거지? 이건 도대체 뭘 감추기 위한 연극인 거야?

갑자기 브루노 마르티니가 했던 말이 떠올랐다. "남편은 2년 전에 그녀를 떠나 재혼한 뒤 아들까지 낳아 잘 지내고 있습니다."

카밀라는 또 다른 시련을 겪고 있었던 것이다. 그녀는 사랑하던 남편에게 버림을 받았다. 하지만 배신감은 남편에게 다른 여자가 생긴 데서 오는 게 아니었다. 그 여자가 남편에게 안겨준 아이 때문이었다. 필리포를 대신할 수 있는 새로운 아이를.

진정한 형벌은 아이를 잃은 상실감에 있었던 게 아니었어. 마르쿠스는 자신의 생각을 정리했다. 그런 일을 겪고도 삶은 지속되어야 한다는 사실에 있는 거야. 카밀라 로카는 계속해서 엄마로 남고 싶었던 거고.

그녀의 심리 상태가 머릿속에 그려지자 마르쿠스는 이상 징후를 찾기 시작했다. 그건 존재감이 아니었다. 무언가의 빈 자리였다.

아기침대 옆에 중요한 무언가가 보이지 않았다. 아기 무전기의 송신기.

수신기는 카밀라 로카의 침대 옆에 분명히 자리를 잡고 있었다. 그렇다면 송신기는 어디로 간 걸까?

마르쿠스는 다시 부부 침실로 돌아와 침대에 앉아 무전기의 전원을 켜보았다.

지직거리는 소리가 계속해서 흘러나왔다. 마르쿠스는 가만히 귀를 기울여보았다. 아무 소리도 들리지 않았다. 그는 볼륨을 최대한으로 키웠다. 소음이 방 안에 울려 퍼졌다. 그는 그렇게 가만히 앉아 속삭이는 소리의 깊이를 가늠해보며 어디서 변동파가 발생하는지, 음색이 달라지는 부분이 어디인지를 면밀히 따져보았다.

드디어 그는 스피커에서 무언가 다른 규칙적인 소리를 발견했다. 인위적으로 만든 소리가 아닌 살아 있는 소리. 그건 숨소리였다.

마르쿠스는 수신기를 집어 들고 신호의 진원지를 찾아 온 집 안을 돌아다녔다. 분명 멀지 않은 곳에 있었다. 사정거리가 몇 미터 안 되는 장비였기 때문이다. 과연 어디에 숨겨둔 걸까?

그는 문이란 문은 모두 열어보고 방이란 방은 모조리 확인해 보았다. 뒤뜰로 이어지는 모기장이 쳐진 문 앞에 도달한 그는 작은 정원 구석에 창고처럼 사용하는 가건물 하나를 발견했다. 주변을 둘러보니 이웃집이 제법 멀리 떨어져 있고 그녀의 집은 소나무로 둘러쳐져 있었다. 완벽한 장소라는 느낌이 왔다. 마르쿠스는 함석판으로 된 가건물로 향했다. 진흙탕 속으로 발이 푹푹 빠지고 비가 쉴 새 없이 쏟아지는 데다 정면에서 강한 바람이 불어오고 있었다. 마치 모든 걸 포기하고 발걸음을 되돌리라며 보이지 않는 힘이 방해하는 것 같았다. 하지만 마르쿠스는 끝내 목적지에 도착했다. 문에는 큼지막한 자물쇠가 채워져 있었다.

바닥에 배수관으로 사용했던 쇠파이프가 묻혀 있었다. 마르쿠스는 두 손으로 쇠파이프를 꽉 붙잡고 있는 힘껏 잡아당 겼다. 그러고는 그 쇠파이프로 자물쇠를 정확히 조준해 분노를 실어 내리찍었다. 무쇠 고리가 턱 하고 갈라지자 문이 몇 센티미터 정도 스르륵 열렸다. 마르쿠스는 문을 밀었다.

비록 비는 내리고 있었지만 한낮의 자연광만으로도 몇 평방

미터 되지 않는 공간이 모습을 드러냈다. 바닥에는 온갖 쓰레기가 뒹굴었고 구석에는 전기히터가 설치되어 있었다. 송신기는 매트리스 옆에 있었는데, 그 매트리스 위에는 넝마 같은 게 둘둘 말려 있었다. 그리고…… 넝마가 움직이기 시작했다.

"라라……." 마르쿠스는 여대생의 이름을 불렀다.

"라라?"

한참 뒤에 대답이 되돌아왔다.

"네?" 여대생은 믿을 수 없다는 목소리로 말했다.

마르쿠스는 황급히 매트리스 옆으로 다가갔다. 라라는 더러운 이불로 몸을 꽁꽁 감싼 채 웅크리고 있었다. 심하게 고생한 듯 두려움이 가득한 표정에 거지처럼 꾀죄죄했지만 살아 있었다.

"안심해요. 난 당신을 도우러 온 사람이니까."

"도와주세요. 제발 도와주세요." 라라는 상대가 이미 자신을 도와주고 있다는 사실을 실감하지 못하는 듯 울면서 애원하고 있었다.

그녀는 마르쿠스가 팔로 부축해주는 동안, 빗속을 뚫고 밖으로 나가는 동안, 정원에서 집으로 이어지는 길을 걷는 동안에도 계속해서 도와달라는 말만 반복했다. 라라를 부축해 집 안으로 들어간 마르쿠스는 갑자기 발걸음을 멈췄다.

카밀라 로카가 흠뻑 젖은 채 현관 입구에 서 있었기 때문이다. 그녀의 한쪽 손에는 장바구니가, 다른 손에는 차 열쇠가 들려 있었다. 아들을 잃은 사회복지사는 움직이지 못하고 그렇게 가만히 서 있었다.

"날 위해 납치했다고 그랬어요. 그 남자가. 그 남자가 말했어요. 내 아이처럼 데리고 있어도 된다고……."

그녀가 말한 그 남자는 예레미아 스미트였다.

그녀는 마르쿠스를 쳐다보았다. 그리고 라라를 쳐다보았다.

"그런데 이 여자는 그걸 원하지 않았어요."

악은 악을 낳을 뿐이지. 예레미아 스미트가 그렇게 말했었다. 삶은 카밀라 로카에게 시련을 주었다. 하지만 그녀는 시련을 겪는 과정에서 변하고 말았다. 그래서 사악한 괴물이 던져준 것을 그대로 받아들였던 것이다. 마르쿠스는 그녀가 어떻게 자신을 속일 수 있었는지 깨달았다. 그녀는 또 하나의 평행세계를 구축해놓고 있었던 것이다. 그녀에게는 엄연한 현실이었던 평행세계. 배역을 맡아 연기를 하는 것도 아니었다. 그녀는 진심으로 그 평행세계를 믿고 있었던 것이다.

마르쿠스는 라라를 부축한 채 그녀의 곁을 지나갔다. 그러고는 눈길 한 번 주지 않고 그대로 그녀의 차 열쇠를 가져갔다.

카밀라는 집 밖으로 나가는 두 사람의 모습을 지켜보다가 그대로 바닥에 주저앉았다. 그러고는 기어들어가는 목소리로 계속해서 같은 말을 반복했다.

"그런데…… 그걸 원하지 않았어요……."

데 미켈리스 반장은 자판기 투입구에 동전을 밀어 넣었다. 동전 하나도 조심스레 밀어 넣는 상사의 세심한 동작을 보면서 산드라는 이대로 계속해서 보고 있으면 최면에라도 걸릴 것 같은 기분이 들었다. 그렇게 단시간 내에 제멜리 병원으로 다시 돌아오게 될 줄은 몰랐다.

한 시간 전, 카무소 형사에게서 전화 한 통이 걸려왔다. 자신을 찾아온 상사와 함께 밀라노행 기차를 타러가기 위해 호텔에서 가방을 꾸리려던 참이었다. 처음에는 샬버에 관한 소식이라고 생각했다. 하지만 카무소 형사는 인터폴에서 잘 알아보는 중이라고 전한 뒤 예레미아 스미트 사건의 마지막 반전을 알려왔다. 그래서 산드라와 데 미켈리스 반장은 직접 확인하기 위해 부리나케 병원을 찾았던 것이다.

라라는 살아 있었다.

하지만 라라가 발견된 정황은 어딘가 석연치 않은 구석이 있었다. 건축과 여대생은 로마 변두리의 어느 쇼핑센터 주차장에 서 있던 승합차 안에서 발견되었다. 경찰은 익명의 제보전화 한 통을 받았다고 했다. 그리고 이어지는 정보도 너무 단편적인 데다 현재 건강 상태를 확인하고 있어 응급실 외부로는 정보 유출이 차단된 상황이었다.

카무소 형사는 경찰 몇 명과 함께 오스티아 해변으로 향했다. 라라의 진술도 있었고 그녀가 발견된 문제의 승합차가 오스티아 해변의 어느 주택 소유주의 차량으로 밝혀졌기 때문이다. 산드라는 과연 예레미아 스미트가 어떤 식으로 그 사건에 개입했을지 궁금해졌다. 하지만 그 매듭을 푼 건 분명 마르쿠스일 거라고 확신했다.

맞아. 분명 그 사람일 거야. 여대생은 관자놀이에 흉터가 있는 정체불명의 남자에 대해 이야기할 게 뻔했고, 수사관들은 그를 쫓아 사면관의 존재까지 밝혀낼지도 모를 상황이었다. 물론 그녀는 그렇게 되지 않길 바랐지만…….

라라의 생환소식이 전해지자 언론들이 벌떼처럼 병원 앞으로 모여들었다. 마이크와 비디오카메라, 사진기를 손에 든 기자들이 공원 앞에서 진을 치고 있었다. 라라의 부모님은 아직 도착 전이었다. 남부에서 올라오는 데 적지 않은 시간이 걸리기 때문이었다. 반대로 학교 친구들 몇몇은 라라의 상태를 확인하고 안부를 묻기 위해 병원으로 찾아왔다. 그중에는 크리스티안 로리에리도 끼어 있었다. 미술사학과 조교수이자 아이의 아빠. 산드라는 그와 은근슬쩍 의미심장한 눈짓을 교환했다. 그가 찾아왔다는 건, 일전에 나눈 산드라와의 대화를 통해 그가 심경의 변화를 일으켰다는 뜻이었다.

그때까지 발표된 유일한 정보는 의사들의 건강검진 보고서가 전부였다. 병원 측은 다소 스트레스를 받은 상태이지만 여대생의 건강에는 큰 이상이 없다는 것과 배 속의 태아도 건강하다는 내용만 발표했다.

데 미켈리스 반장은 뜨거운 종이컵에 입김을 불며 산드라에게 말을 걸었다.

"자네, 나한테 해명해야 할 게 있다고 생각하지 않나?"

"맞아요. 그런데 그 얘기 다 들으시려면 커피 한 잔 드시는 시간으로는 어림없을 거예요."

"어쨌든 내일 아침까지는 자네나 나나 시간 많잖아. 오늘 밤도 여기서 보내야 할 것 같은데."

산드라는 그의 손을 잡고 말을 이었다.

"반장님, 근데 이 얘기는 경찰 계급장 딱 떼어놓고 친구 대 친구로서 드리고 싶어요. 제 뜻 이해하시겠어요?"

"도대체 무슨 일이 있었던 거야? 이젠 경찰들이 싫어졌다는 거야, 뭐야?" 반장은 농담으로 받아친 다음 진지한 표정으로 한마디를 덧붙였다.

"다비드가 죽은 뒤로 자네한테 힘이 돼주지 못했던 건 참 미안하게 생각해. 그래서 오늘 내가 자네를 위해 할 수 있는 최소한의 것은 친구로서 자네 이야기를 들어주는 것밖에 없을 것 같아."

이어지는 두 시간 동안 산드라는 상사에게 그간 겪은 모든 이야기를 털어놓았다. 데 미켈리스 반장도 간혹 이해가지 않는 부분에 대한 질문 외에는 그녀의 말을 끊지 않았다. 산드라는 이야기를 끝내자 마음이 한결 가벼워진 것 같았다.

“자네, 사면관이라고 했나?”

“네. 혹시 그런 사람들에 대해서 들어본 적 있으세요?”

데 미켈리스는 어깨를 한 번 들썩였다.

“형사노릇을 하면서 산전수전 다 겪은 터라 뭐 그다지 놀랄 일은 아니라고 생각해. 가끔은 정보원의 제보나 뜻하지 않았던 운, 혹은 이해할 수 없는 상황에서 사건이 쉽게 해결되는 경우가 있긴 있었지. 그런데 그런 걸 음지에서 수사하고 있는 사람들 덕이라고는 단 한 번도 생각해본 적 없어. 자네도 알다시피 난 가톨릭 신자 아닌가. 매일같이 직면해야 하는 이 호러 같은 현실을 더 이상 견딜 수 없게 되는 날을 대비해, 신뢰할 수 있는 누군가가 비현실적이지만 아름다운 일을 하고 있다는 거, 난 솔직히 믿고 싶어지는데.”

데 미켈리스 반장은 부하직원의 어깨를 살짝 쓰다듬었다. 그 손길은 마치 집중치료실에서 빠져나가면서 그녀의 삶에서도 빠져나간 마르쿠스가 마지막으로 그녀의 어깨에 손을 짚었을 때 받았던 바로 그 느낌이었다. 순간 데 미켈리스 반장 뒤로 정장에 넥타이 차림의 남자 두 명이 나타나더니 그곳에 서 있던 경관에게 무언가를 물어보았다. 그러자 경관이 산드라와 데 미켈리스 반장이 앉아 있는 곳을 가리켰고, 정장의 남자들이 그녀를 향해 다가왔다.

“산드라 베가 형사님이십니까?” 한 명이 물었다.

“네, 맞는데요.”

“잠시 이야기 좀 나눌 수 있을까요?” 다른 한 명이 물었다.

두 사람은 그녀와 함께 자리를 옮기면서 신분증을 내밀었다.

“인터폴에서 나왔습니다.”

“무슨 일이신데요?”

“오늘 오후에 카무소 형사한테 연락을 받았습니다.” 조금 나이 들어 보이는 사람이 설명을 시작했다.

“형사님이 우리 요원 한 사람에 대해 알아봐달라는 부탁을 하셨다더군요. 토마스 살버라는 요원 말입니다. 그 사람을 알고 계십니까?”

“네, 알아요.”

“마지막으로 요원을 만난 게 언제였습니까?”

“어제요.”

두 사람은 서로를 쳐다보았다. 그러더니 젊은 요원이 다시 물었다.

“확실합니까?”

“당연하죠.” 산드라는 무슨 일인지 알고 싶어 초조해하며 대답했다.

“형사님이 만났다는 그 요원이 이 사람 맞습니까?” 그는 증명사진 하나를 내밀며 다시 물었다. 산드라는 몸을 숙여 자세히 들여다보았다.

“좀 닮은 것 같긴 한데 이 사람은 누군지 모르겠네요.”

“혹시 저희 쪽 몽타주 전문가에게 형사님이 만났다는 그 사람의 인상착의와 특이점을 자세히 설명해주시겠습니까?"

산드라는 무슨 일인지부터 알아야겠다고 생각했다.

"그러도록 하죠. 그런데 도대체 무슨 일인지는 안 가르쳐주실 건가요? 뭘 알아야 도와드리든 말든 할 거 아니에요?"

젊은 요원은 승인을 구하는 듯한 눈빛으로 선배 요원을 쳐다보았다. 허락이 떨어지자 다시 입을 열었다.

"토마스 샬버 요원이 마지막으로 저희와 연락이 닿았던 때는 위장신분으로 수사를 하던 시점이었습니다."

"그런데 왜 과거형으로 말씀하고 계시는데요?"

"왜냐하면 현재 실종 상태이기 때문입니다. 그의 소식을 들은 지 1년이 넘었습니다."

산드라는 그 말을 어떻게 받아들여야 할지 도무지 알 수 없었다.

"죄송한데요, 그 사진 속 인물이 정말 인터폴 형사인데, 인터폴에서도 그 요원의 행방을 모르고 있으면 도대체 제가 만났던 그 사람은 누구인 거죠?"

# 1년 전 프리피야트

황량한 거리로 몰려나온 늑대 무리는 초승달을 보며 울부짖기 시작했다. 명실공히 프리피야트의 주인 행세를 하는 것은 녀석들이었다.

추격자는 109동 12층에 있는 아나톨리 페트로프의 집 현관문을 강제로 열려던 순간, 녀석들의 울음소리를 들었다. 늑대무리가 자신들의 영역을 침범한 침입자가 아직 떠나지 않았다는 사실을 감지하고는 그를 찾으러 거리로 몰려나왔던 것이다.

해가 뜨기 전까지는 그곳을 뜰 수도 없는 처지였다. 추위로 손이 오그라들었지만 자물쇠는 여전히 꿈쩍도 않고 끈질기게 버티고 있었다. 하지만 그는 끝끝내 문을 여는 데 성공했다.

옆집과 같은 크기와 구조를 가진 아파트였다. 하지만 창문은 공기유입을 차단하기 위해서였는지 헝겊과 테이프 등으로 꼭꼭 막아놓은 상태였다. 분명 원전사고 직후, 방사능 오염을 막기 위해 강구한 대비책이었을 것이다.

추격자는 현관 입구에 걸린 그의 작업복 배지 사진을 들여다보았다. 대략 서른다섯 정도 되어 보이는 남성이었다. 뻣뻣하게 솟은 금발머리가 이마에 경계선을 만들어 놓았고 근시교정용 안경의 두툼한 테에는 밝은색 털이 씌워져 있었다. 그는 원전에서 터빈담당기사로 일하고 있었다.

실내를 차지하고 있는 가구와 집기들은 간소함 그 자체였다. 거실에는 꽃무늬 벨벳 소파 하나와 텔레비전이 설치되어 있었고 구석에는 텅 빈 유리함이 두 개 놓여 있었다. 커다란 책장 하나가 한쪽 벽면을 다 차지하고 있었는데, 책장 선반에는 동물학, 인류학, 병인학 서적을 비롯해 다윈이나 로렌츠, 도킨스와 같은 유명한 동, 생물학자들의 책들이 꽉 들어차 있었다. 동물에 관한 지식이나 종의 환경조작에 관한 연구서, 본능과 외부자극 간의 상호관계에 관한 연구논문 등이 대부분이었다. 터빈담당기사의 업무와 관련된 책은 분명 아니었다. 더 아래쪽으로 번호가 매겨진 공책 여러 권이 눈에 들어왔다.

추격자는 이 상황을 어떻게 받아들여야 할지 난감했다. 하지만 가장 중요한 사실 하나는 아나톨리 페트로프는 혼자 살고 있었다는 것이다. 그 어디에도 가족이나 어린아이가 있었던 흔적은 보이지 않았다.

추격자는 순간 낙담할 수밖에 없었다. 게다가 그런 상태로 밤을 꼬박 지새워야 할 처지였다. 불을 피울 수도 없었다. 연소

작용은 방사능 피폭지수를 악화할 수 있기 때문이었다. 가지고 있는 비상식량도 없는 데다 물도 물통에 든 게 전부였다. 덮고 잘 이불이나 남아 있는 통조림이 있는지 찾아봐야 할 상황이었다. 집을 뒤지던 그는 침실 옷장에 옷이 하나도 없다는 것과 찬장 선반에 남아 있는 물건이 하나도 없다는 사실을 깨달았다. 모든 정황은 아나톨리가 체르노빌 원전사고가 발생하자마자 그곳을 떠났음을 말해주고 있었다. 그리고 무엇보다 확실한 건 정부의 대피령이 떨어지기 전이었다는 것이다. 그는 다른 이웃들처럼 살림살이를 그대로 내버려둔 채 황급히 빠져나가지 않았다. 참사가 발생한 직후 국민을 안심시키기 위해 집 안에 머물러 있으라는 당국의 공식발표를 믿지 않은 것이었다.

추격자는 소파에 남아 있던 쿠션과 담요 몇 장으로 거실에 임시로 잠자리를 만들었다. 그리고 손과 얼굴에 묻었을 방사능 먼지를 조금이라도 씻어낼 요량으로 가방에 든 물통을 꺼내려다 토끼 인형을 발견했다. 디마 행세를 했던 아이가 가지고 있었다는 인형. 그는 인형도 꺼내 가이거 측정기와 손전등 옆에 내려놓았다. 자신이 처한 어이없는 상황을 함께할 친구로 삼을 생각이었다. 그는 인형을 향해 미소를 지어 보였다.

"아무래도 오늘 밤은 네가 좀 도와줘야겠구나."

봉제인형은 하나 밖에 없는 눈으로 그를 쳐다보고 있었다. 추격자는 바보가 된 기분이 들었다.

그의 시선이 책장 아래 칸의 노트로 옮겨갔다. 그는 손을 뻗어 아무 번호나 골라잡아 펼쳐보았다. 6번 노트였다.

제목은 없었고 수기로 작성된 노트였다. 반듯한 정자체로 적어놓은 키릴문자였다. 그는 첫 번째 페이지를 읽어보았다. 일기였다.

2월 14일

68번 실험을 반복할 예정이지만 접근방식에 다소 변화를 줄 계획이다. 실험목적은 지금까지 진행해온 주입역학을 뒤바꿀 경우 환경 조건화가 행동에 어떤 영향을 미치는지 알아보는 것이다. 이를 위해 오늘 시장에서 흰 토끼 두 마리를 사가지고 왔는데…….

추격자는 자신이 꺼내놓은 토끼 인형을 쳐다보았다. 기묘한 우연의 일치였다. 그에게 우연의 일치는 언제나 달갑지 않은 일이었다.

2월 22일

실험에 적절한 상태가 될 때까지 각각의 토끼를 격리 상태로 성장시켰다. 오늘은 각 토끼에게 실시했던 자극을 뒤바꿀 계획이다…….

추격자는 거실 구석에 놓인 텅 빈 유리함을 쳐다보았다. 아나톨리 페트로프는 그 유리함을 실험용 토끼를 넣어둔 우리로 사용했던 것이다. 그의 집 거실은 한마디로 개인 실험실이었다.


3월 5일

영양실조와 전기 자극을 반복한 결과 한 녀석이 보다 강한 공격 성향을 드러냈다. 온순한 성격이 단계적으로 원초적 본능의 상태로 변해가기 시작했고…….


추격자는 도무지 이해할 수 없었다. 터빈기술자는 도대체 무얼 입증하려 했던 걸까? 어째서 자신의 생활을 희생해가면서까지 이런 실험에 몰두했던 걸까?


3월 12일

격리해 놓았던 토끼 두 마리를 한 우리에 집어넣었다. 굶주림과 유도된 공격성향이 드디어 성과를 보였다. 한 녀석이 다른 녀석을 공격해 치명상을 입힌 것이다.


경악스러운 실험내용에 충격을 받은 추격자는 책장 앞으로 다가가 다른 노트들을 꺼내보았다. 일부에는 설명이 달린 사진까지 첨부되어 있었다. 실험용 토끼들은 자연에 역행하는 행동을 보일 때까지 각종 자극에 시달려야 했다. 억지로 굶기거나 일정 기간 동안 물 한 방울 주지 않기. 한 줄기 빛도 보이지 않는 캄캄한 곳에 넣어두거나 환한 불빛을 장시간 비추기.

미세한 전기 자극 속에 지속적으로 노출시키거나 향정신성 물질 투여하기. 실험내용은 뒤로 갈수록 점점 잔인한 양상을 띠었다. 왜냐하면 둘 중 한 녀석이 상대를 죽이거나, 아나톨리가 직접 두 마리를 죽여야 끝이 났기 때문이다.

추격자는 숫자상으로 마지막에 해당하는 아홉 번째 노트 뒤에도 내용상 실험이 계속 이어지고 있음을 확인했다. 하지만 이어지는 번호의 노트는 어디에도 보이지 않았다. 아나톨리 페트로프가 챙겨간 게 분명했다. 자신이 보기에 상대적으로 중요하지 않다고 생각한 것들만 남겨둔 것이다.

마지막 페이지에 연필로 적어놓은 주석은 실로 충격적이었다.

자연에 존재하는 모든 생명체는 살생을 한다. 하지만 오직 인간만이 필요에 의해, 가학적인 목적, 즉 고통을 가하는 행위를 통해 얻을 수 있는 쾌락 때문에 살인을 저지른다. 선행과 악행은 단지 윤리적인 범주로 국한할 수 있는 것이 아니다. 다년간의 실험을 통해 나는 다양한 동물 종에게 원래의 유전형질을 제거하고 살인을 유발하는 분노성향을 인위적으로 이끌어낼 수 있다는 사실을 입증해냈다. 그렇다면 인간이라고 예외가 될 수 있을까?

이 대목을 읽던 추격자는 등골이 오싹해졌다. 갑자기 고집스럽게 자신을 바라보고 있는 토끼의 시선이 불편하게 느껴졌다. 그는 인형을 치우려고 손을 뻗다가 물통을 건드려 넘어뜨리는 바람에 바닥에 물을 쏟고 말았다. 그런데 물병을 바로 세우다가 바닥에 쏟아진 물이 책장의 굽도리널 안으로 흘러들어가는 것을 발견했다. 그는 다시 한 번 물을 부어보았다. 이번에도 역시 똑같은 현상이 발생했다.

추격자는 벽을 유심히 살피며 거실 크기를 가늠해본 다음 책장 뒤에 또 다른 공간이 숨어 있을 가능성이 높다는 결론을 내렸다. 그러고 나서 바닥을 내려다보니 책장 앞에 있는 타일 위에 둥그런 먼지 자국이 남아 있는 것을 발견했다. 그는 양손으로 바닥을 짚고 엎드려 바닥 틈새에 쌓인 먼지를 후 불어보았다. 그러고는 다시 일어서서 찬찬히 살펴보았다. 바닥에 남은 자국은 완벽한 반원을 그리고 있었다.

책장 자체가 하나의 문 역할을 하며 바닥에 남긴 흔적이었던 것이다.

그는 문을 열기 위해 선반을 잡아당겨 보았지만 너무 무거워 꿈쩍도 하지 않았다. 그래서 몇 분에 걸쳐 선반에 놓인 책들을 모조리 꺼내 바닥에 내려놓은 다음 다시 한 번 책장 선반을 잡아당겨보았다. 그러자 책장이 움직이며 문이 열렸다.

책장 뒤에 문이 하나 더 있었다. 이중으로 잠긴 문이었다.

문 중앙에는 안을 들여다볼 수 있는 문구멍이 나 있었고 옆에는 스위치가 달려 있었다. 하지만 전기가 없는 상황에서 불이 들어올 리 만무했다. 추격자는 안을 들여다보았다. 역시 아무것도 보이지 않았다. 잠금장치를 돌려보았지만, 세월이 흐르는 동안 녹이 슨 터라 쉽게 열리지는 않았다.

가까스로 두 번째 문을 열자 안으로 이어지는 어두운 입구가 나타났다. 하지만 극심한 악취 때문에 저절로 뒷걸음질이 쳐졌다. 추격자는 한 손으로 입을 막고 손전등 불빛으로 어두운 내부를 비춰보았다.

대략 2평방미터 크기에 높이가 1.5미터 되는 공간이었다.

문 안쪽과 벽에는 흐물거리는 무언가가 덮여 있었다. 자세히 보니 방음장치로 사용한 스펀지 같은 것들이었다. 그리고 철창으로 둘러싼 저전압 램프가 하나 보였다. 구석에는 그릇도 놓여 있었다. 마치 동물이라도 가두어놓았던 것처럼 벽 내장재 곳곳에 할퀴거나 뜯은 자국이 남아 있었다.

손전등 불빛이 밀실 끝 쪽에 남아 있던 무언가를 비췄다. 추격자는 허리를 숙이고 무언가를 주워들었다.

하늘색 비닐 팔찌였다.

아니야! 여기 갇혀 있었던 건 동물이 아니었어! 소름이 전율처럼 온몸으로 번져나갔다.

그는 키릴문자로 쓰인 글자를 읽어보았다.


키예프 국립의료원. 산부인과.


추격자는 벌떡 일어났다. 단 한 순간도 그 안에 머물고 싶지 않았다. 구역질이 치밀어 올라 황급히 복도로 뛰쳐나왔다. 그는 정신을 잃을까봐 한 손으로 벽을 짚었다. 가까스로 진정한 추격자는 그제야 호흡을 가다듬었다. 이곳에서 벌어졌을 상황이 머릿속에 구체적으로 그려지기 시작했다. 그러한 일들을 가능케 하는 명확하고 이성적인 동기가 이 세상에 존재할 수 있다는 생각에 또다시 구역질이 치밀어 올랐다. 하지만 그 상황을 이해할 수는 있었다.

아나톨리 페트로프는 과학자가 아니었다. 그는 미치광이 살인마라 불리는 사이코패스였던 것이다. 그의 실험에는 한 가지 집착이 숨어 있었다. 돌멩이를 던져 개구리나 도마뱀을 죽이는 아이들의 심리와 다를 바 없었다. 아이들의 그런 행동은 단순한 놀이가 아니다. 묘한 호기심이 아이들을 죽음의 세계로 이끌었기 때문이다. 아이들은 그런 사실도 모른 채 난생처음으로 잔혹한 행위에서 재미를 느끼는, 소위 쾌감이라는 걸 경험하게 되는 것이다. 아이들은 자신이 죽이는 게 하찮은 미물에 불과하다고 인식함과 동시에 아무도 자신들을 나무라지 않을 거라 생각한다. 그리고 성인이 된 후에도 그런 행동을 반복했던 아나톨리 페트로프는 순식간에 토끼 실험에 질려버렸던 것이다.

그래서 신생아를 납치하게 되었다.

납치한 신생아들을 산채로 가둬놓고 마치 모르모트처럼 길렀던 것이다. 그리고 아이가 자라는 몇 년 동안 본성을 좌우할 수 있는 각종 실험을 자행했다. 그리고 그 실험대상에게 살인

본능을 부추겼다. 그가 찾고자 했던 답은 성선설과 성악설의 진위여부였다.

카멜레온 킬러는 이 실험의 산물이었던 거야.

원전사고가 발생하자 아나톨리는 부리나케 신변을 정리하고 그곳을 빠져나갔다. 터빈기술자였기 때문에 상황이 얼마나 심각한지 잘 알고 있었을 것이다. 하지만 아이는 데려갈 수 없었다.

아마 죽일 생각이었을 거야. 추격자는 그런 결론을 내렸다. 하지만 계획을 바꿨을 것이다. 자신의 피조물이 이 세상과 어떤 식으로 조우하게 될지 알고 싶어 몸이 근질근질했을 테니까. 만약 그 피조물이 살아남는다면 그의 이론은 입증되기 때문이었다.

그래서 자신이 모르모트처럼 키우고 실험했던 아이를 풀어주었던 것이다. 여덟 살로 성장한 아이를. 아나톨리 페트로프는 자신의 실험대상에게 신원, 아니 정체성을 심어주지 않았다. 카멜레온 킬러가 된 아이는 자신이 누구인지 알기 원하던 순간 아파트 안에서 배회하다가 디마 일가를 만나게 되었고, 그러고도 계속해서 자신이 누구인지를 찾아다녔다.

추격자는 머릿속이 아찔했다. 자신이 쫓아다닌 먹잇감은 공감능력을 전혀 갖추지 못했던 것이다. 가장 기본적인 인간의 감정을 거세당했기 때문에. 대신 놀라운 학습능력을 지니고 있었다. 하지만 현실은 달랐다. 아이는 그저 텅 빈 백지에 불과했다. 빈 조개껍질, 무엇이든 똑같이 비추는 거울 같은 존재. 아이의 유일한 지도자는 바로 아이에게 주어진 본능이었다.

책장 뒤에 만들어진 비밀감옥은 아이가 겪은 최초의 둥지였던 것이다. 그곳의 존재를 알고 있는 사람은 아무도 없었다.

추격자는 바닥을 내려다보았다. 현관문 근처에 짙은색 얼룩이 눈에 들어왔다.

바닥에 떨어진 작은 핏자국. 추격자는 몸을 숙여 핏자국을 만져보았다. 키예프 고아원과 파리에서 그랬던 것처럼.

그런데 이번에는 그 피가 손에 묻어났다.

지금

호텔에서 가방을 거의 다 챙긴 산드라는 인터폴 형사, 토마스 샬버 행세를 했던 남자와 보냈던 진한 하룻밤을 다시 돌이켜보고 있었다. 그가 정성껏 준비한 저녁식사, 서로 주고받았던 은밀한 개인사가 새록새록 떠올랐다. 자신의 딸아이라며 보여준 사진, 마음껏 볼 수 없는 상황이라고 푸념한 것까지 생생히 기억하고 있었다.

정말 모든 게…… 진실 같았다.

인터폴 정식 요원들을 만난 후 산드라는 도대체 자신이 누굴 만났던 건지 혼란스러웠다. 하지만 또 다른 생각이 그녀를 불편하게 했다.

그럼 나와 잠자리를 같이 한 건 누구였던 거지?

그 남자는 여러 가지 모습으로 그녀의 삶에 파고들었다. 처음에는 남편의 과거에 의심의 씨를 뿌린 성가신 목소리에 지

나지 않았다. 그다음에는 괴한에게서 생명을 구해준 은인이
되었다. 그러고는 그녀를 위로하고 유혹하더니만 결국은 그녀
를 속이고 사진까지 빼앗아 자취를 감추고 말았다.

예레미아 스미트는 다비드가 사면관들만 볼 수 있는 비밀문
서의 존재를 알아냈다고 말했었다. 그래서 죽일 수밖에 없었
다고.

샬버 행세를 한 인물 역시 그 비밀문서를 쫓고 있었을까? 그
는 분명 마지막 사진이 무엇을 의미하고 있는지 알아냈을 것
이다. 검은 바탕의 사진 한 장이 지닌 의미를. 그리고 산드라가
우려했던 것처럼 그 사진을 통해 마르쿠스라는 사제의 정체를
밝혀내려 할 것이다. 왜냐하면 다비드가 찍은 사면관 사진은
그에게 남은 마지막 단서였을 테니까.

그런 상황에서도 정체불명의 인물은 산타 마리아 소프라 미
네르바 성당, 산 라이몬도 디 페냐포르트 제실에 모습을 드러
냈던 것이다. 단지 산드라에게 자신이 그렇게 행동할 수밖에
없었던 이유를 해명하기 위해서. 엄밀히 따지자면, 굳이 자신
의 모습을 다시 드러낼 필요가 없는 상황인데도. 그러고는 또
다시 종적을 감춰버렸다.

과연 무슨 의도였을까?

일련의 사건들 간에 숨어 있을지 모를 논리적 연관관계를 찾
아내려 하면 할수록, 그의 모든 행동이 앞뒤가 맞지 않았다. 이
제는 그가 아군인지, 아니면 적인지도 헷갈렸다.

다비드는 과연 자신이 어떤 인물을 상대하고 있는지 알고 있었을까? 그는 토마스 샬버라는 인터폴 형사의 전화번호를 가지고 있었다. 욕실 거울을 보고 다섯 손가락을 펼쳐 토마스 샬버 행세를 한 인물의 전화번호를 산드라에게 가르쳐준 건 남편, 다비드였다. 즉 남편은 모든 단서와 증거자료를 그 남자에게 맡길 만큼 그를 믿지는 않았다는 뜻이 된다. 그럼에도 그와 산드라가 만나기를 바랐다. 왜 그랬을까?

논리적으로 생각하면 할수록, 더더욱 혼란스러울 뿐이었다. 산드라는 잠시 가방 싸는 일을 그만두고 침대에 앉아 생각에 빠져들었다. 도대체 내가 어디서부터 잘못 짚은 걸까? 산드라는 하루라도 빨리 이 모든 사건에서 벗어나고 싶었다. 의혹을 품은 채 새로운 인생을 시작할 수 없다는 건 스스로 더 잘 알고 있었다. 그러다가 미쳐버릴 거라는 것도.

문제의 답은 다비드였다. 그런 확신이 들었다. 그는 왜 그 일에 뛰어들었던 걸까? 다비드는 분명 훌륭한 르포 사진기자였다. 하지만 겉보기만으로는 그가 전혀 관심을 가질 만한 사건이 아니었다. 그는 유태인이었다. 그리고 아내와 달리 신에 대한 이야기는 거의 입 밖에 꺼낸 적 없었다. 다비드의 할아버지는 나치 치하의 강제수용소에서 살아남은 분이었다. 그리고 다비드는 나치의 잔혹행위가 유태인 민족 자체를 말살하려기보다는 그들의 신앙을 앗아가는 것이 목적이었다고 믿는 사람이었다. 그래서 유태인에게 신은 존재하지 않는다는 사실을 보여주게 되면 그들이 알아서 자멸할 거라는 게 나치의 계획이었다고 주장했다.

다비드와 산드라는 신혼 때 딱 한 번 종교를 놓고 진지하게 토론을 한 적이 있다.

어느 날 산드라는 샤워를 하다가 자신의 피부 밑에 소결절 하나가 있다는 사실을 발견했다. 하지만 다비드의 반응은 전형적인 유태인 식이었다. 그 상황을 농담으로 받아쳤던 것이다.

산드라는 그녀의 건강 문제가 웃음거리가 되어버린 건 다비드가 그런 문제를 해결해줄 능력이 없다고 자책하기 때문에 빚어진 촌극이라고 여겼다. 고마운 일이긴 했지만 도움은 전혀 되지 않았다. 다비드는 산드라가 검사를 받으러 가는 길에 따라나섰지만 가는 내내 시답잖은 농담을 던졌다. 산드라는 남편이 그렇게라도 하면 긴장이 풀릴 거라고 믿도록 그냥 다 받아주었다. 속으론 괴로웠는데도 말이다.

결과가 나오기 전날, 잠에서 깬 산드라는 침대를 더듬거려 남편을 찾았지만 다비드는 자리에 없었다. 산드라는 침대에서 일어났다. 어두컴컴한 부엌에 앉아 있는 남편의 모습이 눈에 들어왔다. 다비드는 의자에 앉아 등을 구부리고 낮은 목소리로 무언가를 중얼거리며 몸을 앞뒤로 흔들고 있었다. 산드라가 잠에서 깼다는 사실을 알았으면 아마 기도를 멈추었을 것이다. 다비드는 아내의 존재를 느끼지 못하고 기도에 열중하고 있었다. 산드라는 그 모습을 보고 다시 침대로 돌아가 평평

울었다.

검사 결과, 다행히 소결절은 양성(良性)으로 밝혀졌다. 하지만 산드라는 남편의 행동에 대해서 확실히 짚고 넘어가야겠다고 생각했다. 같이 살면서 겪어야 할 시련이 한두 개가 아닐 텐데, 매번 그렇게 역설적인 반응을 보인다면 끝까지 견뎌낼 자신이 없었기 때문이다.

산드라는 간밤에 기도하던 모습을 봤다고 고백했다. 그러자 다비드는 당황해하며 아내를 잃게 될지도 모른다는 생각에 너무 두려웠다고 인정했다. 그는 총알이 날아드는 현장을 찾아다니면서도 자신의 죽음은 두려워하지 않는 사람이었다. 하지만 산드라가 죽을지도 모른다는 생각이 들자, 어떻게 행동해야 할지 알 수 없었다고, 평생을 피해 다녔던 신에게 기도를 드려야겠다는 것 외엔 다른 생각이 떠오르지 않았다고 털어놓았다.

"더 이상 믿을 구석이 없어지게 되니까, 남는 건 그저 믿지도 않는 신에 대한 신앙이 전부더라고."

산드라에겐 그 말이 절대적 사랑의 고백처럼 들렸다. 하지만 지금, 싸다 만 가방을 옆에 두고 호텔 침대에 앉아 있는 그녀는, 죽을지도 모르는 상황에 놓인 남편이 로마에 머물며 작별인사를 가장해 결정적인 단서를 남긴 이유를 찾아 헤매고 있었다. 사진은 두 사람이 공유하는 일종의 언어와도 같았다. 차라리 아내가 자신에게 얼마나 소중한지 직접 영상물로 남길 수도 있지 않았을까? 편지 한 장조차 남기지 않은 그였다. 그토록 아내를 사랑했는데 마지막 생각은 왜 그녀를 위한 게 아니었을까?

"그래, 다비드는 만약 자신이 죽게 된다면 내가 이 일에 연루되는 게 싫어서였을 거야." 그녀는 그런 결론을 내렸다.

일종의 계시 같은 결론이었다.

다비드는 나한테 남은 생을 선물로 준 거였어. 다시 누군가와 사랑에 빠지고, 새로운 가정을 꾸려서 아이도 가지라고. 평생 미망인으로 지내야 하는 운명에서 빼내준 거라고. 몇 년씩 기다릴 필요도 없이 지금 당장 그런 기회를 가지라는 뜻이었던 거야.

산드라는 그에게 작별을 고해야겠다고 생각했다. 밀라노로 돌아가자마자 옷장의 옷도 정리하고 담배와 싸구려 애프터세이브로 조성한 그의 인위적인 체취도 말끔히 날려버려야겠다고 마음먹었다.

과거청산은 지금 당장 시작할 수도 있었다. 다비드가 그녀의 휴대전화 음성사서함에 남긴 마지막 메시지부터. 그녀를 로마로 데려온 그 문제의 메시지부터. 산드라는 마지막으로 다시 한 번 남편의 목소리를 들었다. 그리고 더 이상 남편의 목소리를 듣지 않을 거라 다짐했다.

"나야. 여러 번 전화했는데 계속 음성메시지로 넘어가네……. 시간이 별로 없으니까 일단 지금 가장 그리운 것부터 나열해볼게……. 잠자러 침대에 누웠을 때 이불 속에서 내 몸

을 더듬던 차가운 당신 발하고, 유통기한 지났는지 아닌지 확
인해보려고 냉장고에서 꺼낸 것들 나한테 먹이던 당신. 발에
쥐났다고 새벽 3시에 소리를 지르면서 나 깨우던 당신. 아니라
고 시침 뗼지도 모르지만, 아무튼 다리에 제모한다고 나 몰래
내 면도기로 다리털 밀던 당신……. 아무튼 나 지금 오슬로에
와 있는데 너무너무 추워서 얼어 죽을 것 같아. 하루 빨리 집에
가고 싶어. 사랑해, 진저!"

산드라는 주저하지 않고 삭제 버튼을 꾹 눌렀다.

"내 사랑……. 당신이 그리울 거야."

눈물이 앞을 가렸다. 정말 오랜만에, 프레드라는 애칭이 아
닌 '내 사랑'이라고 남편을 불러보았다.

산드라는 라이카 사진의 사본을 한데 모았다. 원본은 여전히
토마스 살버 행세를 하는 남자의 수중에 있었다. 검은 배경의
사진을 가장 위에 올리고 반으로 접었다. 그러고는 한꺼번에
찢어버리고 깨끗이 잊으려다가 갑자기 동작을 멈췄다.

다비드의 사진 중에는 산 라이몬도 디 페냐포르트 성인이 그
려진 제실 사진이 포함되어 있지 않았다. 하지만 도미니코 수
도회의 그 사제는 과거에 사면관이었다. 그런데 그녀의 호텔
방 문틈으로 그 상본을 밀어 넣고 그녀를 그곳으로 이끈 장본
인은 살버였다. 산드라는 그때까지도 그렇게 중요한 사실을
간과하고 있었던 것이다. 살버는 왜 그녀를 그곳으로 이끌었
던 걸까?

검은 배경의 사진.

만약, 샬버가 문제의 사진 속에 내사원 기록 보관실 비밀문서와 관련된 수수께끼의 해답이 있다고 믿었던 거면, 그건 분명 그 제실에 숨겨져 있었던 거야. 산드라는 그런 결론에 다다랐다. 하지만 샬버는 그 비밀을 찾아내지 못했던 것이다.

산드라는 다시 한 번 사진을 꼼꼼히 살펴보았다. 하지만 처음 생각했던 것과 달리 단순한 인화상의 실수가 아니었다. 다비드는 일부러 어두운 배경 속에서 사진을 찍었던 것이다.

더 이상 믿을 구석이 없어지게 되니까, 남는 건 그저 믿지도 않는 신에 대한 신앙이 전부이더라고.

밀라노로 돌아가기 전에, 다시 한 번 산타 마리아 소프라 미네르바 성당에 들러야겠다고 생각했다.

다비드가 남긴 마지막 단서는 신앙의 증거였던 것이다.

# 1년 전 프리피야트

추격자는 혼자가 아니었다. 유령의 도시로 돌아온 또 다른 누군가가 있었던 것이다.

여기 있어.

카멜레온 킬러는 지구상에서 가장 살기 힘든 척박한 장소를 찾아 숨어들었다. 아무도 찾아오지 않을 그런 곳으로.

자기 집으로 돌아온 거야.

추격자는 그의 존재가 느껴졌다. 바닥에 떨어진 채 마르지 않은 핏자국.

가까이 있어.

재빨리 행동해야 했다. 마취총이 든 가방은 거실에 있었지만 다시 가지러 갈 시간이 없었다.

날 지켜보고 있었던 거야.

그는 아나톨리 페트로프의 집에서 빠져나가고 싶었다. 유일한 희망은 자신이 타고 온 볼보까지 무사히 도착하는 것이었다. 도시로 자동차가 들어오지 못하게 도로변에 설치한 콘크리트 블록 앞에 세워둔 그의 차까지는 결코 만만한 거리가 아니었다. 하지만 늑대들이 설치든 말든 그건 문제가 되지 않았다.

그는 황급히 현관문을 빠져나와 계단을 두 칸씩 뛰어 내려갔다. 아니, 계단을 발로 밟는 게 아니라 거의 나는 듯 계단을 살짝 스칠 뿐이었다. 그러다 넘어지면 끝이었다. 혹시 다리라도 부러져 건물 안에 갇힌 채 살인마를 마주해야 할지도 모른다는 공포는 오히려 그를 위험한 행동으로 몰아넣었다. 급할수록 돌아가라는 진리를 외면하고 두려움에 사로잡힌 그는 자신을 궁지로 몰아넣고 있었다. 가끔은 계단을 막고 있는 쓰레기 더미 때문에 아예 계단통을 통째로 뛰어내려야 할 때도 있었다. 식은땀에 온몸이 젖고 숨이 턱 끝까지 차올랐다. 그의 발소리가 온 건물에 울려 퍼지고 있었다.

12층에서 1층까지 뛰어내려오자 길이 나왔다.

여러 개의 그림자가 그를 둘러싸고 있었다. 텅 빈 눈으로 그를 바라보고 있던 수천 개의 아파트. 당장에라도 그를 받아줄 석관처럼 자리를 지키고 있던 자동차들. 뼈마디 달린 손으로 그를 잡아당길 듯 앙상한 가지를 뻗은 나무들. 바로 꺼져 내릴 것만 같은 아스팔트 도로. 압박감이 가슴을 조이고 숨을 들이켤 때마다 폐가 타들어갈 것 같았지만 멈추지 않고 미친 듯이 도망쳤다.

추격자는 어느새 먹잇감으로 전락해버렸다.

어디 있는 거야? 넌 분명히 날 지켜보고 있어. 절망에 빠진 내 모습을 즐기고 있겠지. 그러다가 내 앞에 나타날 계획이겠지?

그는 골목길 모퉁이를 돌아 드디어 큰길에 접어들었다. 그런데 갑자기 자신이 어디서 빠져나왔는지 잊고 있다는 사실을 깨달았다. 방향감각을 완전히 상실했던 것이다. 그는 생각을 정리하기 위해 발걸음을 멈췄다. 얼마나 힘이 들었는지 상체가 저절로 숙여졌다. 그는 헉헉거리며 숨을 몰아쉬었다. 그리고는 녹슨 고철더미가 되어버린 놀이동산을 발견하고 그쪽을 향해 다시 뛰어갔다. 5백여 미터만 더 가면 그의 볼보가 주차된 자리였다. 거기까지 무사히 갈 수 있을 것 같았다.

난 할 수 있어.

그는 고통과 피로, 추위와 두려움을 무시한 채 몸을 날리듯 뛰었다. 동시에 곁눈질로 그의 주변에 나타난 늑대 한 마리를 발견했다.

어느새 그의 뒤를 따라온 녀석은 거리를 두고 그와 나란히 뛰고 있었다. 한 마리가 또 나타났다. 그리고 또 한 마리. 녀석들은 계속해서 거리를 유지한 채 그를 둘러싸기 시작했다. 추격자는 거기서 걸음을 멈추면 늑대 밥이 될 거란 것을 잘 알고 있었다.

가방에 든 마취총이라도 가져올 여유가 있었다면……

그는 자신이 주차해둔 볼보가 보이자 안도의 한숨을 내쉬었다. 그와 동시에 자신의 차가 덫으로 변해 있을지 모른다는 불안감이 덮쳤다. 대단원의 막이 처참한 반전으로 변할지도 모를 순간이었다. 그렇다고 거기서 멈출 수도 없는 노릇이었다. 차를 몇 미터 앞둔 상황에서 갑자기 늑대 한 마리가 그를 향해 달려들었다. 추격자는 발길질로 녀석을 내동댕이쳤다.

추격자는 만약 이 상황에서 빠져나갈 수만 있다면 많은 것이 달라질 거라는 생각을 했다. 갑자기 자신의 목숨에 집착하게 되었다. 평소에도 죽는 걸 두려워하지 않았던 그였다. 하지만 이런 장소에서, 감히 상상조차 해본 적 없는 방식으로 죽음을 맞이한다는 건 도저히 받아들일 수 없었다.

아니야, 이런 식으론 아니야. 제발…….

무사히 차 바로 앞에 도착했을 때는 믿겨지지 않았다. 그는 차문을 열었다. 늑대들의 발걸음이 느려졌다. 녀석들은 그를 잡을 수 없다는 걸 깨닫고 다시 어둠 속으로 숨어들어가고 있었다. 그는 계기반에 올려놓았던 열쇠를 정신없이 찾았다. 그러고는 시동을 걸고 차를 몰았다. 자신도 그 상황이 믿기지 않았는지 절로 웃음이 터져 나왔다. 그는 재빨리 차를 돌렸다. 모든 게 정상적으로 작동되고 있었다. 아드레날린이 솟구치고 피곤이 몰려왔다. 긴장이 풀리자 젖산이 돌면서 관절이 쑤시기 시작했다.

그는 마지막으로 룸미러를 들여다보았다. 두려움이 가시지 않은 그의 시선 위로 멀어져가는 유령 도시가 들어왔다. 그리고 자동차 뒷자리에서 스르르 일어나는 검은 그림자까지.

추격자는 상황을 파악하기도 전에 고통을 수반한 깊고 깊은 어둠 속으로 빠져들었다.


물소리에 정신이 들었다. 바위 위로 작은 물방울이 떨어지는 소리였다. 그는 눈을 뜨기 전에 우선 자신이 어디에 와 있는지 머릿속으로 그려보려 했지만 호기심이 먼저 발동했다.

그는 나무로 된 테이블 위에 누워 있었다. 천장에 달린 전구 세 개가 흐린 조명을 발하고 있었다. 전구를 작동하는 발전기 소리도 귀에 들어왔다.

몸을 움직일 수 없었다. 묶여 있었기 때문이다. 어쨌든 몸을 움직일 생각은 없었다. 그 상태로도 편했기 때문이다.

동굴 같은 곳에 갇혀 있는 걸까? 아니, 그냥 단순한 지하실일 터였다. 곰팡내가 느껴졌다. 하지만 구리 같은 금속의 특유한 향이 느껴졌다. 아연이었다. 그리고 또 하나. 무엇과 섞여 있어도 단번에 알아맞힐 수 있는 죽음의 냄새가 느껴졌다.

그는 고개를 돌려보았다. 모자이크 문양을 연상시키는 내벽으로 지어진 지하납골당이었다. 아름답기도 하면서 동시에 혐오스러운 분위기를 풍겼다.

뼈로 만들어진 납골당.

대퇴골, 척골, 견갑골. 하나하나 땜질로 이어 붙여 관들을 형성한 그 뼛조각들은 그곳을 방사능에서 보호해주고 있었다.

모든 게 방사능에 오염된 상황에서 은신처를 만드는 데 다른 물건은 사용할 수 없었을 터였다. 기발한 방법이었다. 죽은 자들은 전염성을 지니지 못했으니까. 아마 공동묘지를 파내고 뼛조각을 모아 자신만의 피난처를 만들어냈을 것이다.

추격자는 시간의 흐름에 따라 시커멓게 변색된 채 어둠 속에 숨어서 자신을 내려다보고 있는 세 개의 두개골을 쳐다보았다. 성인 두 명, 아이 하나의 두개골이었다. 진짜 디마 일가의 것이야.

누군가 다가오는 느낌이 들었다. 고개를 돌릴 필요도 없었다. 그냥 알 수 있었다.

상대의 숨소리가 들렸다. 차분하고 규칙적이었다. 상대는 한 손을 들어 그의 이마에 올리더니 땀으로 범벅이 되어 엉켜버린 머리를 쓸어주었다. 어루만져주는 손길이었다. 그러고는 그의 눈을 들여다보았다. 상대는 전투복 차림에 닳아빠진 빨간 목폴라를 걸치고 있었다. 스키마스크를 쓰고 있어 무표정한 두 눈과 턱수염 몇 가닥만 간신히 보일 뿐이었다.

노출된 부위만으로는 그 어떤 감정도 느껴지지 않았다. 단지, 추격자를 바라보는 시선에 궁금증이 묻어 있다는 것밖에 알 수 없었다. 그는 마치 무언가 신기한 걸 자세히 들여다보는 아이처럼 그를 향해 고개를 숙였다. 눈빛에는 호기심이 가득 차 있었다. 추격자는 자신이 빠져나갈 구멍이 전혀 없다는 사실을 직감했다.

상대는 일말의 동정심도 모르는 존재였다. 성품이 고약해서가 아니라 아무도 그런 감정을 가르쳐준 적이 없었기 때문이다.

그는 토끼 인형을 두 손으로 꼭 잡고는 머리를 쓰다듬어준다음 다시 어딘가로 멀어져갔다. 추격자는 상대를 바라보았다. 구석에 이불과 헝겊으로 만든 간이침대가 보였다. 정체불명의 남자는 그 위에 토끼 인형을 내려놓고는 책상다리를 하고 앉아 다시 그를 쳐다보았다.

추격자는 그에게 묻고 싶은 게 한두 가지가 아니었다. 거기서 살아나갈 수 없으리란 생각도 들었지만 그보다 더 끔찍하고 답답한 건 아무것도 알아낼 수 없다는 점이었다. 그만큼 큰 공을 들여 여기까지 찾아온 그였기에 대답을 얻을 자격은 있었다.

변화는 어떤 식으로 진행되는 건지? 누군가의 신원을 갖고 싶어질 때면 무슨 이유로 핏자국을 남기는 건지? 그게 일종의 표식이라도 되는 건지?

"제발, 부탁이야. 말 좀 해달라고!"

"제발, 부탁이야. 말 좀 해달라고!" 카멜레온 킬러는 추격자의 말을 따라했다.

"뭐라고 말 좀 해보라고."

"뭐라고 말 좀 해보라고."

추격자는 너털웃음을 쳤다. 상대 역시 똑같이 따라했다.

“장난은 그만 하라고.”

“장난은 그만 하라고.”

그제야 상황파악이 되었다. 상대는 장난을 하는 것이 아니라 연습을 하고 있었던 것이다.

남자가 자리에서 일어나 주머니 속에서 무언가를 빼내는 모습이 눈에 보였다. 길고 반짝이는 물건이었다. 예리한 날이 달린 도구.

남자는 추격자의 뺨 위에 메스를 대고 선을 긋듯 살짝 눌러 서서히 움직였다. 위험천만한 간지럼이 피부 위에 느껴졌다. 살짝 기분이 좋은 것도 같았지만 불안하기 그지없었다.

지옥이라는 게 존재한다면, 그게 바로 여기야. 그런 생각이 절로 들었다.

카멜레온 킬러는 단지 그를 살해하는 것으로 그치지 않을 터였다. 먹잇감이었던 그자가 조만간 추격자로 거듭나게 될 순간이었다.

하지만 무언가 변화가 일어났다. 하나의 답이 주어진 것이다. 남자는 얼굴을 가리고 있던 스키마스크를 벗었다. 두 사람이 그렇게 가까이 얼굴을 마주한 건 처음이었다. 어떻게 보면 추격자는 한 가지 목적만큼은 달성한 셈이었다.

그는 카멜레온 킬러의 얼굴에서 이상한 점을 발견했다. 살인자 자신도 모르고 있던 무언가를.

그제야 막연히 표식이라고만 여겼던 핏자국의 실체를 깨달게 되었다.

그건 바로 상대가 허약하다는 사실을 입증하는 병리 현상이었다. 추격자는 자신의 앞에 있는 남자가 괴물 같은 존재가 아니라 그저 단순한 인간이라는 사실을 깨달았다. 그리고 모든 인간과 마찬가지로, 카멜레온 킬러에게도 남다른 특징이 있었다. 여러 개의 신원 속에 숨어들어도 감출 수 없을 만큼 커다란 그만의 특징.

추격자는 조만간 죽을 운명이었다. 하지만 순간적으로 안도의 기분이 들었다.

그가 쫓던 먹잇감이 누군가에게 다시 잡힐 수 있다는 확신 때문이었다.

지금

빗방울이 로마를 적시고 있었다. 밤인지 낮인지도 구분하기 힘들 정도로 컴컴한 날이었다.

그녀의 발소리는 메아리가 되어 오른쪽 신자석 사이로 울려 퍼졌다. 산드라는 제대를 향해 걸어 나갔다. 가장 소박하고, 또 가장 볼품없는 제실의 제대를 향해.

산 라이몬도 디 페냐포르트 성인이 그녀를 기다리고 있었다. 전에는 미처 깨닫지 못했었다. 그 모습은 마치 두 천사의 호위를 받고 있는 판관 예수 그리스도 앞에서 사건에 대해 보고를 하는 듯한 모습이었다.

영혼의 심판.

벽화 주변에는 여전히 신자들이 밝혀놓은 촛불이 줄을 서 있었고 군데군데 촛농이 바닥으로 흘러내리고 있었다. 같은 성당 내에 조성된 다른 제실과 달리 유난히 촛불이 많았다. 작은 불꽃들은 바람이 불 때마다 고개를 숙이듯 잠시 사그라졌다.

지난 번 이곳을 찾았을 때 산드라는 그 촛불들로 어떤 죄를 속죄받았었는지 생각했다. 그리고 지금, 그 답을 알게 되었다. 그건 바로 모든 사람의 죄였다.

산드라는 가방에서 마지막 사진을 꺼내 들여다보았다. 사진 속 어둠에는 신앙의 증거가 숨어 있었다. 다비드가 남긴 마지막 단서는 가장 난해했지만 그만큼 훨씬 설득력이 있었다.

그 답은 외면의 세계가 아닌 그녀 자신의 내면에서 찾아야 했던 것이다.

난 카메라를 통해 사물을 바라보는 사람이야. 그래서 사진 속에 담긴 세세한 것들이 사건의 진실을 밝혀준다고 믿고 있어. 반면 사면관들에겐 우리 눈에 보이는 것 이상의 세계가 보여. 엄연히 현실에 존재하고 있지만 카메라가 찍은 사진은 담아낼 수 없는 그런 것. 그러니까 가끔은 그 세계에 맡기고 모든 걸 다 이해하려 들지 말아야 한다는 것도 배워야 하는 거야.

이 같은 존재론적인 문제에 직면하면 과학자는 고민에 빠져들지만, 성직자는 생각을 멈춘다. 그 순간 성당 안에 있는 산드라는 경계에 선 느낌을 받았다. 그녀는 사면관이 했던 말을 다시 한 번 떠올려보았다.

"이 세상에는 빛의 세계가 어둠의 세계와 만나는 접점이 있습니다. 그리고 거기서 바로 모든 일들이 비롯됩니다. 혼란스럽고 불확실한 어둠의 세계에서 튀어나오는 일들 말입니다."

마르쿠스 사제는 분명히 그렇게 말했다. 하지만 산드라는 그 말의 참뜻을 이해하지 못했었다. 진정한 위험은 어둠 속에 있는 것이 아니라 그 접점인 경계선에 있었던 것이다. 빛의 세계가 착시현상을 일으키는 그곳, 선과 악이 뒤섞이는 그곳, 빛과 어둠을 구분할 수 없는 그곳에 있었던 것이다.

악은 어둠 속에 숨지 않는다. 바로 그림자 속에 도사리고 있는 것이다.

그렇기 때문에 사물을 제대로 판단하지 못하게 방해할 수 있는 것이다. 괴물은 존재하지 않는다. 끔찍한 범죄를 저지르는 건 괴물이 아니라 멀쩡하고 평범한 사람들이다. 그러니 어둠을 두려워하지 말아야 하는 게 그 답이었어. 산드라의 생각이 점점 또렷해지고 있었다. 결국 그렇게 바라보면 모든 문제의 답을 알 수 있는 거야.

한 손에 사진을 든 산드라는 양초 가까이 다가가 몸을 숙이고 바람을 불어 촛불을 껐다. 10여 개의 촛불을 조심스레 하나씩 끄느라 시간이 들었다. 불꽃 하나가 사라질 때마다 어둠이 밀려들기 시작했다. 그녀 주변의 것들이 하나씩 사라졌다.

촛불을 모두 끈 산드라는 뒤로 한 걸음 물러섰다. 아무것도 보이지 않았다. 두렵긴 했지만 기다리기만 하면 된다고 머릿속으로 되뇌었다. 그러면 알게 되리라고. 잠자리에 들기 위해 침대에 누운 어린 소녀는 불을 끄면 찾아올 어둠을 두려워하지만 눈이 어둠에 익숙해지고 나면 마치 마법처럼 장난감이나 인형들이 보이게 되고, 편안한 마음으로 잠자리에 들 수 있다. 산드라의 심정이 꼭 어린 소녀의 두려움과 닮은꼴이었다. 산드라의 눈이 서서히 어둠 속에 적응해갔다.

주변에 놓여 있는 사물의 윤곽이 새롭게 눈에 들어왔다. 제단 뒤로 라이몬도 성인의 모습이 반짝이며 그녀의 시선을 끌어당겼다. 판관 예수와 두 아기천사 역시 새로운 빛을 발하며 나타났다. 수많은 촛불 때문에 생긴 그을음으로 색이 바랜 도료 위에 형체가 하나둘씩 자태를 드러내기 시작했다. 기도와 성사, 그리고 사면의 장면이 벽화로 나타났던 것이다.

산드라는 믿을 수 없다는 듯 바라보았다. 너무나 볼품없었던 제실이, 대리석이나 장식물도 없는 그 제실이 화려한 모습으로 탈바꿈했기 때문이다.

전체적으로 은은한 하늘빛이 마치 깊은 바다 속에 들어온 듯한 느낌을 주었다. 반짝이는 필라멘트 같은 불빛이 헐벗은 듯 보였던 석주를 휘감아 올라갔고, 맨 벽을 타고 청록색 반사광이 천장까지 비추고 있었다. 주변은 여전히 어두웠지만 눈부신 어둠이었다.

산드라의 얼굴에 저절로 웃음이 폈다. 야광 그림이었어.

논리적인 설명은 가능했다. 하지만 그녀가 이 그림을 발견하기 위해 내적으로 고민한 건 전혀 이성적인 내용이 아니었다. 깊이를 측량할 수 없는 생각과 이해할 수 없는 것들을 내려놓고 자신의 한계를 받아들이면서 얻어진 것이었기 때문이다. 신앙처럼.

다비드가 남긴 마지막 선물이었다. 아내를 위해 남긴 사랑의 메시지. 내 죽음을 받아들이고 왜 우리가 이런 운명을 겪어야 했는지 알려고 들지 말아줘. 그러면 당신은 다시 행복해질 수 있을 테니까.

산드라는 고개를 들고 남편에게 고마운 마음을 전했다.

"내사원 기록 보관실 비밀문서는 이곳에 없습니다. 유일한 비밀은 바로 이 아름다운 그림입니다."

등 뒤로 발소리가 들렸다. 산드라는 뒤로 돌아 마르쿠스 사제를 발견했다.

"야광효과의 발견은 17세기로 거슬러 올라갑니다. 볼로냐의 한 구두수선공이 돌멩이를 모아 석탄으로 뜨거운 열을 가한 뒤에 관찰하다 이런 기현상을 발견하게 되었다고 합니다. 한낮의 태양에 노출해놓은 다음 어둠 속으로 가져가자 몇 시간 동안 이런 빛을 발산했다고 하더군요. 자매님께서 보고 계신 이 그림은 그로부터 몇십 년 후 어느 무명의 예술가가 그 구두수선공의 기술을 빌어 제실에 그린 것입니다. 그전까지 이런 그림을 단 한 번도 본 적 없는 당시 사람들이 얼마나 놀랐을지 상상해보십쇼. 지금은 모두가 다 아는 현상이니 더 놀랄 것도 없을 겁니다. 로마 도처에 감춰진 매력이나 경이로운 것들을 볼지 말지는 각자의 선택인 겁니다."

"경이로운 것들을 보고 싶어요. 정말로 보고 싶어요." 산드라는 다소 서글픈 목소리로 대답했다.

"하지만 언제나 이성이 중시되는 세상이잖아요. 그 이성은 제게 신은 존재하지 않고 다비드도 천국으로 올라가 행복하게 살고 있지 않다고 말하고 있어요. 하지만 그 이성이 틀렸다고 믿고 싶은 게 제 마음이에요."

"이해합니다." 마르쿠스는 당황하지 않고 대답했다.

"저를 처음으로 이곳에 데려오신 분은, 제가 기억력을 잃은 뒤 사제였다는 사실을 알게 된 다음부터 끊임없이 저 자신에게 물었던 답을 찾을 수 있을 거라 하셨습니다. 그래서 생각했습니다. 제가 정말 사제였는지, 제 신앙심은 어디로 갔는지를요."

"대답은 찾으셨나요?"

"제가 받은 건 단순한 재능이 아니었다는 것, 그리고 계속해서 그 답을 찾아야 한다는 걸 알게 되었습니다. 그리고 전, 그 답을 악의 세상에서 찾고 있습니다."

"사제님과 전 묘한 운명으로 이어진 것 같네요. 사제님은 기억의 빈자리를 채워야 하고, 전 너무나 많은 다비드에 대한 기억을 비워야 하니까요. 전 끝없이 기억해야 할 처지고, 사제님은 전혀 기억하지 못할 운명에 처한 거고……. 앞으로 어떻게 하실 생각이세요?"

"아직은 모르겠습니다. 하지만 언젠가 저 자신이 타락하게 될지 두렵지 않느냐고 물으신다면 그렇다고 대답할 수밖에 없을 것 같습니다. 처음에는 악의 눈으로 이 세상을 바라보는 게 저주라고 생각했었습니다. 하지만 라라라는 여대생을 찾아낸 뒤 제 재능에도 어떤 의미가 있다는 사실을 깨달았습니다. 과거에 제가 누구였는지 기억은 하지 못하지만 제가 하는 일 덕분에 이제 제가 누구인지 알게 되었습니다."

"한 가지 드릴 말씀이 있어요." 산드라는 잠시 머뭇거리다 말을 이었다.

"어떤 남자가 사제님을 찾고 있어요. 아마 내사원의 그 비밀 문서들을 원하는 거라고 생각했었는데 오늘 여기서 이 그림을 보고 나니, 그 남자의 목적이 다른 곳에 있는 것 같다는 생각이 들어요."

"왜 그런 생각을 하신 겁니까?" 마르쿠스는 혼란스러운 듯 물었다.

"모르겠어요. 하지만 그 남자가 제게 거짓말을 했거든요. 인터폴 형사를 사칭해서 접근했는데 정체를 알아낼 수 없었어요. 대단히 위험한 인물은 아닌지 조금 두렵기도 하고요."

"절 찾아내진 못할 겁니다."

"아니요. 사제님 사진을 가지고 있어요."

"사진이 있더라도 절 찾을 수 없을 겁니다. 저한테 뭘 어쩌겠다는 걸까요?"

"사제님을 살해할지도 몰라요."

"어떻게 그렇게 확신하시는 겁니까?"

"왜냐하면 그자가 진짜 형사가 아니고, 사제님을 체포할 것도 아니라면 단지 그 목적밖에 없는 거니까요."

"전 이미 한 번 죽은 목숨입니다." 마르쿠스는 미소를 지으며 대답했다.

"두 번째 죽음이 찾아온다 해도 두렵지 않습니다."

산드라는 사제의 차분한 대답에 마음이 놓였다. 믿음을 심어주었기 때문이다. 병원에서 느꼈던 그의 손길이 떠올랐다. 무한한 안정을 안겨주던 그 손길을.

"전 저 자신도 용서할 수 없는 죄를 지었어요."

"모든 죄는 용서받을 수 있습니다. 설사 살인죄라 할지라도 사면을 받을 수 있습니다. 하지만 단지 용서를 구한다고 되는 건 아닙니다. 누군가와 잘못을 나눠야 하는 겁니다. 그 죄에서 벗어나는 첫걸음은 죄를 고하는 것입니다."

산드라는 고개를 숙이고 눈을 감은 다음 마음을 열었다. 그리고 자신이 겪었던 낙태와 잃어버린 사랑, 다시 찾은 사랑, 그리고 자기반성에 관한 고해성사를 했다. 모든 게 자연스럽게 흘러나왔다. 그러고 나면 무거운 짐을 덜어낼 수 있을 거라 막연히 상상했지만 결과는 그 반대였다. 태어나지도 못한 한 아이의 텅 빈 자리가 채워지지 않았기 때문이다. 대신 두려움이 아물기 시작했다. 다른 사람이 된 것 같은 기분이 들었다.

"저 역시 무거운 양심의 죄를 지었습니다." 마르쿠스가 말을 이어 받았다.

"자매님과 마찬가지로 저 역시 다른 사람의 생명을 앗았습니다. 하지만 그렇다고 우리를 살인자라고 부를 수 있을까요? 가끔은 남을 해치게 되는 일이 있습니다. 그럴 수밖에 없는 상황에 놓이기 때문입니다. 누군가를 보호하기 위해서, 또는 두렵기 때문에. 이런 경우, 또 다른 판단의 기준이 필요한 겁니다."

산드라는 사제의 말에 평안함을 느꼈다.

"1314년, 프랑스 남부의 아르데슈라는 지방에 페스트가 돌아 마을 사람들이 죽어갔습니다. 역병이 기승을 부리는 틈을 타 도적 떼들이 약탈과 강간, 살인을 일삼으며 온 마을을 공포로 몰아넣었습니다. 사람들은 두려움에 떨었습니다. 당시 산속에서 수행하던 수도사들과 수련사들은 악질적인 범죄와 맞서기로 결심했습니다. 그들은 무장을 하고 도적 떼들과 싸웠습니다. 그리고 결국 그들을 몰아내는 데 성공했습니다. 신의 부름을 받은 성직자들이 자신들의 손에 피를 묻혔던 겁니다. 누가 그들을 용서할 수 있겠습니까? 하지만 그들이 교구로 돌아왔을 때 마을 사람들은 그들을 구원자로 여기며 환호로 맞이했습니다. 그들의 보호 덕분에 아르데슈에서만큼은 범죄가 사라졌기 때문입니다. 그 이후, 사람들은 이들 사제들을 '어둠의 추격자'라고 부르기 시작했습니다." 마르쿠스는 양초 하나에 불을 붙여 산드라에게 건넸다.

"우리의 영혼을 판단하는 건 우리 자신의 몫이 아닙니다……. 그리고 용서를 구하는 것만으로 만족할 수도 없는 겁니다."

산드라는 그가 건넨 양초를 받아 다른 양초에 불을 밝혔다. 그리고 두 사람은 각각의 양초를 들고 판관 예수의 발밑에 놓인 양초에 전부 불을 붙였다. 불꽃이 하나씩 되살아나면서 그녀의 기분도 같이 되살아나는 것 같았다. 사면관이 말했던 그대로였다. 또다시 바닥에 촛농이 흘러내렸다. 산드라는 평온함을 느꼈다. 만족스러운 기분으로 집에 돌아갈 준비가 다 된 것 같았다. 야광효과는 점점 사라지기 시작했다. 반짝반짝 빛나던 벽화도 사라졌다. 제실은 서서히 본래의 평범한 모습을 되찾아가고 있었다. 산드라는 바닥을 내려다보다가 붉은색 촛농을 발견했다.

생긴 게 꼭 갈색 얼룩처럼 동그란 모양을 띠고 있었다. 그런데 자세히 보니 그건 촛농이 아니었다. 핏자국이었다.

그녀는 고개를 들어 마르쿠스를 쳐다보았다. 그가 코피를 흘리고 있었다.

"조심하세요." 산드라가 말했다.

그는 자신이 코피를 흘리고 있다는 사실을 모르고 있었다. 한 손을 얼굴로 가져가 쓱 문지르더니 손가락에 묻은 피를 발견했다.

"간혹 이렇게 코피가 날 때도 있는데 조금 있으면 괜찮아집니다. 금방 멈추니 걱정 안 하셔도 됩니다."

산드라는 그에게 휴지 한 장을 건넸다.

"아직까지 저 자신에 대해 모르는 게 많습니다." 마르쿠스는 휴지로 지혈을 하며 말을 이었다.

"매번 새로운 걸 발견하면 두렵기 전에 먼저 놀라게 되더군요. 코피도 마찬가지입니다. 어쩌다 이런 병을 얻게 된 건진 몰라도 이런 상태 역시 제 일부입니다. 그래서 이렇게 생각하고 있습니다. 언젠가 코피를 흘리는 제 몸 상태로 인해 제가 누구였는지 기억할 날도 있을 거라고요."

산드라는 두 팔로 사제를 꼭 끌어안았다.

"행운을 빌게요." 산드라가 말했다.

"안녕히 가십시오."

# 1년 전 프라하

그는 몇 달간 프리피야트에 머물렀다. 자신을 쫓는 사람이 더 있는지 확인하기 위해서였다. 마지막 희생양을 다루는 일은 유난히 길고 힘이 들었다. 남자는 몇 시간만 고문하면 모든 걸 불었던 다른 사람들과 달리 저항이 심했다. 그가 되는 법을 배우기 위해 입을 열게 하고 자신에 대해 모든 걸 말하게 하기까지 며칠이 넘게 걸렸다. 신기하게도 가장 힘이 들었던 건 그자의 이름을 불게 하는 일이었다.

카멜레온 킬러는 거울을 바라보며 중얼거렸다.

"마르쿠스."

제법 마음에 드는 이름이었다.

그는 사흘 전에 도시로 내려와 호텔방을 잡았다. 낡은 건물이었지만 창문을 통해 프라하를 수놓은 검은 지붕들이 내려다보이는 방이었다.

가진 돈도 제법 많았다. 몇 년에 걸쳐 그에게 신원을 빼앗긴 사람들에게서 갈취한 돈이었다. 게다가 마지막 희생양에게서 빼앗은 바티칸 외교국의 여권까지 수중에 있었다. 그는 여권 속 사진을 자신의 사진으로 바꿔 끼웠다. 여권에 쓰여 있던 신원은 이미 가짜였다. 고문을 통해 알아낸 내용과 전혀 달랐기 때문이었다. 설명은 간단했다.

추격자는 이 세상에 존재하는 사람이 아니었던 것이다.

카멜레온 킬러에게는 최상의 조건이었다. 아무도 모르는 인물이 된다는 건 신분이 들통 날 위험에서 완전히 해방될 수 있다는 걸 뜻했기 때문이다. 하지만 아직 확신은 할 수 없었다. 기다려야 했다. 그래서 그 호텔방까지 왔던 것이다.

그는 프리피야트에서 빼앗은 노트를 다시 읽어보았다. 새로운 신분에 관한 대략적인 일대기 같은 내용이었다. 가장 중요한 사실들만 골라 다시 읽는 중이었다. 나머지는 이미 다 외웠기 때문이다.

그때 호텔 방문이 열렸다.

검은 옷을 걸치고 주름이 깊이 팬 늙은 노인의 초췌한 얼굴이 문 앞에 나타났다. 그의 손에는 권총 한 자루가 들려 있었다. 하지만 그는 다짜고짜 총을 쏘지 않았다. 노인은 방 안으로 들어와 문을 닫았다. 침착하면서도 단호해 보였다.

"드디어 네 녀석을 찾아냈군." 그가 말했다.

"내가 저지른 실수를 바로잡기 위해 왔다."

카멜레온 킬러는 아무런 대답도 하지 않았다. 움직이지도 않았다. 그는 읽고 있던 노트들을 곁탁자에 내려놓았다. 그리고 상대와 마찬가지로 침착하게 반응했다. 두렵지는 않았다. 자신이 어떤 상황에 놓여 있는지는 알 수 없었다. 아무도 가르쳐주지 않았기 때문이다. 하지만 호기심이 일었다. 왜 자신을 찾아온 노인의 눈에 눈물이 고여 있는지가 궁금했다.

"내 수제자에게 네 녀석을 쫓으라고 시켰는데 이렇게 네 녀석을 마주하고 있는 걸 보니 마르쿠스는 이미 죽었다는 소리군. 모든 게 다 내 잘못이다."

그는 남자를 향해 권총을 겨누었다. 그토록 죽음에 가까이 다가간 적은 처음이었다. 남자는 생존을 위해 치열하게 싸워온 사람이었다. 그런데 지금 이런 식으로 죽음을 당하고 싶지는 않았다.

"잠깐만요." 그가 말했다.

"그러실 수는 없습니다. 이건 공평하지 않습니다, 데복 사제님."

노사제는 순간 멈칫했다. 놀란 눈치였다. 그가 한 말 때문도 아니고, 상대가 자신의 이름을 알고 있어서도 아니었다. 바로 그가 낸 목소리 때문이었다. 마르쿠스의 목소리.

노사제는 혼란 속에 빠져버렸다.

"넌 누구지?" 노사제가 두려운 듯 물었다.

"제가 누구냐니요? 절 몰라보시겠습니까?"

그는 애원하는 목소리로 대답했다. 그가 가진 유일하면서 가장 효과적인 무기는 바로 허상을 만들어내는 능력이었다.

노사제는 눈앞에서 벌어지고 있는 상황을 도무지 이해할 수 없었다. 그는 문자 그대로의 변신을 보고 있었다.

"아니, 그럴 리가 없어. 넌 마르쿠스가 아니야."

데복 사제는 자신이 옳다고 확신했다. 하지만 무언가가 그 확신을 가로막기 시작했다. 제자에 대한 애정. 그 감정이 방아쇠를 당길 힘을 앗아갔던 것이다.

"사제님은 제 스승이자 멘토셨습니다. 지금의 저는 사제님 덕분에 여기까지 오게 된 겁니다. 그런데 그랬던 분이 지금 절 죽이겠다는 말씀입니까?"

남자는 말을 하며 데복 사제에게 다가갔다. 한마디에 한 발짝씩.

"난 너를 모른다."

"이 세상에는 빛의 세계가 어둠의 세계와 만나는 접점이 있습니다. 그리고 거기서 바로 모든 일들이 비롯됩니다. 혼란스럽고 불확실한 어둠의 세계에서 튀어나오는 일들 말입니다. 우린 그 경계선을 지키는 파수꾼입니다. 간혹 그 경계를 뚫고 반대편으로 넘어가는 존재들이 있습니다. 저희는 그 존재들을 다시 어둠의 세계로 돌려보내는 일을 합니다."

노사제가 부들부들 떨기 시작했다. 카멜레온 킬러는 데복 사제에게 아주 가까이 다가간 상태였다. 손만 뻗으면 상대의 권총을 빼앗을 위치였다. 순간 카펫 위에 무언가가 떨어졌다. 코피였다. 그가 가진 유일한 특징. 그가 빼앗은 10여 명의 정체성 속에 숨어 다녀도 달라지지 않는 그만의 정체성.

순간 허상이 깨지며 노사제는 자신이 속고 있다는 사실을 깨달았다.

"저주 받을 놈!"

그 말과 동시에 카멜레온 킬러는 총을 든 데복 사제의 손으로 몸을 던졌다. 엎치락뒤치락 몸싸움을 벌인 끝에 킬러는 간신히 상대의 무기를 빼앗을 수 있었다. 카펫에 드러누운 데복 사제는 웃음을 터뜨리며 피 묻은 손을 자신의 셔츠에 닦았다. 카멜레온 킬러의 얼굴이 피범벅이 되었다.

"왜 웃는 거지? 두렵지 않나?"

"여기 오기 전에 난 이미 내 죄를 고백했다. 그래서 언제든 죽을 준비를 마친 상태지. 그리고 나를 죽이는 걸로 모든 게 다 해결될 거라고 믿는다는 게 한심해 보이는구나. 이제 시작일 뿐인데 말이야."

카멜레온 킬러는 들은 척도 안 하고 대답했다.

"아무래도 침묵이 더 어울리지 않겠어? 안 그래? 아무 말 없이 가는 게 훨씬 나을 거야. 더 위엄도 있어 보이고. 안 그런가? 내가 죽인 사람들은 전부 쓸데없고 의미 없는 말로 자신들의 죽음을 더럽혔어. 애원을 하고 자비를 베풀어달라고 간청하더라고. 그래봐야 나한테는 그 말이 자신들이 하찮은 존재라고 말하는 걸로 들릴 뿐이라는 것도 모르고 말이야."

"멍청한 놈." 노사제는 고개를 가로저으며 말했다.

"이미 나보다 훨씬 뛰어난 다른 사제가 네 뒤를 쫓고 있다. 그는 너와 똑같은 능력을 지니고 있어. 원하기만 하면 누구로든 변할 수 있는 사람이지. 하지만 그는 네 녀석과는 달라. 사람을 죽이지는 않는다고. 실종자들의 신분만 이용할 뿐이지. 그리고 지금은 인터폴 형사의 신분을 지니고 있어서 경찰 수사에 관한 모든 정보를 들여다볼 수도 있어. 오래지 않아 네 녀석을 찾아낼 거다."

"그렇다면 그 친구 이름을 알려 주셔야겠군그래."

"나를 고문해봐야 소용없어." 노사제는 목젖이 드러나 보일 정도로 크게 웃으며 대답했다. "사면관들에게는 이름이 없으니까. 그들은 존재하지 않는 사람들이야. 그걸 알았어야지."

카멜레온 킬러가 그 말이 허풍인지 아닌지 잠시 생각하는 틈을 타 노사제는 벌떡 일어나 그에게 몸을 던졌다. 그리고 권총을 붙잡아 아래로 향하게 눌렀다. 노인의 몸이었지만 놀라울 정도로 유연했다. 다시 벌어진 난투극에서 노사제는 순순히 물러서지 않았다.

순간 권총 한 발이 거울을 향해 날아갔다. 카멜레온 킬러는 순간적으로 부서지는 거울에 비친 자신의 모습을 바라보았다. 그러고는 권총을 상대에게 향한 뒤 방아쇠를 당겼다. 탄환은 정확하게 노사제의 심장을 관통했다. 그런데 뒤로 넘어지는 대신 노사제는 일그러진 얼굴로 카멜레온 킬러를 덮치며 앞으로 쓰러지고 말았다. 바닥에 쓰러진 충격으로 인해 세 번째 총알이 발사되었다. 카멜레온 킬러의 눈에 총알이 스치는 장면이 고스란히 비쳤다. 그 총알은 그의 관자놀이를 스치고 지나갔다.

카펫 위에 드러누운 카멜레온 킬러는 자신의 최후를 기다리며 수천 조각으로 깨진 거울에 비친 자신의 모습을 들여다보았다. 그 깨진 거울 속에서 자신이 신원을 빼앗은 남자들의 얼굴이 보였다. 마치 관자놀이에 상처를 입는 순간, 그동안 머릿속에 가두어두었던 사람들이 풀려난 것 같았다.

그들은 남자를 쳐다보고 있었다. 그러고는 하나씩 하나씩 잊혀져갔다.

눈을 감기 전, 그는 자신이 도대체 누구인지 알 수 없었다.


**07시 37분**


사지를 헤매던 남자가 눈을 떴다.


《영혼의 심판》 마침.

이 이야기는 잊을 수 없는 두 번의 만남 속에서 탄생되었다.

첫 만남은 5월의 어느 오후, 로마에서였다. 필자는 그날, 적어도 겉보기엔 평범하기 그지없는 한 사제를 만났다. 요나탄 사제는 노을이 질 무렵, 친퀘 루네 광장에서 만나자는 약속을 했다. 구체적인 시간을 제시한 건 사제였다. 왜 꼭 "노을이 질 무렵"이냐고 좀 더 자세한 이유를 설명해달라는 필자의 요구에 요나탄 사제는 그저 담담하게 "어둠이 내리기 전"이기 때문이라는 답만 남겼다. 필자는 약속시간보다 먼저 자리에 나갔다.

하지만 사제는 이미 그 자리에 나와 있었다.

두 시간에 걸쳐 요나탄 사제는 바티칸의 내사원과 죄 지은 자들이 남긴 문서자료, 그리고 전 세계에서 활동하고 있는 사면관들의 역할에 대한 설명을 늘어놓았다. 이런 놀라운 이야 깃거리를 지금까지 아무도 꺼내놓은 적이 없다는 사실에 필자는 놀라움을 금할 수 없었다. 우리는 로마의 거리를 거닐다가 마지막으로 산 루이지 데이 프란체시 성당 안으로 들어가 카라바조가 그린 성 마테오의 순교 앞에 멈춰 섰다. 그곳은 소설 속에서 사제 프로파일러들의 첫 교육이 시작되는 장소이기도 하다.

사제들은 종종 공조차원에서 경찰 사건에 개입하기도 한다. 1999년부터 이탈리아에는 '유사종교 범죄 전담반'이 구성되었고 사제들은 그 전담반의 경찰을 도와 사탄숭배와 관련된 범죄 유무를 밝히고 이해하는 일을 돕고 있다. 실제로 악마가 존재해서가 아니라 일부 범죄자, 특히 살인범의 경우 자신들의 범죄에 악마적 상징을 부여하곤 하기 때문이다. 실제로 이 같은 범죄에 대한 종교적 설명은 잔혹한 범죄의 동기를 밝히는 역할을 하거나 수사에 도움이 되는 단서를 제공하고 있다.

두 달에 걸친 만남을 통해 요나탄 사제는 내게 많은 것을 가르쳐주었다. 특이한 역할을 맡고 있는 내사원의 기능에 대한 설명을 비롯해 로마 곳곳에 숨어 있는 비밀스런 장소를 함께 방문한(가끔은 숨을 헐떡이느라 말도 할 수 없었다) 덕분에 그 장소들을 고스란히 소설 속에 풀어낼 수 있었다. 요나탄 사제는 필자에게 범죄의 세계를 비롯해 예술과 건축, 역사뿐만이 아니라 심지어 야광 그림의 기원에 대한 온갖 종류의 가르침과 지식을 전해주었다.

특히 신앙과 종교의 문제에 대해 혼란스러워하는 필자의 반응을 너그럽게 받아주었고 그 부분에 대한 필자의 개인적인 비판까지 순순히 경청해주었다. 두 달이 다 지나갈 무렵, 필자는 필자의 의도와 상관없이 앞으로 어떤 형식의 이야기를 써야 할지 구체적인 그림을 완성해준 영적인 여행을 했다는 사실을 깨달았다.

현대 사회에서 영적인 영역은 종종 우스운 모양새로 치부되거나 국민을 호도하는 아편이나 뉴에이지 운동의 일부 정도로 인식되곤 한다. 그리고 개인들은 선과 악을 구분하는 기본적인 기준도 점점 잊고 있다. 그 결과 원리주의자나 극단주의자, 심지어 카툰작가들까지도 신을 들먹이는 일이 빈번해지는 지경에 이르고 말았다(광적인 무신론자들 역시 종교적 광신도들과 별반 차이가 없다).

이런 상황으로 인해 점점 윤리적 혹은 도덕적 범주를 벗어나 자신의 내면을 들여다보지 못하는 세상이 되어버렸고, '정치적으로 올바른' 것이란 개념도 무용지물이 되었으며 인간의 행동을 파악하고 평가할 수 있는 근본적인 이분법적 시각조차 구분할 수 없는 지경에 이르렀다.

선과 악, 그리고 음과 양의 구분을.

어느 날 요나탄 사제는 필자에게 모든 이야기를 쓸 준비가 된 것 같다고 말한 뒤 "항상 빛의 세계에 서달라"고 당부의 말도 잊지 않았다. 그리고 다시 볼 날이 있을 거라며 작별의 인사를 고했다. 하지만 그 약속은 아직도 이루어지지 않았다. 여기저기 수소문해보았지만 요나탄 사제를 찾을 수는 없었다. 이 소설을 통해 조만간 그분을 다시 만날 수 있기를 바랄 뿐이다. 한편으로 마음 한 구석에서는 이미 해야 할 말을 다 나누었기 때문에 다시는 그분을 만날 수 없으리라는 아쉬움이 자라고 있다.

두 번째 만남은 19세기와 20세기 초에 생존했던 N.N.이라는 인물과의 조우였다.

그는 지금까지 밝혀진 역사상 최초이자 유일한 카멜레온 연쇄살인범에 해당하는 인물로 범죄학 분야에서 가장 흥미로운 사건의 장본인 중 한 명이기도 하다.

N.N.은 이름의 약자가 아니라 라틴어로 무명인을 뜻하는 'Nomen Nescio'의 약자이다. 영미권의 존 도우(John Doe)처럼 신원미상의 인물을 지칭하는 단어이다.

1916년, 벨기에 오스텐트 주의 어느 해변에서 35세 정도로 추정되는 신원미상의 남성 익사체가 발견되었다. 멀쩡히 옷을 입고 있었고 신분증도 소지하고 있었다. 그는 2년여 전 영국의 리버풀에서 실종된 회사원으로 밝혀졌다. 그런데 벨기에 경찰이 영국에서 황급히 달려온 유가족에게 신원확인을 부탁하자, 유가족은 변사자가 자신의 가족이 아니라며 무언가 착오가 있다고 주장했다.

하지만 유족 측에서 제공한 사진을 비교해본 결과 N.N.과 실제 영국 회사원 사이에 유사성이 발견되었다. 외모상의 닮은 점이 다가 아니었다. 두 사람 모두 공통적으로 푸딩을 좋아했고 빨간 머리를 가진 매춘부를 선호했다는 증언이 나왔다. 그리고 두 사람 모두 간장약을 복용하고 있었으며 결정적으로 오른쪽 다리를 살짝 절었다는 결과도 나왔다. 익사체를 검시한 부검의는 한쪽 신발 밑창에 마모된 흔적이 상대적으로 심했으며 체중이 많이 실린 오른쪽 발바닥에 굳은살이 많이 형성된 점을 지적했다.

신체상의 공통점 외에도 N.N.의 최종 거주지를 수색한 경찰은 유럽 여러 나라 출신 시민의 신분증과 소지품을 찾아냈다. 이어진 수사를 통해 이들 모두가 흔적도 없이 갑자기 사라진 실종자들이었다는 사실이 드러났다. 더 놀라운 것은 실종자들의 나이가 순차적으로 많아졌다는 점이었다.

따라서 N.N.이 신원을 빼앗기 위해 그들을 피해자로 골랐다는 결론에 이르게 되었다.

실종자들의 시신을 찾을 수 없었지만 N.N.이 신원을 도용하기 위해 그들을 살해했다는 추측은 가능했다.

사건은 당시 과학수사기술의 한계로 인해 광범위하게 이루어지지도 않았고 얼마 지나지 않아 잊혀졌다. 그리고 1930년대에 들어와, 쿠르봉과 파일이 프레골리 증후군—이탈리아의 유명한 변장술사의 이름을 땄다—과 캅그라스 증후군이라는 이름으로 알려진 신경장애에 관한 심리학 연구를 발표하자 다시 수면 위로 떠오르게 되었다. 위의 두 질병은 N.N.의 사건과 정반대되는 증상을 보이는 병으로, 해당 환자들은 자신이 보고 있는 사람들이 다른 사람으로 모습을 바꾼다고 착각하게 된다. 하지만 환자들이 겪는 증상을 연구한 결과, 벨기에 사건의 범인과 비슷한 카멜레온 현상을 비롯한(이 사건은 특히 우디 알렌의 영화 젤리그에 많은 영감을 불어넣었다) 다른 증후군들을 규명할 수 있는 획기적인 단서들이 밝혀지고 있다.

N.N. 사건은 법과학 차원의 새로운 분파를 마련하는 초석이 되었다. 법신경과학 분야는 유전학이나 생리학적 차원에서 범죄를 연구하는 분야이다. 이 기술을 통해 몇몇 범죄의 경우 다른 시각으로 분석하거나 이해할 수 있는 계기가 마련되기도 한다. 예를 들어 전두엽 이상이나 폭력 성향이 다분한 유전자를 보유하고 있는 것으로 밝혀진 살인범에게 감형의 기회가 주어진다든가 칼로 자신의 약혼자를 무참히 살해한 범인이 25년간 채식주의를 유지한 결과 비타민 B12 결핍에 시달리다 범행을 저질렀다는 사실을 밝힐 수도 있었다.

모든 사건을 통틀어보아도 지금까지 N.N.의 범행수법은 역사적으로 유일무이한 케이스로 알려져 있으며 필자가 소설 속에 기술한 '거울 앞의 소녀' 케이스와 닮은 양상을 띠고 있다. 실체를 파악할 수 없는 N.N.과 달리 멕시코에 사는 이 어린 소

녀는 실존인물이다. 그리고 살해를 한 적도 없다. 다만 실명을
사용하지 않고 앙헬리나라는 이름으로 대체했다.

　N.N.은 현재 해변의 어느 묘지에 묻혀 있으며 그의 묘석에는
이런 묘비명이 적혀 있다.

　신원미상의 익사체. 오스텐테. 1916년.


도나토 카리시

감 사 의   말

/


이 책의 편집을 담당했던 스테파노 마우리. 그는 필자에게 열정과 우정을 유감없이 보여주었다.

스테파노를 비롯해 롱가네시 출판사와 필자의 책을 발간해 준 모든 외국 출판사에 감사의 말을 전한다. 필자의 글이 각 나라에 무사히 도착할 때까지 그들이 들인 시간과 노력에 감사드린다.


루이지, 다니엘라, 그리고 지네브라 베르나보. 그들의 조언과 배려, 그리고 애정에 무한한 감사의 말을 전한다. 그들과 한 팀이 되어 일한 것은 정말 아름다운 경험이었다.


내 이야기의 비밀을 알고 있는 남자, 파브리치오 코코에게 감사의 말을 전한다. 그가 보여준 조용한 헌신과 암울한 태도에 감사드린다.

출판이라는 모험 세계에 불을 붙여주고 지켜봐준 주세페 스트라체리에게 감사드린다.

발렌티나 포르티키아리의 지지와 애정(이런 것 없이 어떻게 살 수 있는지 모르겠다)에 감사드린다.

엘레나 파바네토의 스마트한 아이디어에 감사의 말을 전한다.

크리스티나 포스키니의 통찰력에 감사드린다.

한 권의 책이 나올 때마다 독자에게 책을 권하는 데 열중하는 모든 서점에 감사의 말을 전한다. 전 세계에서 이토록 마법 같은 일을 하는 사람들은 없을 것이다.

이 이야기가 소설로 탄생하기까지 본인의 의사와 상관없이 대부분 무의식적으로 도움을 준 사람들에게 무작위 순으로 이름을 남긴다.

지금 그 자리에 있는 스테파노와 톰마소. 항상 필자에게 즐거움을 주는 클라라와 가이아. 믿을 수 없을 만큼 아름다운 음악과 바르바라를 찾아준 비토 로 레. 친절한 냉소로 필자를 대해준 오타비오 마르투치. 진짜 살버의 모델 역할을 해준 조반니 난니 세리오. 정말 끝내주는 프란체스코 치초 폰초네. 마음 약한 악당, 플라비오. 언제나 힘을 아끼지 않는 마르타. 인생의 참맛을 깨닫게 해준 안토니오 파도바노. 언제나 그 자리에 있는 치아 프란카. 퀴리날레에서 환상적인 오후를 보내게 해준 마리아 이아. 미켈레와 바르바라, 안젤라와 피노, 티치아나, 롤란도, 도나토와 다니엘라, 그리고 아주라. 이야기 속에 살아 숨쉬는 엘리자베타.

필자의 자존심을 채워주는 키아라. 이 모든 걸 가능하게 해주신 부모님.


필자의 영웅인 레오나르도 팔미사노. 절대로 과거형으로도 부르지 않을 것이며, 무슨 일이 있어도 잊지 않을 것이다.


1999년 필자에게 돈 마르코라는 이름의 사제에 관한 글을 써달라고 부탁하며 필자를 이 묘한 직업의 세계에 발을 들일 수 있는 가능성을 선사해준 아킬레 만초티. 마르쿠스라는 이름을 고른 건 이 위대한 영화제작자의 천재성, 그의 광기, 그리고 좋은 시나리오 작가들을 발굴하는 그의 감각에 대한 오마주임을 밝힌다.

/

# 빛과 어둠이 만나는 접점

2013년 현재, 이탈리아 문학 역사상 가장 많은 판매고를 기록한 스릴러 소설 작가는? 바로 도나토 카리시다. 법학을 전공하고 범죄심리학을 연구한 그는 범죄학자로 활동하다 극작가 겸 시나리오 작가로 전향, 2009년 첫 장편소설 《속삭이는 자》를 발표하며 소설가로 데뷔했다. 그리고 이 데뷔작으로 그와 같은 기록을 세웠다.

데뷔작 이후로 지금까지 출간된 모든 소설이 유럽 및 영미권 국가는 물론 중국, 일본을 비롯한 아시아 국가에서도 이토록 많은 사랑을 받고 있는 이유는 크게 두 가지로 볼 수 있다.

하나는 범죄학자로서 습득한 지식과 경험이 각종 실화를 바탕으로 탄탄한 구조의 이야기 세계를 구축하고 있기 때문이다. 도나토 카리시는 이미 전작 《속삭이는 자》를 통해 첨단과학수사기법 및 다양한 수사방식으로 여러 유형의 범죄자를 대하는 형사들의 모습과 범죄 현장을 실감 나게 보여주었다. 그리고 실제 연구했거나 혹은 수사에 참여해 눈으로 보고 귀로 들은 경험을 소설 속에 고스란히 '복원', 독자의 눈을 즐겁게 해주는 것을 넘어 간담을 서늘하게 하는 능력을 유감없이 발휘한 바 있다.

작가의 두 번째 장편소설인《영혼의 심판》에서도 그의 솜씨는 여전하다. 작품에 등장하는 교황청 내사원 소속 사면관이라는 어둠의 추격자는 비록 소설과 실제 모습이 백퍼센트 동일하진 않겠지만, 작가가 밝힌 대로 엄연히 존재하는 사람들이다. 형사 사건 수사에 사제들이 자문을 한다는 내용, 소설 속 범인의 범죄행각 등, 많은 부분이 실화이며 실제로 일어난 사건이다.

물론 특정 사실에 대한 해석의 차이는 있을 수 있겠지만 허구의 영역인 소설, 특히 장르소설에 있어 실화라는 요소는 그 무엇과도 비교할 수 없는 무시무시한 힘을 발휘한다. 그렇기 때문에 '실화를 바탕으로 한'이라는 수식어는 때로는 두려움과 공포로, 때로는 따뜻한 감동으로 독자를 진심으로 웃기고 울린다. 그리고 도나토 카리시의 소설은 그 실화와 진실을 보다 극적으로 포장해 장르소설의 기본 원칙을 거스르지 않고 독자들에게 스릴과 공포, 그리고 재미까지 선사하는 한편 범죄에 대한 경종을 울리는 독특한 매력이 있다.

그의 소설이 지닌 두 번째 매력은 날로 교묘해지는 범죄를 범죄학자의 날카로운 시각에서 새롭게 조명하며 때로는 관련 법제도의 취약한 부분을 짚어준다는 점이다. 작가는 역시 전작 《속삭이는 자》를 통해 장르소설 본연의 임무인 흥미진진한 이야기는 기본이며 악마의 은밀한 속삭임으로 평범한 사람들을 범죄의 나락으로 빠뜨리는 사악한 존재들을 고발한 바 있다.

《영혼의 심판》에서는 교묘하게 타인의 신분을 차지하고 비교적 장기간에 걸쳐 연쇄적으로 범죄를 저지르는 범죄자들의 존재를 알리고 있다. 《리플리》나 《테이킹 라이브스》 등의 영화를 통해 알려진 것처럼 자신을 숨기기 위해 남을 살해하고 그 신분을 빼앗아 살고 있는 극악무도한 범죄자들이 실존한다니 실로 경악을 금할 수 없다. 경우는 조금 다르지만 연고가 없는 노숙자를 골라 독살한 후, 자신과 사망자의 신분을 바꿔치기하고 피해자의 이름으로 거액의 보험금을 타낸 사건이 우리나라에서 있었다. 이른바 '시신 없는 살인사건'으로 언론에 알려졌던 이 사건의 피의자는 결국 기나긴 재판 끝에 유죄를 선고받았는데, 만약 이런 사실이 드러나지 않았다면 또 다른 무고한 피해자를 양산할 수도 있을 것이라는 상상에 등골이 오싹해진다.

과거와 현재가 공존하는 로마를 배경으로, 문학적이고 예술적인 분위기 속에서 최소한의 단서만으로 독자들을 마지막 반전까지 이끈다는 평가를 받고 있는 《영혼의 심판》. 이탈리아를 비롯한 세계 유수의 언론이 이 작품을 주목하는 이유이다. 살아 있는 고고학 박물관이라고 불리는 로마의 도시 곳곳에 아직 존재 자체가 알려지지 않은 역사적 유적지가 산재해 있다. 그래서 건물을 신축하거나 혹은 지하시설을 증축하던 중 고대 유적을 발견하는 경우가 빈번하다고 한다. 이런 이유로 로마 시내는 언제나 공사현장으로 인해 교통정체가 빚어진다. 소설 속 라라의 집 화장실에 지하로 연결되는 통로가 있었다는 설정은 로마에서라면 충분히 가능한 이야기이다.

또한 이 소설에서 빼놓을 수 없는 매력적이자 예술적인 요소는 지역적 배경인 로마 외에 빛과 어둠의 극명한 대비로 그림의 효과를 극대화한 테네브리즘의 창시자, 미켈란젤로 메리시 데 카라바조의 그림이다. 빛과 어둠의 경계가 무얼 뜻하는지 너무도 아름답게 보여주는 그의 그림은 소설 속 사면관들이 맨 처음 교육을 받을 때 보는 그림이다.

길진 않았지만 파란만장한 삶을 살았던 카라바조는 실제로 살인사건 현장을 목격하기도 했고 본인도 결국 살인범이 되어 도망자 신세가 되기도 했다. 그는 그런 경험을 화폭에 고스란히 옮겨 실감 나는 그림을 그려냈다. 그래서인지 카라바조의 그림을 보고 있으면 분명 성인(聖人)이 등장하는 성화(聖畵)이지만 미학적으로 표현된 폭력의 현장감이 생생히 느껴진다. 비록 성인의 죽음이나 순교를 아름답게 미화하진 않았지만 하느님의 섭리에 해당하는 한 줄기 빛이 어떤 의미를 지니고 있는지 효과적으로 보여주기도 한다. 도나토 카리시가 사면관의 이야기를 쓰면서 카라바조의 그림을 빼놓을 수 없었던 이유이다. 과거의 화가와 현재의 소설가 모두 빛의 존재가 인간의 삶에 있어서 얼마나 중요한 역할을 하는지를 잘 알고 있었기 때문일 것이다.

기존의 추리소설이나 스릴러소설과 달리 도나토 카리시의 작품의 마지막 책장을 덮는 순간 비로소 손끝에서부터 온몸으로 퍼져나가는 공포의 전율이 두 배가 되는 색다른 경험을 하게 된다. 지금까지 소설 속 이야기로만 여기고 신 나게 읽은 이야기의 적지 않은 부분이 실화이기 때문일 것이다. 실화를 바탕으로 한 이야기의 앞에서는 그 무엇도 필요하지 않은 법이니까.

마지막까지 한국어판이 나올 수 있도록 힘써주신 두 분 편집자께 감사드린다.

2013년 10월 이승재

# 영혼의 심판 2

**초판 1쇄 발행일** 2013년 10월 17일
**초판 3쇄 발행일** 2022년 4월 18일

**지은이** 도나토 카리시
**옮긴이** 이승재

**발행인** 윤호권
**사업총괄** 정유한

**편집** 김지연 **디자인** 이희영 **마케팅** 명인수
**발행처** ㈜시공사 **주소** 서울시 성동구 상원1길 22, 6-8층(우편번호 04779)
**대표전화** 02-3486-6877 **팩스(주문)** 02-585-1755
**홈페이지** www.sigongsa.com / www.sigongjunior.com

이 책의 출판권은 (주)시공사에 있습니다. 저작권법에 의해
한국 내에서 보호받는 저작물이므로 무단 전재와 무단 복제를 금합니다.

ISBN 978-89-527-7033-2 04880
ISBN 978-89-527-7032-5 (세트)

*시공사는 시공간을 넘는 무한한 콘텐츠 세상을 만듭니다.
*시공사는 더 나은 내일을 함께 만들 여러분의 소중한 의견을 기다립니다.
*검은숲은 ㈜시공사의 브랜드입니다.
*잘못 만들어진 책은 구입하신 곳에서 바꾸어 드립니다.